古代文史名著选译丛书

主编 章培恒 安平秋 马樟根

南齐书选译

修订版

译注 徐克谦
审阅 周勋初

凤凰出版传媒集团 凤凰出版社

图书在版编目（CIP）数据

南齐书选译 / 徐克谦译注. -- 南京 : 凤凰出版社, 2011.5
（古代文史名著选译丛书）
ISBN 978-7-5506-0340-0

Ⅰ. ①南… Ⅱ. ①徐… Ⅲ. ①中国历史－南齐（479～502）－纪传体 Ⅳ. ①K239.120.42

中国版本图书馆CIP数据核字(2011)第045895号

书　　名	南齐书选译
译 注 者	徐克谦
责任编辑	韩凤冉
出版发行	凤凰出版传媒集团 凤凰出版社(原江苏古籍出版社) 南京市中央路165号　邮编 210009 发行部电话025-83223462
集团网址	凤凰出版传媒网　http://www.ppm.cn
照　　排	江苏凤凰制版有限公司
印　　刷	江苏凤凰通达印刷有限公司 南京市六合区冶山镇　邮编 211523
开　　本	960×1304毫米　1/32
印　　张	8.75
字　　数	142千字
版　　次	2011年5月第1版　2011年5月第1次印刷
标准书号	ISBN 978-7-5506-0340-0
定　　价	18.00元

（本书凡印装错误可向承印厂调换，电话：025-57572508）

《古代文史名著选译丛书》修订版出版说明

呈献在读者面前的这套《古代文史名著选译丛书》是2011年的修订版。全书共134册，包括了中国从先秦至清末两三千年间的著名典籍。每部典籍都选其精粹（《论语》《老子》则全文收录），收录原文，加以简明的注释，力求准确地译为现代汉语，并于每一篇之前写有对该文的提示性说明。这是近一个世纪以来，规模最大、收录种类相对齐全、译注质量较高的一套普及传统文化的今译丛书。

这套丛书，原在1992年—1994年由巴蜀书社分三批出齐，印行过万套；不久，又由台湾的出版机构买去海外版权在台湾及海外发行，可见这套丛书当年在两岸受欢迎的程度。时隔17年，丛书编委会决定重新修订，改由江苏凤凰出版集团所属的凤凰出版社出版。

这套丛书是由教育部属下的全国高等院校古籍整理研究工作委员会(简称古委会)于1985年策划的。古委会组织了全国18所大学的古籍整理研究所的所长任编委会编委，由我们三人任主编，在全国范围内选请学有专长的学者承担各书的译注。从1986年—1992年，历时7年完成。当时，编委会制订了严明、可行的体例和细则，译注者按要求完成书稿。每部书稿完成后，都在全国范围内请编委会之外的专门研究这一学术领域的两位专家初审，合格后再请两位编委参照初审意见审改，然后退还原译注者改正。待原译注者改正后，再由编委会集中常务编委和部分编委、相关专家在一地将每部书稿从头至尾审改。这样的集中审稿会一般都在8—15天，7年中开了12次审改会。审改后，三位主编再集中在一起逐一审定，交付出版社。这一工作程序，使得这套丛书的译注质量有了一定的提高。所以，这套丛书，在一定程度上是个人与多人合作的结果。关于这套丛书的编纂始末，我们曾在1992年4月全书交稿后写有一篇文章，这次附在修订版书末，便于读者了解。

这次修订，是交由原译注者自己修改。少数译注者已去世，则书稿一仍其旧。个别译注者已联系不上，也保持原貌。

1992年—1994年出版时，书前有当时古委会主任周林先生写的序。周林先生是这一丛书的发起者。他已于1997年6月去世，至今已14年了。为了尊重历史，也为了纪念他，修订版仍用他的序。

我们三人在1985年—1992年主持这套丛书工作时，年龄大的是从51岁到58岁之间，年龄小的是从44岁到51岁之间，那时尚有精力组织、参与这一工作，今天我们都已年逾古稀。全书修订版出版之际，心情似乎比当年更惴惴不安地期待着读者的评头品足，期待着不要对读者贻误太多。

回想这套丛书，真应该感谢我们的祖先为我们留下了这样深厚、丰富的思想、文化遗产，使我们今天仍然受用无穷。应该感谢这套丛书的全体译注者、审阅者、编委和当年的出版者巴蜀书社、今天的出版者凤凰出版社，是他们的学识、辛勤与真诚使得这套丛书得以面世。

章培恒　马樟根　安平秋

2011年3月15日

序

《古代文史名著选译丛书》与广大读者见面了。这是丛书编委会的同志与众多专家学者通力协作、辛勤耕耘的结果。

中华民族在五千年漫长的岁月里，创造了光辉灿烂的文化，给人类留下了丰富的精神财富。“观今宜鉴古，无古不成今”。今天，以马克思主义的科学理论为指导，整理研究我国古代文化典籍，做到汲取精华，剔除糟粕，古为今用，推陈出新，使人们在正确认识民族历史的同时，得到爱国主义的教育，陶冶道德情操，提高全民族的文化素质，促进社会主义文化的繁荣，使文明古国的历史遗产得以发扬光大，这是我们每个炎黄子孙的责任。而要做到这样，对古籍进行整理与研究是重要的基础工程。但是，整理与研究古籍仅作标点、校勘、注释、辑佚还不够，还要有今译，使老年人、中年人、青年人都愿意去读，都能读懂，以便从中得到教益。

基于以上认识，全国高等院校古籍整理研究工作委员会于1986年5月组成了以章培恒、安平秋、马樟根三位同志为主编的《古代文史名著选译丛书》编委会，确定了以全国十八所大学的古籍整理研究所为主力承担这一看似轻易、实则艰巨的今译任务。在第一次编委会议上，拟定了《凡例》、《编写与审稿要求》、《文稿书写格式》和一百余种书目。以每一种书为十万至十五万字计算，这套丛书大约有一千余万字，应该说是一项大工程。经过一年的努力，完成了第一批三十六部书稿的译注任务。在各研究所的专家与所长把关的基础上，于1987年5月和7月，先后在复旦大学、北京大学召开了部分编委参加的审稿会，通过了二十五部书稿，作为《古代文史名著选译丛书》与广大读者见面的第一批作品。与此同时，在1987年7月6日，邀请了在京的十几位专家教授与编委会十几位编委一起座谈这套丛书与古籍今译的问题。专家们肯定了今译工作的必要性与深远意义，并以他们数十年的教学科研和创作的经验，说明今译是一项难度很大的工作，是培养人才，使之打下坚实基本功的一种有效方法；专家们还对《古代文史名著选译丛书》提出了宝贵的建议，这对当时的审稿工作和保证《丛书》的质量起了很好的作用。

实践证明，古籍的今注不易，今译更难。没有对作品的深入、透彻的研究，没有准确、通俗、生动的语言表达能力，要想做好今译是不可能的。两年多来，全国高等院校古籍整理研究工作委员会在探索古籍的今注、今译的道路上，做了一些工作。这部丛书的出版，是系统今译的开始，说明古籍整理研究工作有了新的进展。更可喜的是，一批中青年学者参加了今注今译工作，为古籍整理增添了新生力量，相信他们会在实践中，在学习中，成长成熟。我希望，这套丛书的编委会和高校各古籍整理研究所要敞开大门，加强同国内外专家学者的联系，征求他们和广大读者的意见，并向有真才实学而又适宜做今译工作的专家学者约稿，以提高古籍译注的水平，使《古代文史名著选译丛书》的第二批、第三批作品的质量更上一层楼。

这是一套以文史为主的大型的古籍名著今译丛书。考虑到普及的需要，考虑到读者对象，就每一种名著而言，除个别是全译外，绝大多数是选译，即对从该名著中精选出来的部分予以译注，译文力求准确、通畅，为广大读者打通文字关，以求能读懂报纸的人都能读懂它。我希望这套丛书能成为中小学教师的语文、历史教学的参考书，成为大专院校学生的课外读物，成为广大文史爱好者的良师益友。由于系统的古籍今译工作还刚刚起步，这套丛书定会有不少缺点、错误，也诚恳地希望读者批评指正。

巴蜀书社要我为这套丛书写序，我欣然接受了。我相信这套丛书不仅会使八十年代的人们受益，还将使子孙后代受益，它将对祖国的繁荣昌盛起到点滴的作用。最后借此机会向曾给予我们支持、帮助的专家学者和巴蜀书社的同志表示衷心的感谢！并殷切地希望台湾同胞、港澳同胞、海外侨胞和我们一同做好祖先留给我们的文化遗产的整理工作，为中华民族灿烂的文化再放异彩而努力！

周　林

1987年10月于北京

目　录

前　言

《南齐书》是我国古代正史《二十四史》中的第七部，记载了南朝萧齐政权二十三年的历史。初名《齐书》，后世因为要与唐代李百药所著《北齐书》相区别，遂称《南齐书》。

作者萧子显(487—537 年)，字景阳，南兰陵郡南兰陵县(今江苏常州西北)人。出身于南齐皇族，是齐高帝萧道成的孙子，豫章王萧嶷的第八子。他七岁时，即受封为宁都县侯，十三岁以王子例拜给事中。进入梁朝后，依照规定降爵为子。在梁朝历任记室参军、司徒主簿、侍中、国子祭酒、吏部尚书等职。梁大同三年(537 年)出任仁威将军、吴兴太守，不久即病逝于吴兴郡，终年 49 岁。

萧子显自幼聪慧好学，善于写文章，颇有文才。他早年所作《鸿序赋》曾受到当时任尚书令的著名文人沈约的高度称赞，誉之为“得明道之高致，盖《幽通》之流也”（见《梁书》本传）。入梁后，他的才华受到梁武帝萧衍及太子萧纲的赏识。萧衍喜爱他的文才，嘉许他的言谈举止，每次御宴，都要亲自到他的坐席上与他交谈。天监十六年（517年）九日（重阳）朝宴，萧衍降旨点名要萧子显当场赋诗。诗成后萧衍称赞他是“才子”。太子萧纲也经常请萧子显到东宫宴饮交谈，并称赞他是难得的“异人”。萧子显对萧衍父子的赏遇之恩很感激，因而他也十分热切地以自己的文才为梁朝最高统治者服务。梁武帝萧衍所制经义未列于学官，萧子显便上表请求为之置助教一人，学生十人。萧衍曾赴同泰寺讲解佛经，萧子显便为他写了一篇《御讲摩诃般若经序》，极赞萧衍弘扬佛法的功德。他又曾上疏请求为萧衍编撰《高祖集》、《普通北伐记》等，为梁武帝歌功颂德。

萧子显对自己的文才也很自负，说自己写文章很少精心构思，而是“须其自来，不以力构”（见《梁书》本传载萧子显《自序》）。平素喜爱山水，能饮酒数斗，为人倨傲。他在吏部执掌选举之事，见到九流宾客不与交谈，只是举扇一挥而已。他的倨傲态度招致一些朝臣和士流的嫉恨。他最后被贬出京师出任吴兴太守，可能与此有关。以至于他死后议定谥号时，梁武帝也认为他“恃才傲物”，给他谥了个“骄”字。

萧子显对史书编纂一直很感兴趣。早年他曾杂采各家所作后汉史书，考正同异，为一家之言，写成《后汉书》一百卷。另著有《晋史草》三十卷。他曾上疏梁武帝，表示有志修撰齐史，得到梁武帝的赞许。书成后，梁武帝即下诏交付秘阁收藏，这便是我们今天所见到的《南齐书》。

此外，萧子显一生著述很丰富，除上面已提到的《后汉书》一百卷、《晋史草》三十卷、《南齐书》六十卷外，尚有《普通北伐记》五卷，《贵俭传》三十卷，《文集》二十卷。但这些著作除《南齐书》外，大都已亡佚。文章仅存《自序》等两篇，诗歌存有《乌栖曲》、《燕歌行》等十多首。

《南齐书》的成书时间，史传未有确载。根据《梁书·萧子显传》推断，此书的写作当开始于萧子显写完《后汉书》之后，完成于《普通北伐记》之前。

《普通北伐记》写梁武帝普通七年(526年)北伐攻魏之事。由此可大致确定,《南齐书》约完成于天监晚期至普通七年之间。

南齐朝廷本设有史官,称为撰史学士、著作郎、太史令。齐高帝曾诏命檀超与江淹掌史职,修撰国史,并由王俭等朝廷大臣参加讨论,初步确定了编史的体例。后来檀超修史之功未就而卒于官,江淹则撰成《齐史十志》行于世。此外,在萧子显作《南齐书》之前,还有沈约著《齐纪》二十卷,吴均著《齐春秋》三十卷,王逸著《齐典》五卷,熊襄著《齐典》十卷,这些著作都给萧子显写《南齐书》提供了资料依据。

齐朝历史比较短暂,梁朝以同姓代齐而有天下,时间上去齐未远,“齐氏故事,布在流俗”,图书档案亦未散失。萧子显又是南齐皇族,对南齐朝廷旧事耳闻目睹,比较熟悉,占有了不少第一手资料,因而《南齐书》取材比较丰富,史实比较翔实可靠。

萧子显作为封建地主阶级的史学家,在书中当然会表现出他的阶级偏见。但由于书中保存了具体翔实的材料,因而从总体上看,全书尚能反映南齐一代的历史真实。如齐朝初年暴发了富阳人唐寓之领导的农民起义，作者不为唐寓之立传，而且诬之为“贼”；但在《虞玩之传》、《沈文季传》等文中却详细记录了唐寓之起义的原因和具体经过，保存了这次农民起义的有关史料。南齐时期统治阶级内部的倾轧内讧十分激烈，较之刘宋有过之而无不及；特别是明帝以后，朝廷荒淫昏乱，地方实力集团的叛乱接连不断；《南齐书》在一些传纪中客观地记录了这方面的有关史实，真实地反映了当时的情况，客观上暴露了统治阶级内部争权夺利的矛盾斗争。

《南齐书》在各列传中还保存了不少文人写的重要文章，如《王僧虔传》收入王僧虔的《论书》，《孔稚珪传》收入孔稚珪修订法律条文的奏章，《陆厥传》收入陆厥与沈约讨论音韵的书信，《祖冲之传》收入祖冲之的《上新历表》，《顾欢传》收入顾欢的《夷夏论》等等。这些文献都为研究当时的文化学术提供了原始材料。这些资料有的在唐李延寿的《南史》中已被删去，因而《南齐书》具有《南史》所不可替代的价值。

《南齐书》的列传不少是按人物身份和类别立为合传的，如《诸王传》、《皇后传》、《文学传》、《良政传》、《高逸传》、《孝义传》、《倖臣传》等等，这种合传类叙的方法，既能使叙述文字比较精练，也便于读者查找资料。这些类传大都有序，有论，说明作者的立意，表达作者对历史事件和人物的褒贬评价。有些合传的论，实际上相当于一篇学术文化史论文，如《文学传论》、《高逸传论》等，对当时的文学史、思想史的发展作了总体的概述和议论，本身即具有独立的学术价值。

南北朝诸史书中，只有《宋书》、《魏书》和《南齐书》有“志”。《南齐书》的“志”，计有礼、乐、天文、州郡、百官、舆服、祥瑞、五行八目，其中《百官志》、《州郡志》历来为人们所称道，史料价值较高。《百官志》对重要官职的职责、设置及变迁，《州郡志》对郡县的设置、沿革，都作了详尽的叙述，对研究南朝时期的职官制度、行政区划等很有价值，而且可补梁、陈史书无志的不足。

《南齐书》叙事简洁，文字精练。后来唐代李延寿编撰《南史》，取南朝诸史为蓝本，对沈约《宋书》大加删削，而对《南齐书》的叙述文字则基本上照录，有的地方还有所增益。可见《南齐书》的文字是比较精当简练的。

当然，由于作者阶级地位和个人才识的局限，

《南齐书》也有不可讳言的缺陷。首先，由于作者出身于齐朝皇族，以前朝帝王子孙的身份修前朝史书，这在二十四史中是绝无仅有的，因而在写作中难免有虚美隐恶的曲笔。宋王应麟在《困学纪闻》中即指出："子显以齐宗室，任于梁而作齐史，虚美隐恶，其能直笔乎？"书中的《高帝纪》是为作者的祖父萧道成作传，叙述中颇多溢美之词，尽量褒扬其长处而隐匿其短处，对萧道成强逼宋顺帝禅位一事，则讳莫如深。又如《豫章文献王传》，是为作者的父亲萧嶷作传，按照体例，本应排在《高祖十二王传》中，但作者却将此传单独另立，放到特殊的地位，而且文字冗长，表扬不当，甚至称赞他为"周公以来，则未知所匹也"。齐明帝萧鸾以宗室旁支篡位，杀了萧子显的侄儿郁林王和海陵王，萧子显对此深怀不满，因而书中对二王被杀毫无掩饰，又在《东昏侯纪》中极写萧鸾之子萧宝卷的荒唐猖狂，以快己意。萧子显受到梁武帝萧衍的宠幸，因而书中对萧衍篡齐自立的事，也曲笔隐讳。这些地方都明显地反映了作者个人的恩怨，有徇私之嫌，颇为后世史家所非议。

其次，《南齐书》也反映了作者的唯心主义世界观和历史观，宣扬天命神授的思想。在《高帝纪》的论中，作者为了论证萧道成代宋立齐的合法性，竟乞灵于谶讳迷信，引用谶书《太一九宫占》加以附会，证明萧道成改朝换代是“有命自天”。齐、梁之际佛教兴盛，梁武帝萧衍笃好佛教，立此以为国教。萧子显此书作于梁武帝之时，故书中有不少因果报应等佛教迷信思想的内容。特别是《高逸传论》，作者把佛教抬到至高无上的地位，这显然是为了迎合当时最高统治者的喜好和时尚，不是公允的评价。

此外，《南齐书》语言简练，是其优点，但有些地方过于简略，反成为不足。体制也有不够完善之处，全书有志而无表，八志中缺少《艺文》、《沟洫》、《食货》、《刑法》诸志，且“天文但纪灾祥，州郡不著户口，祥瑞多载图谶”（宋晁公武《郡斋读书志》），这些都是《南齐书》的缺点。

宋代曾巩在《南齐书目录序》中曾加讥评，说萧子显此书“喜自驰骋，其更改、破析、刻雕、藻缋之变尤多，而其文益下”。这一评价过于苛刻，未必公允。虽然《南齐书》的成就不能与《史记》、《汉书》等史学名著相比，书中也的确有不少糟粕和不足之处，但从总体上看，《南齐书》还是有其优点和特色的，它保存了不少很有价值的史料，不失为研究南齐历史必备的史书。读《南齐书》，可与《南史》有关部分参照比较，互相取长补短。

据《梁书·萧子显传》及《隋书·经籍志》，《南齐书》原有六十卷，而今本只有五十九卷，计有纪八卷、志十一卷、传四十卷。散失的一篇可能是原书的《自序》。《南齐书》现存最早的版本是宋蜀刻大字本。本书原文即以商务印书馆影印的宋大字本（简称百衲本）作底本，参校其他各种版本校点而成的。

本书从原书中选取18篇加以译注，其中大部分是节录。所选的篇章大多具有一定的代表性和史料价值，同时也考虑到具有一定的可读性。原书有些人物的传，如《萧子良传》、《周颙传》、《谢朓传》、《祖冲之传》等，本来也应选入，但考虑到巴蜀书社这套丛书已出的《南史选译》中，已选入这些人物的传，为避免重复，故本书只得割爱不选，特此说明。

本书在选译过程中，始终得到郁贤皓教授的具体指导，初稿完成后又承蒙他仔细审阅并提出修改意见；又曾得到周蔚同志的大力协助，在此一并致以衷心感谢。

由于选译者水平有限，书中的注释与翻译错误之处在所难免，敬请专家学者不吝赐教。

徐克谦（南京师范大学中文系）

高 帝 纪

齐高帝萧道成(427—482 年),南兰陵(今江苏武进)人,是南朝齐的开国皇帝,出身于素族寒门。在刘宋后期诸王叛乱的混乱局势中,他帮助刘宋皇帝镇压诸王,逐渐掌握军事大权,并得到一些禁卫军将领的支持,于公元 479 年废黜刘宋顺帝,建立齐朝。萧道成有一定的政治才能,个人生活也比较节俭。本篇叙述了萧道成在刘宋后期的主要经历和他废宋建齐的经过,也记录了他在位时的一些政治措施。因作者萧子显是萧道成的孙子,所以文中难免有溢美之词。但总的来看记录还比较客观,从中可以看到萧道成的政治军事才干和为人品德。

太祖高皇帝讳道成①,字绍伯,姓萧氏,小讳斗将,汉相国萧何二十四世孙也②。……太祖以元嘉四年丁卯岁生③。姿表英异,龙颡钟声④,鳞文遍体。儒士雷次宗立学于鸡笼山⑤,太祖年十三,受业,治《礼》及《左氏春秋》。十七年,宋大将军彭城王义康被黜⑥,镇豫章⑦,皇考领兵防守⑧,太祖舍业南行。十九年,竟陵蛮动⑨,文帝遣太祖领偏将军讨沔北蛮⑩。二十一年,伐索虏⑪,至丘槛山⑫,并破走。二十三年,雍州刺史萧思话镇襄阳⑬,启

---

① 太祖高皇帝:“太祖”是萧道成的庙号,萧道成死后谥“高”,故称“太祖高皇帝”。 ② 萧何:(? —前 193 年),西汉初年任相国。 ③ 元嘉:宋文帝刘义隆年号。元嘉四年:427年,此年为丁卯年。 ④ 颡(sǎng 嗓):额头。 ⑤ 雷次宗:字仲伦,南朝时著名学者。鸡笼山:在今江苏南京钟山南麓,一说即鸡鸣山,在今南京城内北极阁附近。 ⑥ 宋大将军彭城王义康:刘义康,宋武帝第四子,封彭城王,元嘉年间任大司马、大将军,辅佐朝政。后因事被废,出镇豫章。 ⑦ 豫章:郡名,治所在今江西南昌。 ⑧ 皇考:指萧道成的父亲萧承之。 ⑨ 竟陵:郡名,故城在今湖北天门西北。蛮:古代对南方民族的贬称。 ⑩ 领:兼任。偏将军:副将军,为当时出征将军的各种名号中的一种。沔(miǎn 免)北:在今湖北沔阳一带。 ⑪ 索虏:当时对北朝人的贬称。因为北方诸族编发为辫,故称为“索”。 ⑫ 丘槛山:所在不详。 ⑬ 雍州:治所在襄阳(今湖北襄阳)。刺史:原为一州的最高行政长官。南朝时刺史往往由掌握一方军权的将军兼任,权势较重。

太祖自随，戍沔北，讨樊、邓诸山蛮①，破其聚落。初为左军中兵参军②。……值明帝立，为右军将军。

时四方反叛，会稽太守寻阳王子房及东诸郡皆起兵③，明帝加太祖辅国将军④，率众东讨。至晋陵⑤，与贼前锋将程捍、孙昙瓘等战，一日破贼十二垒。分军定诸县，晋陵太守袁摽弃城走，东境诸城相继奔散。徐州刺史薛安都反彭城⑥，从子索儿寇淮阴⑦，山阳太守程天祚举城叛⑧，徐州刺史申令孙又降。征太祖讨之。……太祖率军击破之，贼马自相践藉死。索儿走向钟离⑨，太祖追至黯黮而还⑩。除骁骑将军⑪，封西阳县侯⑫，邑六百户。……

---

① 樊：今湖北襄阳。邓：今河南邓州。 ② 左军：当时以左、右、前、后军为四军。中兵参军：参军是将军下属的曹官。参军分曹治事，有中兵、外兵、骑兵、典兵等十多种名目。 ③ 会稽：郡名，治所在今浙江绍兴。太守：一郡之长。寻阳王子房：刘子房，宋武帝第六子，封寻阳王。 ④ 加：在本职外兼领他官。辅国将军：临时加给出征将军的一种称号。官阶为三品。 ⑤ 晋陵：郡名，治所在今湖北钟祥。 ⑥ 彭城：郡名，治所在今江苏徐州。 ⑦ 淮阴：县名，在今江苏淮安西南。 ⑧ 山阳：郡名，治所在今江苏淮安。 ⑨ 钟离：郡名，治所在今安徽凤阳以东。 ⑩ 黯黮：昏暗不明，指天黑。 ⑪ 除：任命。骁骑将军：加给武官的一种荣誉称号。当时往往加给掌握内军或有功的将领。 ⑫ 西阳县：故城在今河南光山境内。

初，明帝遣张永、沈攸之以众喻降薛安都，谓太祖曰："吾今因此北讨，卿意以为何如？"太祖对曰："安都才识不足，狡猾有余。若长辔缓御，则必遣子入朝；今以兵逼之，彼将惧而为计，恐非国之利也。"帝曰："众军猛锐，何往不克。卿每杖策，幸勿多言。"安都见兵至，果引索虏，永等败于彭城。淮南孤弱[1]，以太祖为假冠军将军[2]、持节[3]、都督北讨前锋诸军事[4]，镇淮阴。

明帝常嫌太祖非人臣相，而民间流言，云"萧道成当为天子"。明帝愈以为疑，遣冠军将军吴喜以三千人北使，令喜留军破釜[5]，自持银壶酒赐太祖。太祖戎衣出门迎，即酌饮之。喜还，帝意乃悦。七年[6]，征还京师，部下劝勿就征。太祖曰："诸卿闇于见事。主上自诛诸弟，为太子稚弱，作万岁后计，何关佗族[7]。惟应速发，事缓必见疑。今骨肉相害，自非灵长之运，祸难将兴，方与卿等

① 淮南：郡名，治所在今安徽寿县。 ② 假：代理。冠军将军：一种将军的名号，往往加给出征军队的统帅。 ③ 持节：官名，一般加给掌握一方兵权并兼任刺史的武官。 ④ 都督：统帅。都督某方军事，也是一种官号，意为一方军队的统领。 ⑤ 破釜：破釜湖，即今洪泽湖。 ⑥ 七年：指宋明帝泰始七年(471 年)。 ⑦ 佗：同"他"。

戮力耳。"拜散骑常侍①、太子左卫率②。时世祖以功当别封赣县③,太祖以一门二封,固辞不受。诏许之,加邑二百户。明帝崩,遗诏为右卫将军④,领卫尉⑤,加兵五百人。与尚书令袁粲⑥、护军褚渊、领军刘勔共掌机事⑦。又别领东北选事。寻解卫尉,加侍中⑧,领石头戍军事⑨。

明帝诛戮蕃戚,江州刺史桂阳王休范以人凡获全⑩。及苍梧王立⑪,更有窥窬之望,密与左右阉人于后堂习驰马,招聚亡命。元徽二年五月⑫,举兵于寻阳⑬,收略官

---

① 拜:以皇帝的名义任命上、中级大官称"拜"。散骑常侍:皇帝左右的谏官,是皇帝身边的近臣。 ② 太子左卫率:太子宫里的属官,掌管太子东宫的警卫。 ③ 世祖:指萧道成的长子齐武帝萧赜。 ④ 右卫将军:高级武官职称,掌宿卫营兵,隶属于领军将军。 ⑤ 卫尉:掌管宫门警卫的官。 ⑥ 尚书令:尚书省的主管,总理朝廷政务,即宰相。 ⑦ 护军、领军:即护军将军与领军将军,都是朝廷高级武官。领军将军总管朝廷内军,护军将军总管朝廷外军。勔:(miǎn 免)。 ⑧ 侍中:门下省的长官,在皇帝身边掌奏事应对。南朝侍中权势较重,地位相当于宰相。 ⑨ 石头戍:即石头城,在今南京西面清凉山。 ⑩ 桂阳王休范:刘休范,宋文帝第八子,封桂阳王。 ⑪ 苍梧王:即刘宋后废帝刘昱(yù 玉),明帝死后即位,后被杨玉夫等人杀死,死后被贬为苍梧郡王。 ⑫ 元徽:刘宋后废帝刘昱年号。元徽二年:474 年。 ⑬ 寻阳:郡名,治所在今江西九江。

民，数日便办，众二万人，骑五百匹。发盆口①，悉乘商旅船舫。大雷戍主杜道欣②、鹊头戍主刘謇期告变③。朝廷惶骇。太祖与护军褚渊、征北张永④、领军刘勔、仆射刘秉⑤、游击将军戴明宝⑥、骁骑将军阮佃夫、右军将军王道隆、中书舍人孙千龄⑦、员外郎杨运长集中书省计议⑧，莫有言者。太祖曰："昔上流谋逆，皆因淹缓，至于覆败。休范必远惩前失，轻兵急下，乘我无备。今应变之术，不宜念远。若偏师失律，则大沮众心。宜顿新亭、白下⑨，坚守宫掖、东府、石头以待⑩。贼千里孤军，后无委积，求战不得，自然瓦解。我请顿新亭以当其锋；征北可以见甲守白下；中堂旧是置兵地⑪，领军宜屯宣阳门为

---

① 盆口：当即湓口，城名，南朝时曾为江州治所。故址在今江西九江。 ② 大雷戍：今安徽望江。戍主：驻军首领。 ③ 鹊头戍：在今安徽铜陵西北十里。謇：（qiān 千）。 ④ 征北：征北将军。 ⑤ 仆射：即尚书仆射。南朝时尚书省设左右仆射各一人，分领诸曹，与尚书令地位相当。 ⑥ 游击将军：一种武官的称号。 ⑦ 中书舍人：中书省掌管机要的官，地位仅次于中书令。 ⑧ 员外郎：官名，本指正员以外的官，刘宋时设有员外散骑常侍、员外散骑侍郎，通称员外郎，为皇帝的侍从，隶属于侍中。中书省：为秉承皇帝旨意、掌管机要、发布政令的机构。 ⑨ 新亭：在今江苏南京西南。白下：南琅玡郡治所临沂，在今南京城北幕府山南。 ⑩ 宫掖：指皇宫。东府：在当时都城建康（今南京）东南。石头：石头戍，见前注。 ⑪ 中堂：这里指都城之中。

诸军节度[1]；诸贵安坐殿中，右军诸人不须竞出，我自前驱，破贼必矣！”因索笔下议，并注同。中书舍人孙千龄与休范有密契，独曰：“宜依旧遣军据梁山、鲁显间[2]，右卫若不出白下，则应进顿南州[3]。”太祖正色曰：“贼今已近，梁山岂可得至。新亭既是兵冲，所以欲死报国耳。常日乃可屈曲相从，今不得也！”座起，太祖顾谓刘勔曰：“领军已同鄙议，不可改易。”乃单车白服出新亭。加太祖使持节[4]，都督征讨诸军、平南将军[5]，加鼓吹一部[6]。

治新亭城垒未毕，贼前军已至，太祖方解衣高卧，以安众心。乃索白虎幡，登西垣，使宁朔将军高道庆[7]、羽林监陈显达[8]、员外郎王敬则浮舸与贼水战，自新林至赤岸[9]，大破之，烧其船舰，死伤甚众。贼步上新林，太祖驰使报刘勔，急开大小桁[10]，拨淮中船舫，悉渡北岸。休

---

① 宣阳门：当时台城的外门，故址在今南京城南裕民坊附近。 ② 梁山：在今安徽裕溪口以北长江沿岸。鲁显：所在不详。 ③ 南州：东晋南朝时以姑孰（今安徽当涂）为南州。④ 使持节：当时都督诸军的将领权力较重的加“使持节”，权力稍次的，加“持节”。持节，见前注。 ⑤ 平南将军：刘宋时置平东、平南、平西、平北四将军，称四平将军。 ⑥ 鼓吹：皇帝出游及军中行部所用的音乐。当时常用来赐给有功之臣。⑦ 宁朔将军：加给出征将军的一种称号。 ⑧ 羽林监：皇帝禁卫军首领。 ⑨ 新林、赤岸：在今江苏南京西南长江沿岸。⑩ 桁（háng 杭）：浮桥。

范乘肩舆率众至垒南[1]，上遣宁朔将军黄回、马军主周盘龙将步骑出垒对阵[2]。休范分兵攻垒东，短兵接战，自巳至午，众皆失色。太祖曰："贼虽多而乱，寻破也。"杨运长领三齐射手七百人[3]，引强命中，故贼不得逼城。未时，张敬儿斩休范首。太祖遣队主陈灵宝送首还台[4]。灵宝路中遇贼军，埋首道侧。台军不见休范首[5]，愈疑惧。贼众亦不知休范已死，别率杜黑蠡急攻垒东，司空主簿萧惠朗数百人突入东门[6]，叫噪至堂下，城上守门兵披退。太祖挺身上马，率数百人出战，贼皆推楯而前，相去数丈，分兵横射，太祖引满将发，左右将戴仲绪举楯扞之，箭应手饮羽，伤百余人。贼死战不能当，乃却。众军复得保城，与黑蠡拒战，自晡达明旦，矢石不息。其夜大雨，鼓叫不复相闻。将士积日不得寝食，军中马夜惊，城内乱走。太祖秉烛正坐，厉声呵止之。如此者数四。

贼帅丁文豪设伏破台军于皂荚桥[7]，直至朱雀桁[8]。

---

① 肩舆：用人力抬扛的代步工具。 ② 马军主：骑兵首领。 ③ 三齐：指胶东、齐、济北三地。 ④ 台：即台城，为南朝禁省所在地。 ⑤ 台军：指朝廷禁卫军。 ⑥ 司空：原为掌管工程的官。刘宋时司空为三公之一，参议朝政。当时刘休范任司空。司空主簿：司空下属参与机要的官。 ⑦ 皂荚桥：故址在今南京城南。 ⑧ 朱雀桁：即朱雀桥，故址在今南京城内南部。

刘勔欲开桁，王道隆不从。勔及道隆并战没。……贼进至杜姥宅①，车骑典签茅恬开东府纳贼②，冠军将军沈怀明于石头奔散，张永溃于白下。宫内传新亭亦陷。太后执苍悟王手泣曰："天下败矣！"太祖遣军主陈显达、任农夫、张敬儿、周盘龙等，从石头济淮，间道从承明门入卫宫阙③。休范既死，典签许公与诈称休范在新亭，士庶惶惑，诣垒投名者千数。太祖随得辄烧之，乃列兵登城北，谓曰："刘休范父子先昨皆已即戮，尸在南岗下，身是萧平南④，诸君善见观！君等名皆已焚除，勿有惧也。"台分遣众军击杜姥宅、宣阳门诸贼，皆破平之。太祖振旅凯入，百姓缘道聚观，曰："全国家者此公也。"……

四年，加太祖尚书左仆射⑤，本官如故。休范平后，苍梧王渐行凶暴。……太祖威名既重，苍梧王深相猜忌，几加大祸。陈太妃骂之曰："萧道成有功于国，今若害之，后谁复为汝著力者？"乃止。

太祖密谋废立。……时杀害无常，人怀危惧。玉夫

---

① 杜姥宅：在当时建康城宣阳门与宫门之间，原为晋成帝杜后母裴氏宅所在，故名，今址不详。 ② 车骑典签：车骑将军府中处理文书的官。 ③ 承明门：当时台城北掖门的内门。 ④ 平南：平南将军。 ⑤ 尚书左仆射（yè 夜）：刘宋时尚书省设左右仆射，与尚书令同居宰相之任。左仆射领殿中、主客二曹。

与其党陈奉伯等二十五人同谋①，于毡屋中取千牛刀杀苍梧王②，称敕，使厢下奏伎，因将首出与王敬则，敬则送太祖。太祖夜从承明门乘常所骑赤马入。殿内惊怖，既知苍梧王死，咸称万岁。及太祖践阼③，号此马为“龙骧将军”，世谓为“龙骧赤”。

明日，太祖戎服出殿庭槐树下，召四贵集议④。太祖谓刘秉曰：“丹阳国家重戚⑤，今日之事，属有所归。”秉让不当。太祖次让袁粲，粲又不受。太祖乃下议，备法驾诣东城⑥，迎立顺帝⑦。于是长刀遮粲、秉等，各失色而去。甲午，太祖移镇东府，与袁粲、褚渊、刘秉各甲仗五十人入殿。丙申，进位侍中、司空、录尚书事⑧、骠骑大将军⑨，持节、都督、刺史如故，封竟陵郡公，邑五千户，给油

---

① 玉夫：杨玉夫，为苍梧王左右近臣。 ② 毡屋：苍梧王在仁寿殿中的卧室。千牛刀：《庄子·养生主》载，庖丁之刀“所解千牛矣，而刀刃若新发于硎”。后人遂以“千牛刀”为利刃之名。 ③ 践阼：登上皇帝位。 ④ 四贵：指萧道成、袁粲、褚渊、刘秉四人。当时朝中大事由他们四人决定。 ⑤ 丹阳：这里指刘秉。刘秉时任丹阳尹，即京城地方的最高长官。 ⑥ 法驾：皇帝的车驾。 ⑦ 顺帝：刘准，宋明帝第三子。 ⑧ 录尚书事：南北朝时，凡掌握机要、总揽大权的重臣往往加上“录尚书事”的名号。录是总领的意思。 ⑨ 骠骑大将军：一种高级武官荣誉称号，地位与三公等同。

幢络车①,班剑三十人②。太祖固辞上台③,即骠骑大将军、开府仪同三司④。庚戌,进督南徐州刺史⑤。封杨玉夫等二十五人爵邑各有差。十月戊辰,又进督豫、司二州⑥。

初,荆州刺史沈攸之与太祖于景和世同直殿省⑦,申以欢好,以长女义兴公主妻攸之第三子元和。攸之为郢州⑧,值明帝晚运,阴有异图。……太祖既废立,遣攸之子司徒左长史元琰赍苍梧王诸虐害器物示之⑨。攸之未得即起兵,乃上表称庆,并与太祖书推功。攸之有素书十数行,常韬在裲裆角⑩,云是明帝与己约誓。十二月,遂举兵。其妾崔氏、许氏谏攸之曰:“官年已老,那不为

① 油幢络车:有油漆画车盖、悬有丝质绳网的车驾,为王公加礼者所乘。 ② 班剑:饰有花纹的木剑,为仪仗队所用。 ③ 上台:宋、齐以太尉、司徒、司空为三台,称上台。辞上台:这里指辞去司空之职。 ④ 开府仪同三司:一种官号,意为设置府署待遇与三司(太尉、司徒、司空)同等。 ⑤ 南徐州:治所在今江苏镇江。南朝时诸州郡名前有“南”字者,多是为北方迁徙南下的民众按其原籍设置的侨州侨郡。 ⑥ 豫、司二州:治所分别在今安徽淮南西面和湖北信阳。 ⑦ 荆州:治所在今湖北江陵。景和:刘宋前废帝子刘子业465年八月至十二月所用年号。殿省:殿指皇帝的居所,省即省中,为三公的居所。“殿省”代指朝中。 ⑧ 郢州:治所在今湖北武昌。 ⑨ 司徒左长史:司徒府中的佐官。赍(jī 机):持送。 ⑩ 裲裆:一种类似背心马甲的上装,两肩较宽。

百口计!”攸之指裲裆角示之,称太后令召己下都。京师恐惧。乙卯,太祖入居朝堂,命诸将西讨,平西将军黄回为都督前驱。……

司徒袁粲、尚书令刘秉见太祖威权稍盛,虑不自安,与蕴及黄回等相结举事①。殿内宿卫主帅,无不协同。攸之反问初至②,太祖往石头与粲谋议,粲称疾不相见。克壬申夜起兵据石头③,刘秉恇怯,晡时,从丹阳郡载妇女入石头④,朝廷不知也。其夜,丹阳丞王逊告变⑤。秉从弟领军韫及直阁将军卜伯兴等严兵为内应⑥。太祖命王敬则于宫内诛之。遣诸将攻石头。王蕴将数百精手带甲赴粲,城门已闭,官军又至,乃散。众军攻石头,斩粲。刘秉走雒檐湖⑦,蕴逃斗场⑧,并禽斩之。……

粲典签莫嗣祖知粲谋,太祖召问嗣祖:“袁谋反,何不启闻?”嗣祖曰:“事主义无二心,虽死不敢泄也。”蕴嬖人张承伯藏匿蕴。太祖并赦而用之。黄回顿新亭,闻石

---

① 蕴:王蕴,宋明帝王皇后的侄子,曾任湘州刺史。② 问:同“闻”,消息。③ 克:约定时间。④ 丹阳郡:治所在今江苏江宁东南五里,当时为管辖京城建康的行政区所。⑤ 丞:郡守的佐官。⑥ 直阁将军:掌管宫掖禁卫的官,从属于左、右卫将军。⑦ 雒檐湖:一名刘阳湖,原址在今南京东南,今已无水。⑧ 斗场:即今南京城外东南大校场。

头鼓噪，率兵来赴之。朱雀舫有戍军①，受节度，不听夜过。会石头已平，因称救援。太祖知而不言，抚之愈厚，遣回西上。流涕告别。

……

二年正月，沈攸之攻郢城不克②，众溃，自经死，传首京邑。丙子，太祖旋镇东府。二月癸未，进太祖太尉③，增封三千户，都督南徐、南兖、徐、兖、青、冀、司、豫、荆、雍、湘、郢、梁、益、广、越十六州诸军事④。……

辛卯，太祖诛镇北将军黄回⑤。

---

① 舫：同“桁”。朱雀桁，见前注。 ② 郢城：在今湖北江陵东南。 ③ 太尉：三公之一，为朝廷最高军事首脑。 ④ 南徐州：治所在京口（今江苏镇江）。南兖州：治所在广陵（今江苏扬州）。徐州：治所在钟离（今安徽凤阳以东）。兖州：治所在淮阴（今江苏淮阴）。青州：治所在郁州（今江苏连云港）。冀州：宋元嘉年间分青州一部分另立，治所亦在郁州。司州：治所在义阳（今湖北信阳）。豫州：治所在寿春（今安徽寿县）。荆州：治所在江陵（今湖北江陵）。雍州：治所在襄阳（今湖北襄阳）。湘州：治所在长沙（今湖南长沙）。郢州：治所在夏口（今湖北武昌）。梁州：治所在南郑（今陕西南郑）。益州：治所在成都（今四川成都）。广州：治所在南海（今广东广州）。越州：治所在临璋（今广东台浦东北）。 ⑤ 镇北将军：当时出征将军以征、镇、安、平为序，各有东、西、南、北四员。镇北将军为四镇将军之一。

大明泰始以来[1],相承奢侈,百姓成俗。太祖辅政,罢御府[2],省二尚方诸饰玩[3]。至是又上表禁民间华伪杂物:不得以金银为箔,马乘具不得金银度,不得织成绣裙,道路不得著锦履,不得用红色为幡盖衣服,不得翦彩帛为杂花,不得以绫作杂服饰,不得作鹿行锦及局脚柽柏床[4]、牙箱笼杂物、彩帛作屏障、锦缘荐席,不得私作器仗,不得以七宝饰乐器又诸杂漆物,不得以金银为花兽,不得辄铸金铜为像。皆须墨敕[5],凡十七条。其中宫及诸王服用,虽依旧例,亦请详衷。

九月丙午,进位假黄钺[6],都督中外诸军事[7]、太傅[8]、

① 大明:宋武帝年号,457—464 年。泰始:宋明帝年号,465—471 年。 ② 御府:天子的府库。 ③ 尚方:掌管制造供应帝王所用器物的官署,分中、左、右三尚方。 ④ 鹿行锦:一种有花纹的丝织品。局:同“曲”。 ⑤ 墨敕:皇帝亲笔书写并直接下达的命令。 ⑥ 黄钺:以黄金装饰的器杖,为天子所用。有时遣大臣出师,亦假以黄钺,以示威重,称“假黄钺”。 ⑦ 都督中外诸军事:统领朝廷内外军事,为最高统帅。 ⑧ 太傅:皇帝的老师,参预朝政,位在三公之上。

领扬州牧[①]，剑履上朝[②]，入朝不趋[③]，赞拜不名[④]。置左右长史、司马、从事中郎、掾、属各四人[⑤]。使持节、太尉、骠骑大将军、录尚书、南徐州刺史如故。固辞，诏遣敦劝，乃受黄钺，辞殊礼。甲寅，给三望车[⑥]。……

（三年正月）丁卯，给太祖甲仗五百人，出入殿省。甲午，重申前命，剑履上殿，入朝不趋，赞拜不名。三月甲辰，诏进位相国，总百揆[⑦]，封十郡为齐公，备九锡之礼[⑧]，加玺绂远游冠[⑨]，位在诸侯王之上，加相国绿綟绶[⑩]，其骠骑大将军、扬州牧、南徐州刺史如故。太祖三让，公卿敦劝固请，乃受。

① 扬州：为京城所在地的州，治所在东府（今南京东南）。牧：即州刺史。当时京城所在地的州刺史称“牧”。 ② 剑履上朝：可以佩剑穿履朝见皇帝。 ③ 趋：小步快走，是大臣拜见君王时表示恭敬的礼节。 ④ 赞拜：臣子朝见君王时，司仪宣读行礼的仪式。不名：不直呼其名。“剑履上朝，入朝不趋，赞拜不名”，都是皇帝给予亲信权臣的特殊礼遇。 ⑤ 左右长史、司马、从事中郎、掾、属：都是三公府中常置的属官。 ⑥ 三望车：王公大臣所乘的一种车子，三面有窗可望。 ⑦ 百揆：百官。 ⑧ 九锡之礼：由天子赐给大臣九种器物，表示尊礼。西汉王莽建立新朝前，曾先加九锡。东汉末献帝亦曾赐曹操九锡。后凡掌政大臣将要夺取政权、建立新王朝前，都加九锡，成为例行公事。 ⑨ 玺绂：皇帝的大印和系印的丝带。远游冠：当时太子和诸王所戴的一种冠冕。 ⑩ 绿綟（lì 立）绶：当时宰相所用的绶带，由绿、紫、青三色组成。

……

宋帝诏齐公十郡之外，随宜除用。以齐国初建，给钱五百万，布五千匹，绢五千匹。四月癸酉，诏进齐公爵为王。……丙戌，命齐王冕十有二旒①，建天子旌旗，出警入跸②，乘金根车③，驾六马，备五时副车④，置旄头云罕⑤，乐舞八佾⑥，设钟虡宫县⑦。王世子为太子，王女王孙爵命一如旧仪。

辛卯，宋帝禅位。……

是日宋帝逊于东邸，备羽仪，乘画轮车⑧，出东掖门⑨，问今日何不奏鼓吹，左右莫有答者。

……

建元元年夏四月甲午⑩，上即皇帝位于南郊。

……

---

① 旒(liú 流)：帝王冠冕上前后悬垂的玉串。 ② 出警入跸(bì 毕)：指帝王出行时开路清道、禁止他人通行。 ③ 金根车：当时皇宫中的一种车辆，以金漆鸟羽装饰。 ④ 五时副车：侍从的车辆，有青黄赤白黑五色，分别在不同时令使用。 ⑤ 旄(máo 毛)头云罕：天子出巡时作为前导的旌旗。 ⑥ 八佾(yì 义)：舞者的行列。 ⑦ 虡(jù 具)：悬挂编钟的木架。宫县(xuán 悬)：分四面悬挂的编钟。通常只有天子才可以拥有。 ⑧ 画轮车：以彩漆画轮毂的车子，以牛为驾。 ⑨ 东掖门：当时台城的东门。 ⑩ 建元：齐高帝萧道成年号。建元元年：479 年。

封宋帝为汝阴王，筑宫丹阳县故治，行宋正朔①，车旗服色，一如故事。上书不为表，答表不称诏。

……

以司空褚渊为司徒②，吴郡太守柳世隆为南豫州刺史③。……以齐国左卫将军陈显达为中护军④，中领军王敬则为南兖州刺史，左卫将军李安民为中领军。戊戌，以荆州刺史嶷为尚书令⑤、骠骑大将军、开府仪同三司、扬州刺史，冠军将军映为荆州刺史⑥，西中郎将晃为南徐州刺史⑦，冠军将军垣崇祖为豫州刺史，骠骑司马崔文仲为徐州刺史⑧。

断四方上庆礼。己亥，诏曰："自庐井毁制⑨，农桑易业，盐铁妨民，货鬻伤治，历代成俗，流蠹岁滋。援拯遗弊，革末反本，使公不专利，氓无失业。二宫诸王，悉不

① 正朔：一年的第一天，代指帝王的历法。 ② 司徒：三公之一，位同宰相。 ③ 吴郡：治所在今江苏苏州。南豫州：治所在淮南（今安徽当涂）。 ④ 左卫将军：与右卫将军皆为掌管帝王侍卫的军官。中护军：与下文中领军皆为中央统兵将军。当时中央统兵将军资重者为领军、护军将军，资轻者为中领军、中护军。 ⑤ 嶷：萧嶷，萧道成次子。 ⑥ 映：萧映，萧道成第三子。 ⑦ 西中郎将：当时设东、西、南、北四中郎将，位次于将军。晃：萧晃，萧道成第四子。 ⑧ 骠骑司马：骠骑大将军府中的僚属，负责综理一府之事。 ⑨ 庐井：古代井田制，八家共一井，故称八家的庐舍为"庐井"。

得营立屯邸，封略山湖。太官池籞①，宫停税入②，优量省置。"……

(六月)乙亥，诏曰："宋末频年戎寇，兼灾疾凋损，或枯骸不收，毁榇莫掩③，宜速宣下埋葬营恤④。若标题犹存⑤，姓字可识，可即运载，致还本乡。……"

……

九月辛丑，诏"二吴、义兴三郡遭水⑥，减今年田租"。……

(建元二年二月)癸巳，遣大使巡慰淮、肥⑦，徐、豫边民尤贫遘难者⑧，刺史二千石量加赈恤。甲午，诏"江西北民避难流徙者，制遣还本，蠲今年租税⑨。单贫及孤老不能自存者，即听番籍⑩，郡县押领"。

……

(建元四年)三月庚申，召司徒褚渊、左仆射王俭诏曰："吾本布衣素族，念不到此，因藉时来，遂隆大业。风

---

① 太官：官名，掌管皇帝饮食宴会。池籞(yù 玉)：指皇帝的园林。 ② 宫：据《册府元龟》一百九十一"宫"当作"宜"。 ③ 榇：棺材。 ④ 营恤：营聚忧恤。 ⑤ 标题：标识于器物或书画上的题记文字。 ⑥ 二吴：指吴郡(今江苏苏州)和吴兴郡(今浙江吴兴)。义兴：在今江苏宜兴。 ⑦ 淮：淮州，在今河南息县东北。肥：即汝阴郡，在今安徽合肥。 ⑧ 徐：即北徐州，在今安徽凤阳以东。豫：豫州，在今安徽淮南西北。 ⑨ 蠲(juān 捐)：免除。 ⑩ 番籍：指外地人在此地入户籍。

道沾被，升平可期。遘疾弥留，至于大渐①。公等奉太子如事吾，柔远能迩，缉和内外，当令太子敦穆亲戚，委任贤才，崇尚节俭，弘宣简惠，则天下之理尽矣。死生有命，夫复何言！”壬戌，上崩于临光殿，年五十六。

四月庚寅，上谥曰太祖高皇帝。奉梓宫于东府前渚升龙舟②。丙午，窆武进泰安陵③。

上少沈深有大量，宽严清俭，喜怒无色。博涉经史，善属文，工草隶书④，弈棋第二品⑤，虽经纶夷险，不废素业。从谏察谋，以威重得众。即位后，身不御精细之物。敕中书舍人桓景真曰：“主衣中似有玉介导⑥，此制始自大明末，后泰始尤增其丽。留此置主衣，政是兴长疾源，可即时打碎，凡复有可异物，皆宜随例也。”后宫器物栏槛以铜为饰者，皆改用铁。内殿施黄纱帐，宫人著紫皮履，华盖除金花爪，用铁回钉。每曰：“使我治天下十年，当使黄金与土同价。”欲以身率天下，移变风俗。

……（节录）

---

① 大渐：病危。 ② 梓宫：帝后所用的梓木棺材。 ③ 窆（biǎn 扁）：埋葬。武进：今江苏丹徒。 ④ 草隶：亦称章草，是隶书的草写。 ⑤ 品：棋品，棋艺的等级。古代围棋棋艺共分为九品。 ⑥ 主衣：即主衣库，负责提供皇上衣物。介导：引头发入冠帻的器具。

【翻译】

齐太祖高帝名道成，字绍伯，姓萧，小名斗将，是西汉相国萧何的二十四世孙。……太祖于宋元嘉四年(427年)出生，姿态仪表英俊非凡，额头如龙，声音似钟，龙鳞纹布满全身。儒士雷次宗在鸡笼山立学馆，太祖十三岁时前往受业，研究《礼》和《左氏春秋》。元嘉十七年(440年)，宋大将军彭城王刘义康被贬，出镇豫章，太祖的父亲萧承之领兵防守，太祖放弃学业随同南行。元嘉十九年(442年)竟陵蛮骚动，宋文帝派太祖兼任偏将军讨伐沔北蛮；元嘉二十一年(444年)又讨伐索虏，到丘槛山。两次都将敌兵攻破并赶走。元嘉二十三年(446年)，雍州刺史萧思话镇守襄阳，启请皇上让太祖跟随他，戍守沔北，讨伐樊、邓等地的山蛮，攻破了他们聚集的村落。太祖开始时任左军中兵参军。……到宋明帝即位时，任右军将军。

当时四方反叛朝廷，会稽太守寻阳王刘子房和东部各郡都起兵。宋明帝加封太祖为辅国将军，率兵东讨。到达晋陵，与敌军前锋将程捍、孙昙瓘等交战，一天攻破敌人十二个营垒。分派军队平定各县，晋陵太守袁摽弃城逃跑，东部各城相继逃奔溃散。徐州刺史薛安都在彭城反叛，他的侄子索儿入侵淮阴，山阳太守程天祚率全城反叛，徐州刺史申令孙也投降了叛军。宋明帝征召太祖前往讨伐。……太祖率军击破叛军，敌军人马互相践踏而死。索儿逃往钟离。太祖追到天黑而返回。后升任骁骑将军，封为西阳县侯，食邑六百户。……

当初，宋明帝曾派遣张永、沈攸之率领兵众，劝说薛安都投降。明帝对太祖说："我现在趁此机会向北讨伐，你意下以为如何？"太祖回答："薛安都才识不足，狡猾有余。如果对他的控制松缓一些，他一定会派他的儿子来朝。如今用兵逼他，他就会因为惧怕而考虑计策，恐怕对国家不利。"明帝说："我的各路军队勇猛精锐，到哪里不打胜仗？你们策马而行，请不必多说。"薛安都见朝廷兵到，果然招引索虏来帮助他。张永等人在彭城大败。淮南军队势孤力弱，于是任命太祖为代冠军将军、持节、统领北讨前锋各军之事，镇守淮阴。

宋明帝经常疑忌太祖不是人臣的相貌，民间也有流言，说"萧道成当为天子"。明帝因此更加疑虑。他派遣冠军将军吴喜带三千人出使去北方，叫吴喜把军队留在破釜，自己带着银壶装的酒去赏赐太祖。太祖穿着军衣出门迎接，并当即酌酒喝下。吴喜回去后，明帝心中才高兴起来。泰始七年(472 年)，明帝征召太祖返回京师。太祖部下劝他不要回去。太祖说："诸位看事情不太明白。皇上诛杀自己的各位弟弟，是因为太子现在年幼，要为身后之事考虑，跟别族的人有何关系？我只应该立即出发，事情延缓了反而定会被他怀疑。如今皇室骨肉自相杀害，气数看来不会长久，祸难将会兴起。到那时再与各位共同努力吧！”回到京师后任命为散骑常侍、太子左卫率。当时太祖之子萧赜按军功当另封赣县侯，太祖认为一门二封不妥，坚决推辞不接受。皇上下诏同意，并给他增加了食邑二百户。宋明帝去世，留下遗诏任命太祖为右卫将军，领卫尉，加兵五百人。太祖与尚书令袁粲、护军将军褚渊、领军将军刘勔共同掌握朝廷机要之事。又另管东北选拔职官的事。不久解去卫尉之职，加任侍中，统领石头城驻守军之事。

宋明帝诛杀各藩国宗室亲戚时，江州刺史桂阳王刘休范因为人才平常而幸免。到苍梧王刘昱即位后，刘休范更有觊觎皇位的野心，与身边宦官在后堂练习骑马，招集亡命之徒。元徽二年(474 年)五月，在寻阳起兵，收取官吏民众，数日之间就得到士兵二万人，战马五百匹。他们从盆口出发，全部乘坐商旅船只。大雷驻军首领杜道欣、鹊头驻军首领刘譻期也通报兵变。朝廷惶恐惊骇。太祖与护军将军褚渊、征北将军张永、领军将军刘勔、仆射刘秉、游击将军戴明宝、骁骑将军阮佃夫、右军将军王道隆、中书舍人孙千龄、员外郎杨运长会集在中书省商讨计策，没有人发言。太祖说：“以前诸王谋反，都因为逗留迟缓，招致失败。此次刘休范定会以前者的失败为戒，轻兵急下，乘我不备。如今应变的办法，不宜考虑久远。倘若一军失控，就会大失军心。应派兵驻扎在新亭、白下，坚守皇宫、东府、石头城，严阵以待。贼兵孤军深入千里，后无粮草，求战不得，自然会土崩瓦解。我请求驻扎新亭以抵挡他的前锋，征北将军可以用现有兵甲守卫白下；中堂本是设置重兵之地，领军刘勔应屯兵宣阳门为各路军马节制调度。各位贵人可安坐殿中，右军各位也不须争相出击，我充当前驱，定能击破贼兵！”于是取笔写下计议内容，并注明大家同意。中书舍人孙千龄与刘休范有密约，他一人表示异议说：“还是应依照往日，派兵据守梁山、鲁显之间，右卫军如果不出守白下，则应进驻南州。”太祖严厉地说：“如今贼兵已逼近，梁山岂可到达？新亭既然是军事要塞，我所以要在此以死报国。平常日子可以委屈听从，今天却不行！”大家站起，太祖回头对刘勔说：“你已经同意我的意见，不可改变！”于是乘单车穿白服出守新亭。皇上加封太祖使持节，统领征讨各军，任命为平南将军，并赠鼓吹一部。

太祖修整新亭城垒尚未完毕，敌兵前军已到。太祖当时正解衣高卧，借此安定军心。于是取白虎旗，登上西墙，派宁朔将军高道庆、羽林监陈显达、员外郎王敬则乘船与敌兵水战，从新林到赤岸，大破敌军，烧毁敌兵船舰，敌兵死伤很多。敌兵由新林上岸，太祖派使者快马通报刘勔，急忙打开大小浮桥，调拨秦淮河中船只，全部渡往北岸。刘休范乘坐肩舆率兵到达垒南，皇上派宁朔将军黄回，马军主帅周盘龙带领步兵、骑兵出营垒对阵。刘休范分出一支兵马攻打垒东，短兵交战，从早晨打到中午，众人都面色惊恐。太祖说："贼兵虽多但却很乱，不久会被击破的。"杨运长率领三齐射手七百人，拉开硬弓时时命中，因此敌兵不得逼近城池。午后不久，张敬儿砍下了刘休范的头。太祖派遣属下队长陈灵宝送刘休范首级回台城。陈灵宝半路遇上敌兵，就把首级埋在路旁。台军不见刘休范首级，更加疑虑惧怕。敌军也不知刘休范已死，另一队敌军由杜黑蠡率领急攻垒东，司空主簿萧惠朗与数百人突破防守冲入东门，叫喊着来到堂下，城上守门士兵纷纷后退。这时太祖挺身上马，率领数百人出战，敌兵都拿着盾牌前进，相距仅数丈，分兵从两旁射击。太祖拉满弓准备发射，左右将戴仲绪举着盾牌上前为他掩护。太祖的箭随手而发，箭箭命中，杀伤百余人。敌兵拼死交战不能抵挡，便退却了。众军重新得以保住城池，与杜黑蠡相持交战，从傍晚一直战斗到天明，箭石不停。这天夜里下大雨，鼓声叫声相互都听不见。将士们连日不得吃睡，军中的马匹夜里惊动，城中人乱跑。太祖手持蜡烛端坐，厉声呵斥，加以制止。

像这样先后四次。

敌将丁文豪设下埋伏，在皂荚桥击破官军，并进兵到朱雀桥。刘勔想要断开浮桥，王道隆不同意。刘勔和王道隆都战死了。……敌兵推进到杜姥宅，车骑典签茅恬打开东府放进敌兵，冠军将军沈怀明在石头城被敌兵击散，张永也败于白下。宫中传闻说新亭也已陷落敌手。太后拉着苍梧王的手哭道："天下完了！"太祖派军中主将陈显达、任农夫、张敬儿、周盘龙等，从石头城渡过秦淮河，走小路从承明门进入，保卫宫城。刘休范已死，典签许公与却诈称休范在新亭。士人惶恐不安，来到新亭垒下投上自己名帖的有上千人。太祖得到名帖随即烧掉，于是他列兵登上城北，对那些人说："刘休范父子已于前日被杀死，尸首在南岗下。我是平南将军萧道成，诸位请看看清楚！你们的名帖都已烧毁，不必害怕。"朝廷分派众军出击杜姥宅、宣阳门等处的敌兵，将他们全部击败。太祖整顿军队凯旋而归，百姓们沿着街道聚集观看，说道："保全国家的人，就是此公。"……

元徽四年(476 年)，加封太祖为尚书左仆射，原来的官职照旧。刘休范叛军平定后，苍梧王渐渐变得行为凶暴。……太祖的威名已经很重，苍梧王对他深为猜忌，几乎就要把大祸加到他头上。陈太妃骂苍梧王道："萧道成对国家有功，今天如果害死他，以后谁还为你出力?”于是罢休。

太祖密谋废黜苍梧王另立皇帝。……当时朝中杀害无常,人人自危,杨玉夫与他的同党陈奉伯等二十五人合谋,在毡屋中用千牛刀杀死苍梧王,假称皇上诏旨,叫下面奏上乐伎,于是乘机将苍梧王的首级带出去交给王敬则,王敬则又转送给太祖。太祖夜间乘着平常所骑的赤马从承明门入宫禁。殿中的人十分惊恐,等知道苍梧王已死,这才一齐高呼万岁。到后来太祖登上帝位时,便称这匹赤马为“龙骧将军”,世人称它为“龙骧赤”。

第二天,太祖身着戎装走出大殿,到庭中槐树下,召集袁粲、褚渊、刘秉等共同商议。太祖对刘秉说:“你是国家重戚,如今国家大事,当归属于你。”刘秉辞让不敢当。太祖然后又谦让给袁粲,袁粲也不接受。太祖于是作出决定,备好皇帝的车驾到东城,迎立顺帝刘准。于是以长刀遮挡袁粲、刘秉等人,使他们大惊失色地离去。甲午日,太祖进驻东府,与袁粲、褚渊、刘秉各带卫士五十人入殿。丙申日,太祖进位侍中、司空、录尚书事、骠骑大将军,持节、都督、刺史等职依旧,封为竟陵郡公,食邑五千户,赐给油幢络车和仪仗队三十人。太祖坚决辞掉司空,就任骠骑大将军、开府仪同三司。庚戌日,加上统领南徐州刺史的权力。封给杨玉夫等二十五人爵位食邑各有多少。十月戊辰日,又加上统领豫、司二州军事的权力。

当初，荆州刺史沈攸之与太祖在景和年间(465年)同在朝中，结为好友，太祖把长女义兴公主嫁给沈攸之的第三子沈元和。沈攸之在郢州就任时，正当宋明帝后期，他私下怀有异谋。……太祖完成废立后，就派沈攸之的儿子司徒左长史沈元琰，带着苍梧王施行暴虐害人的各种器具，去给沈攸之看。沈攸之未能立即起兵，就上表表示庆贺，又写信给太祖称赞他的功劳。沈攸之有一封写在素帛上的十几行书信，常常藏在身上裲裆的角上，说那是宋明帝跟他定下的誓约。到了十二月，他就发兵起事了。他的妾崔氏、沈氏劝谏他说："你年龄已老，怎不为家里这么多人口考虑！"攸之指着裲裆角示意，说太后已下令召他入京。京师里一片恐惧。乙卯日，太祖来到朝廷大堂，命各路大将西讨，任命平西将军黄回为都督前驱。……

司徒袁粲、尚书令刘秉见太祖的权威渐渐强大，心中感到不安，就与王蕴、黄回等人互相勾结准备起事。皇宫卫军首领，也无不赞同。沈攸之反叛的消息刚传来时，太祖到石头城与袁粲商议计策，袁粲假称生病不见他。他们定于壬申日夜间起兵占据石头城。刘秉心中害怕，傍晚时，从丹阳郡把自己的家眷也运入石头城中。朝廷对此全不知道。这天夜里，丹阳郡丞王逊报告兵变的消息。刘秉的堂弟领军刘韫和直阁将军卜伯兴等严整兵士准备为内应。太祖命令王敬则在宫中将他们诛杀。然后派诸将去攻打石头城。王蕴率领数百精兵披甲前来营救袁粲，但城门已关闭，官军又已赶到，于是就逃散了。众军攻下石头城，将袁粲斩首。刘秉逃到雒檐湖，王蕴逃到斗场，都被捉拿并斩首。……

袁粲手下的典签莫嗣祖知道袁粲的密谋，太祖把莫嗣祖召来问道："袁粲谋反，你为何不报告？"嗣祖说："事奉主子就不应该有二心，就是死了也不敢泄密。"王蕴宠幸之人张承伯曾窝藏王蕴。太祖对莫、张二人都给予赦免，并加以任用。黄回驻扎在新亭，听到石头城鼓噪的声音，就带兵来援救袁粲。朱雀桥有守军，受上司指令，不让他们夜间通过。恰好石头城的事已经平息，黄回就假称是赶来援救官军的。太祖明知内情却不说破，对黄回安抚更加优厚，派遣他西上。黄回流着泪与太祖告别。

……

顺帝二年(478 年)正月，沈攸之攻打郢城不克，将兵溃败，他自杀而死。首级传到京都传首示众。丙子日，太祖回镇东府。二月癸未日，给太祖进官为太尉，增封食邑三千户，统领南徐、南兖、徐、兖、青、冀、司、豫、荆、雍、湘、郢、梁、益、广、越十六州各军之事。……

辛卯日，太祖诛杀镇北将军黄回。

宋大明、泰始（457—471 年）以来，相沿有奢侈的风气，在百姓中也形成风俗。太祖辅政时，取消了御府，减省二尚方制造的各种装饰品和玩物。这时又上表禁止民间各种华丽伪巧的器物：不准用金银做帘子，乘马用具不准镀以金银，不准织绣花的衣裙，道路上不准穿绣花锦缎鞋，不准用红色做车盖衣服，不准将彩帛剪为杂花，不准用绫子制作各种服饰，不准制造鹿行锦以及装有曲脚的木制坐榻、象牙装饰的衣笼衣箱和杂物、彩帛做成的屏障、边缘装饰有锦绣的荐席，不准私自制作兵器，不准用多种宝物装饰乐器和各种漆器，不准用金银做花兽，不准随便铸造金铜像。共十七条，必须有皇帝亲笔诏书才可违例。宫中和诸王的服饰器用，虽然依照旧例，但也请审慎考虑。

九月丙午日，给太祖加封为假黄钺，让他统帅国家内外各军队之事，任太傅，兼任扬州牧，允许他佩剑穿鞋上殿，朝见皇帝时不必趋走，司仪宣读行礼仪式时不直呼其名。他的府中设置左、右长史，司马，从事中郎，掾，属各四人。原来所任的使持节、太尉、骠骑大将军、录尚书、南徐州刺史等职依旧保留。太祖坚决推辞，皇上诏令大臣尽力劝请，这才接受了黄钺，但仍然辞去特殊的礼遇。甲寅日，皇上又赐给他一辆三望车。……

三年(479年)正月丁卯日,送给太祖仪仗队五百人,可以随意出入皇宫和省中。甲午日,重申以前的命令,太祖可以佩剑穿鞋上殿,朝见皇帝时不必趋走,司仪宣读行礼仪式时不直呼其名。三月甲辰日,皇帝下诏给太祖进位为相国,总管百官,又封给他十郡并进爵为齐公,备"九锡之礼",赐给玺绂和远游冠,地位在诸侯王之上,又加以相国绿綟绶。原来骠骑大将军、扬州牧、南徐州刺史等职依旧。太祖谦让了几次,公卿们坚决劝请,他才接受。

……

宋顺帝下诏齐公可以在所封十郡之外,随便取用。因为齐国初建,赐给钱五百万,布五千匹,绢五千匹。四月癸酉日,又下诏把齐公的爵位进升为齐王。……丙戌日,命齐王的冠冕上可以有十二条旒,可以竖天子的旗帜,出入可以设警戒、止行人,乘金根车,以六马驾车,并备有五时副车,设置有旄头为饰的旌旗,用八佾起舞,设有天子的全套编钟。齐王的长子称为太子,王女王孙的爵命全部按照旧制。

辛卯日,宋顺帝禅让帝位。……

这一天宋帝退居到东邸,备好仪仗队,乘坐画轮车,出东掖门时,他问今天为何不奏鼓吹,左右没有人回答他。

……

建元元年(479 年)夏四月甲午这一天,萧道成在南郊即皇帝位。

……

封宋帝为汝阴王,在丹阳县故地为他筑宫殿,在此继续实行宋朝历法,车马旗帜服饰颜色,全部照旧。但给他上书不再称“表”,他答表也不再称“诏”。

……

任命司空褚渊为司徒,吴郡太守柳世隆为南豫州刺史。……任命齐国左卫将军陈显达为中护军,中领军王敬则为南兖州刺史,左卫将军李安民为中领军。戊戌日,任命荆州刺史萧嶷为尚书令、骠骑大将军、开府仪同三司、扬州刺史,冠军将军萧映为荆州刺史,西中郎将萧晃为南徐州刺史,冠军将军垣崇祖为豫州刺史,骠骑司马崔文仲为徐州刺史。

谢绝了四方来京师庆贺的礼节。己亥日,下诏说:“自从庐井的制度被毁坏,农桑之人不务正业,盐铁专营妨害民众,货物交易伤害治理,历代相承成为风俗,社会蠹虫年年增多。如今要拯救前代遗留的弊端,改革末业返回根本,使公家不专利,民众不失业。二宫和诸王,都不得营建官邸、霸占山湖。皇室的太官和园林,应停止税收,用度要节约减省。”……

六月乙亥日，下诏说："宋末连年发生战争寇乱，加上灾害和疾病造成死亡，枯骨不收，棺毁不埋，应立即叫人埋葬哀悼。如果文字尚存，姓名可认，可立即运载，送回故乡。……"

……

九月辛丑日，下诏说："二吴、义兴三郡遭到水灾，减去今年的田租。"……

建元二年(480年)二月癸巳日，派遣大使巡回慰问淮、肥，徐、豫等地边民贫苦遭难的人，由刺史二千石酌情给予救济。甲午日，下诏令"江西北方逃难流亡的民众，由官府遣送回原乡，减除今年租税。贫困和孤寡老弱不能自养的人，允许就地改籍，由郡县收管。"

……

建元四年(482年)三月庚申日，召见司徒褚渊、左仆射王俭下诏说："我本是布衣素族，没想到会有今天。借助了时势，才成就帝王大业。风化道德影响后代，国家太平指日可待。如今患病弥留，不久于人世。诸公事奉太子要像事奉我一样，安抚远近，协调内外，要让太子与亲戚和睦相处，重用贤才，崇尚节俭，发扬简朴宽厚的品德，这样天下的治理就完备了。生死有命，我不再多说了！"壬戌日，皇上在临光殿驾崩，终年五十六岁。

四月庚寅日，皇上被谥为"太祖高皇帝"。棺柩在东府前水边放入龙舟。丙午日，安葬在武进泰安陵。

皇上年轻时深沉而有大气量，宽严清俭，喜怒不表现于外。博览经史书籍，善写文章，擅长草隶书，下棋为第二品。虽然历经风波，也没有废弃学业。能听从进谏，审察谋略，以威望得到众人拥护。即皇帝位后，身上不戴精巧的器物。曾手谕中书舍人桓景真说："皇上的衣库中好像有玉做的介导，这个制度始于大明末年，后来泰始年间更加华丽。留下此物在皇上的衣库中，是政治弊端产生之源，可立即打碎。以后再有奇异的器物，也都照此办理。"后宫的器物栏槛用铜装饰的，全部改用铁。内殿布置黄纱帐，宫人穿紫皮鞋，车上的华盖除金花爪外，都用铁回钉。他常说："让我治理天下十年，就会让黄金与泥土同样价格。"想以自己为天下表率，移风易俗。

……

东昏侯纪

东昏侯萧宝卷是齐明帝萧鸾的次子，公元498年明帝死后，即位为皇帝。两年多后，雍州刺史萧衍发兵包围京师，萧宝卷被身边的人杀死，年仅19岁。死后被追封为东昏侯。他死后，齐朝基本上就灭亡了。

萧宝卷是个典型的昏君，他年轻无知，又不肯信用朝廷大臣，只宠幸身边的宦官和群小。生活上荒淫奢侈，沉湎于声色狗马，搜刮民间财富建造宫殿苑囿，视朝廷大事为儿戏，随意杀戮文武大臣，搞得国家大乱，民不聊生。他在位的短短两年多时间，就先后暴发四次朝廷将领举兵反叛的事件，最后众叛亲离，被自己平时亲信的人杀死。

本篇以记叙皇帝的劣迹为主要内容，这在古代史书帝纪中是比较特别的。其中可能带有作者萧子显的某种个人恩怨，因为萧宝卷的父亲萧鸾是篡位上台的，而被他废黜并杀害的郁林王萧昭业、海陵王萧昭文则是萧子显的侄儿，所以萧子显对萧鸾父子深怀怨恨。但文中的记录基本上符合历史事实，暴露了封建统治阶级的荒淫腐朽，从中可看出齐朝灭亡的必然性。

东昏侯宝卷字智藏，高宗第二子也①。本名明贤，高宗辅政后改焉。建武元年②，立为皇太子。

永泰元年七月己酉，高宗崩，太子即位。

……

帝在东宫便好弄，不喜书学，高宗亦不以为非，但勖以家人之行③。令太子求一日再入朝，发诏不许，使三日一朝。尝夜捕鼠达旦，以为笑乐。高宗临崩，属以后事，

① 高宗：即齐明帝萧鸾。 ② 建武：齐明帝年号。建武元年：494年。 ③ 勖（xù序）：勉励。家人：《易经》卦名。按《易传》的解释，此卦内容是讲父子兄弟夫妇的家道。

以隆昌为戒[1]，曰："作事不可在人后！"故委任群小，诛诸宰臣，无不如意。

性重涩少言，不与朝士接，唯亲信阉人及左右御刀应敕等。自江祏、始安王遥光诛后[2]，渐便骑马。日夜于后堂戏马，与亲近阉人倡伎鼓叫。常以五更就卧，至晡乃起[3]。王侯节朔朝见[4]，晡后方前，或际阍遣出。台阁案奏[5]，月数十日乃报，或不知所在。二年元会[6]，食后方出，朝贺裁竟，便还殿西序寝[7]，自巳至申，百僚陪位，皆僵仆菜色。比起就会，忽遽而罢。

陈显达事平[8]，渐出游走，所经道路，屏逐居民，从万春门由东宫以东至于郊外[9]，数十百里，皆空家尽室。巷陌悬幔为高障，置仗人防守，谓之"屏除"[10]。或于市肆左侧过亲幸家[11]，环回宛转，周遍京邑。每三四更中，鼓声

---

① 隆昌：指郁林王萧昭业，即帝位后以隆昌为年号，不到一年，被萧鸾废黜。 ② 江祏（shí 石）：字弘业，任中书令、右仆射。始安王遥光：齐高帝萧道成的侄子。江祏于永元元年（499 年）密谋废黜东昏侯立萧遥光，事发被杀。参见本书《江祏传》。 ③ 晡：申时，即下午三点至五点。 ④ 节朔：指王侯按规定朝见天子的日期。 ⑤ 台阁：指尚书省官员。 ⑥ 元会：皇帝元旦会见群臣。 ⑦ 西序：西厢房。 ⑧ 陈显达：南齐开国功臣，永元元年（499 年）十一月举兵反叛东昏侯，兵败被杀。 ⑨ 万春门：在当时台城东掖门以北。 ⑩ 屏除：意为排除众人的屏障。 ⑪ 左侧：犹言左右、两旁。

四出，幡戟横路，百姓喧走相随，士庶莫辨。出辄不言定所，东西南北，无处不驱人。高障之内，设部伍羽仪，复有数部，皆奏鼓吹羌胡伎①，鼓角横吹。夜出昼反，火光照天。拜爱姬潘氏为贵妃，乘卧舆，帝骑马从后。著织成袴褶②，金簿帽，执七宝缚矟③，戎服急装，不变寒暑，陵冒雨雪，不避坑阱。驰骋渴乏，辄下马解取腰边蠡器酌水饮之④，复上马驰去。马乘具用锦绣处，患为雨所沾湿，织杂彩珠为覆蒙，备诸雕巧。教黄门五六十人为骑客⑤，又选无赖小人善走者为逐马，左右五百人，常以自随，奔走往来，略不暇息。置射雉场二百九十六处，翳中帷帐及步障⑥，皆袷以绿红锦⑦，金银镂弩，牙瑇瑁帖箭⑧。郊郭四民皆废业，樵苏路断⑨，吉凶失时，乳妇婚姻之家，移产寄室⑩，或舆病弃尸⑪，不得殡葬。有弃病人于青溪边者⑫，吏惧为监司所问⑬，推置水中，泥复其

---

① 鼓吹：北方民族音乐名。羌胡伎：古代西北部民族的艺伎。 ② 袴褶（xí 习）：一种便于骑马的服装。 ③ 矟（shuò 硕）：长矛。 ④ 蠡器：瓠瓢。 ⑤ 黄门：指宦官。 ⑥ 翳（yì 义）：华盖。 ⑦ 袷（jiá 夹）：同“袂”。 ⑧ 瑇瑁：一种海龟，其甲壳可作装饰品。帖：同“贴”，粘附。 ⑨ 樵苏：打柴割草的人。 ⑩“乳妇”二句：据他书记载，东昏侯曾在沈公城剖孕妇之腹视其男女。故孕妇新婚人家转移躲避。 ⑪ 舆病：抱病登车。 ⑫ 青溪：在今南京城内上元门附近。 ⑬ 监司：监察地方属吏的官员。

面，须臾便死，遂失骸骨。

后宫遭火之后，更起仙华、神仙、玉寿诸殿，刻画雕彩，青莽金口带①，麝香涂壁，锦幔珠帘，穷极绮丽。絷役工匠，自夜达晓，犹不副速，乃剔取诸寺佛刹殿藻井仙人骑兽以充足之②。世祖兴光楼上施青漆，世谓之“青楼”。帝曰：“武帝不巧，何不纯用琉璃？”

潘氏服御，极选珍宝，主衣库旧物，不复周用，贵市民间金银宝物，价皆数倍。虎魄钏一只，直百七十万。京邑酒租，皆折使输金，以为金涂。犹不能足，下扬、南徐二州桥桁塘埭丁③，计功为直，敛取见钱，供太乐主衣杂费④。由是所在塘渎，多有隳废⑤。又订出雉头鹤氅白鹭缞⑥。亲幸小人，因缘为奸利，课一输十⑦，郡县无敢言者。

三年夏，于阅武堂起芳乐苑，山石皆涂以五采，跨池水立紫阁诸楼观，壁上画男女私亵之像。种好树美竹，

---

① 青莽：不详。金口带：用金装饰的边沿。 ② 藻井：指绘有藻状纹彩的天花板。 ③ 扬、南徐二州：见《高帝纪》注。桁（háng 航）：浮桥。埭（dài 代）：土坝。 ④ 太乐：朝廷掌管乐人的官署。 ⑤ 隳（huī 辉）：毁坏。 ⑥ 订出：指向民众征收。雉头：野鸡头上的毛，色泽鲜艳，可以用来装饰裘衣。鹤氅：用鹤羽制成的外衣。白鹭缞（cuī 崔）：用白鹭羽毛制成的衣服。 ⑦ 课：按规定数目征收。输：缴纳。

天时盛暑，未及经日，便就萎枯。于是征求民家，望树便取，毁彻墙屋以移致之，朝栽暮拔，道路相继。花药杂草，亦复皆然。

又于苑中立市，太官每旦进酒肉杂肴①。使宫人屠酤，潘氏为市令②，帝为市魁③，执罚，争者就潘氏决判。

帝有膂力，能担白虎橦④，自制杂色锦伎衣，缀以金花玉镜众宝，逞诸意态。所宠群小党与三十一人，黄门十人。初任新蔡人徐世檦为直阁骁骑将军⑤，凡有杀戮，皆其用命。杀徐孝嗣后⑥，封为临汝县子⑦。陈显达事起，加辅国将军⑧。虽用护军崔慧景为都督⑨，而兵权实在世檦。及事平，世檦谓人曰："五百人军主，能平万人都督。"世檦亦知帝昏纵⑩，密谓其党茹法珍、梅虫儿曰："何世天子无要人，但阿侬货主恶耳⑪。"法珍等争权，以白帝。帝稍恶其凶强，以二年正月，遣禁兵杀之。世檦

① 太官：官名，掌管皇帝饮食宴会。 ② 市令：主管市场的官员。 ③ 市魁：管理市场的役吏。 ④ 白虎橦：绘有白虎图样的大旗。 ⑤ 新蔡：县名，今属河南。直阁：即直阁将军，宫廷卫兵的领兵官。"骁骑将军"是另加的荣誉称号。 ⑥ 徐孝嗣：字始昌。东昏侯即位后任司空，密谋废立，被发觉，东昏侯赐他饮药酒而死。 ⑦ 临汝县：今江西临川。 ⑧ 辅国将军：见《高帝纪》注。 ⑨ 护军：即护军将军，见《高帝纪》注。都督：这里指都督中外诸军事，为诸军统帅。 ⑩ 檦：(biǎo 表)。 ⑪ 阿侬：吴语称"我"为"阿侬"。

拒战而死。自是法珍、虫儿用事，并为外监①，口称诏敕。中书舍人王咺之与相唇齿②，专掌文翰。其余二十余人，皆有势力。崔慧景平后③，法珍封余干县男，虫儿封竟陵县男。

及义师起④，江、郢二镇已降⑤，帝游骋如旧。谓茹法珍曰："须来至白门前⑥，当一决。"义师至近郊，乃聚兵为固守之计。召王侯朝贵分置尚书都座及殿省⑦。又信鬼神，崔慧景事时，拜蒋子文神为假黄钺⑧、使持节⑨、相国、太宰⑩、大将军、录尚书、扬州牧⑪、钟山王⑫。至是又尊为皇帝。迎神像及诸庙杂神皆入后堂，使所亲巫朱光

① 外监：官名，在外行监督统领之事。 ② 中书舍人：见《高帝纪》注。咺：(xuǎn 选)。 ③ 崔慧景平：崔慧景于永元二年(500 年)三月举兵袭京师，四月事败被杀。 ④ 义师：指梁武帝萧衍的部队。萧衍于永元二年十二月起兵反叛东昏侯，后建立梁朝。《南齐书》写成于梁代，故称萧衍部队为"义师"。 ⑤ 江：江州，治所在今江西九江。郢：郢州，治所在今湖北武昌。 ⑥ 白门：都城建康城的西门。 ⑦ 都座：朝廷议事的地方。 ⑧ 蒋子文：东汉广陵人，曾自言骨青，死后当为神，汉末为秣陵尉，追贼至钟山(在今江苏南京东郊)，伤额而死。后世封为神，立庙祭祀，故钟山一名蒋山。黄钺：黄金所饰之钺，为天子的仪仗。假黄钺：对大臣的一种封号，意为借用天子仪仗，以示威重。 ⑨ 使持节：见《高帝纪》注。 ⑩ 太宰：古代掌管王室内外事务的官。 ⑪ 录尚书、扬州牧：见《高帝纪》注。 ⑫ 钟山：在今南京东郊，亦名紫金山。

尚祷祀祈福。以冠军将军王珍国领三万人据大桁①，莫有斗志。遣左右直长阉竖王宝孙督战②，呼为“王长子”。宝孙切骂诸将帅，直阁将军席豪发愤突阵死。豪，骁将，既毙，众军于是土崩。军人从朱雀观上自投及赴淮死者无数。于是闭城自守，城内军事委王珍国。兖州刺史张稷入卫京师，以稷为副，实甲犹七万人。

帝乌帽袴褶，备羽仪，登南掖门临望。又虚设铠马斋仗千人③，皆张弓拔白，出东掖门，称蒋王出荡。素好斗军队，初使宫人为军，后乃用黄门。亲自临阵，诈被疮，使人舆将去。至是于阅武堂设牙门军顿④，每夜严警。帝于殿内骑马从凤庄门入徽明门，马被银莲叶具装铠，杂羽孔翠寄生⑤。逐马左右卫从，昼眠夜起如平常。闻外鼓叫声，被大红袍登景阳楼屋上望，弩几中之。众皆怠怨，不为致力。募兵出战，出城门数十步，皆坐甲而归。虑城外有伏兵，乃烧城傍诸府署，六门之内皆荡尽。城中阁道西掖门内，相聚为市，贩死牛马肉。帝初与群小计议，陈显达一战便败，崔慧景围城退走，谓义师远来，不过旬日，亦应散去。敕太官办樵米为百日粮而已。

---

① 大桁：即朱雀桥，见《高帝纪》注。 ② 直长：官名，隶属于秘书省。 ③ 铠马：披带铠甲的马。斋仗：担任仪仗侍卫的武士。 ④ 牙门：军营门前竖牙旗，故称营门为牙门。顿：驻扎。 ⑤ 孔翠：孔雀尾部的羽毛。寄生：依附、附着。

大桁败后①,众情凶惧。法珍等恐人众惊走,故闭城不复出军。既而义师长围既立,渐栅严固,然后出荡,屡战不捷。

帝尤惜金钱,不肯赏赐,法珍叩头请之,帝曰:“贼来独取我邪?何为就我求物?”后堂储数百具榜②,启为城防。帝云拟作殿,竟不与。又催御府细作三百人精仗,待围解以拟“屏除”③。金银雕镂杂物,倍急于常。

王珍国、张稷惧祸及,率兵入殿,分军又从西上阁入后宫断之。御刀丰勇之为内应。是夜,帝在含德殿吹笙歌作《女儿子》④,卧未熟。闻兵入,趋出北户,欲还后宫。清曜阁已闭,阉人禁防黄泰平以刀伤其膝,仆地,顾曰:“奴反邪?”直后张齐斩首送梁王⑤。(节录)

【翻译】

东昏侯萧宝卷字智藏,是齐明帝萧鸾的第二个儿子。原名明贤,萧鸾辅政后改名。建武元年(494 年),被立为皇太子。

---

① 大桁败:指永元三年(501 年)冬十月甲戌日,王国珍在朱雀桥迎战萧衍,被击败。 ② 榜:木板。 ③ 屏除:见上文。 ④ 女儿子:乐府《西曲歌》名。 ⑤ 直后:官名,从属于掌管宫廷禁卫的左右卫。梁王:指萧衍。齐中兴二年(502 年)正月,宣德太后下诏进萧衍爵位为梁王。

永泰元年(498 年)七月己酉日,齐明帝去世,太子即位为皇帝。

……

皇帝在东宫做太子时便喜好玩耍,不喜欢读书学习。萧鸾也不以为非,只是以《家人》的品行劝勉他。萧鸾叫太子请求每天入朝两次,又故意下诏不同意,只让他每三天入朝一次。他常在夜里捕捉老鼠直到天亮,以此来取乐。萧鸾临死时,对他嘱咐后事,要他以郁林王萧昭业为鉴戒,对他说:“做大事不可落在别人后面!”所以他委任众多小人,诛杀朝廷大臣,无不按照他自己的意思行事。

他性格迟钝很少言语,不与朝中官吏交往,只亲信宦官和身边持刀侍卫及传达旨意的人。自从江祏、始安王萧遥光被诛杀后,他开始练习骑马,日夜在后堂玩马,和亲近的宦官及歌女们一起大声喧闹。经常在天将亮时入睡,到下午才起来。王侯们在规定的日期来朝见,到下午以后才上前,有时要等到天将黑时才退出来。尚书省奏上的案卷,一个多月以后才作答复,有时甚至不知丢在何处。永元二年(500 年)元旦会见群臣,他在食时以后(上午八时以后)才出来,朝拜礼仪刚刚完毕,他就回到西厢房睡觉,从巳时睡到申时,众臣僚留在位上奉陪,都因疲倦饥饿而倒地。等到他起来会见时,却又匆忙草率地结束了。

陈显达之事平息后，他逐渐外出巡游，所经过的道路，都要排除驱逐当地居民，从万春门经过东宫以东直到郊外，几十上百里路，两旁住宅都被赶得空无一人。街巷道路上悬挂帷幔成为高高的屏障，安置卫士防守，称之为“屏除”。有时到市场店铺两旁拜访所亲幸的小人家中，巡回周转，走遍整个京城。常常在半夜三更四更时，鼓声大作，旗帜器杖横行于道路，老百姓喧闹奔走相互跟随，士人与庶民无法分辨。出游则不说明一定的去处，东西南北，无处不驱赶行人。高高的屏障之内，设置列队士兵和仪仗，另外还有好几部，都是吹奏羌胡音乐的艺伎，吹奏鼓角横吹之曲。夜里出去白天返回，火光照天。他封其爱姬潘氏为贵妃，让她乘坐可以躺卧的车辆，自己骑马跟随在后。他穿着织成的骑服，戴着饰有黄箔的帽子，拿着装饰有多种宝物的长矛，一身军服全副武装，不管是寒是暑；顶着风雨冒着霜雪，不避坑坑洼洼。奔走得口渴了，就下马解下腰边的胡芦瓢舀水饮用，然后又上马奔驰而去。乘马的用具上用锦绣装饰的地方，担心被雨水淋湿，就编织各种彩珠作为覆盖，用尽了各种雕饰技巧。他教宦官五六十人做骑客，又选了一些善于奔跑的无赖小人来追马，身边有五百人，经常叫他们跟随自己，来来往往到处奔走，一刻也不休息。他设置了射野鸡的场所二百六十九处，华盖中的帷帐和屏幕，都用红绿锦缎为夹里，用金银雕镂弓弩，用象牙和瑇瑁装饰箭杆。城里和郊外的士农工商都荒废了各自的工作，道路上看不到打柴割草的人，吉凶也失去了正常的时节。怀孕的妇女和新婚人家，都转移家产寄居他室，有的人抱病登车弃尸路旁，得不到埋葬。有的把病人抛弃在青溪旁，役吏害怕被监察官追问，便将病人推入水中，用泥土覆盖在脸上，一会儿就死了，连尸首都找不到。

后宫遭火灾之后，又盖起仙华、神仙、玉寿等大殿，雕刻描绘彩色图案，用黄金装饰边沿，用麝香涂抹墙壁，悬挂锦幔和珠帘，竭尽美艳华丽之能事。抓来服役的工匠，通宵达旦地干，仍然不能满足要求，于是又剥取各佛寺神殿里的彩色天花板和仙人骑兽图像用来补充。齐武帝时盖的兴光楼上涂着青漆，世人称之为“青楼”。皇上却说：“武帝不算工巧，为何不全部使用琉璃？”

潘贵妃的服饰车驾，都选用最好的珍宝，皇上衣库中所存的旧物，已经不再够用，又以高价购买民间的金银宝物，价钱都高达数倍。琥珀钏一只，价值一百七十万。京城里的酒税，都折价叫人贡纳黄金，用来制成金泥。仍然不能满足，又取消扬州、南徐州两地修筑桥梁塘坝的丁壮们的劳役，按工时折算为价格，收取现钱，用来提供太乐官和皇上衣服的杂费。因此那些地方的塘坝沟渠，很多都毁坏了。又向民间征收野鸡头毛和鹤羽白鹭羽制成的外衣。所亲幸的小人，也乘机捞取私利，规定征收一份，实际收纳十份，郡县里没有人敢说话。

永元三年(501年)夏天，在阅武堂建造芳乐苑，山石都涂上五彩颜色，横跨池水建造紫阁等楼台，墙壁上画着男女交欢的图像。栽种各种名贵的树木和竹子，当时天气酷热，不到一天，就枯萎了。于是又到民众家中征求，看见树木就要取走，拆墙毁屋进行移栽，早晨栽下傍晚拔掉，道路上连续不断。对于各种花草，也是如此。

又在芳乐苑中设立集市，太官每天早晨送进酒肉和各种菜肴。叫宫人卖肉酤酒，潘氏扮作市令，皇上扮作市魁，执行处罚，发生争执就到潘氏那里去裁决。

皇上很有力气，能担起白虎大旗，自制了杂色锦缎的歌伎衣服，缝缀着金花玉镜等许多宝物，卖弄神情姿态。所宠幸的小人党羽有三十一人，宦官十人。开始时任命新蔡人徐世檦为直阁骁骑将军，凡是有杀戮之事，都是由他拿主意。杀了徐孝嗣以后，他被封为临汝县子爵。陈显达反叛的事情发生后，他又加上了辅国将军的官号。虽然任用护军崔慧景为都督，但兵权实际上在徐世檦手中。等到陈显达的事情平息后，徐世檦对人说："我这五百人的军主，能盖过他统帅万人的都督。"徐世檦也知道皇上昏乱放纵，私下对他的同党茹法珍、梅虫儿说："哪一代天子没有自己的要人，我只是贩卖皇上的罪恶罢了。"茹法珍等人想与徐世檦争夺权力，就把这些话告诉皇上。皇上渐渐憎恶世檦的凶险强悍，于永元二年(500年)正月，派禁卫兵去杀他。徐世檦抗拒交战而死。从此茹法珍、梅虫儿决定大事，二人都担任外监，口传皇上诏令。中书舍人王咺之与他们相互配合，专门掌管文笔。其余二十几人，都有一定势力。崔慧景之事平息后，茹法珍封为余干县男爵，梅虫儿封为竟陵县男爵。

到了萧衍发兵起事后，江、郢二州的守军已经投降，皇上骑马游荡一如往日。他对茹法珍说："等他们来到白门前，再与他们一决雌雄。"萧衍的人马到达京城近郊时，皇上才聚集兵士商量固守的计策。召集王侯和朝廷贵臣分别安置在尚书都座和殿省。又相信鬼神，崔慧景一事发生时，皇上拜蒋子文的神灵为假黄钺、使持节、相国、太宰、大将军、录尚书、扬州牧、钟山王。到此时又尊奉蒋子文为皇帝。迎接神像和各庙的杂神都进入后堂，派所亲幸的巫师朱光尚祭祀祷告，祈求福祐。派冠军将军王珍国率领三万人据守朱雀桥，但没有人有斗志。又派身边的直长宦官王宝孙去督战，称为"王长子"。王宝孙厉声斥骂各位将帅，直阁将军席豪怀着愤恨去冲锋陷阵而战死。席豪是一员骁勇的将领，他死之后，众军于是也就土崩瓦解了。军人们从朱雀观上跳下去或是投入秦淮河而死的不可胜数。于是只好关闭城门自守，城内军务大事委任王珍国负责。兖州刺史张稷赶来保卫京师，于是任命张稷为副手，当时实有士兵七万人。

皇上头戴黑帽身穿骑服，备好仪仗侍卫，登上南掖门眺望。又虚设了带铠甲的马匹和仪仗队武士一千人，一起拉弓拔剑，冲出东掖门，假称是蒋子文神出来扫荡。皇上平时就喜欢看军队交战，当初曾让宫人扮作军人，后来又用宦官。他亲自临阵，假装受了伤，让人把他抬走。到此时他在阅武堂设置牙门军营，每天夜里严加戒备。皇上在殿内骑马从凤庄门进入徽明门，马上披着银制的莲叶，都装上铠甲，还装饰着孔雀的尾羽和杂色羽毛。担任“追马”的人跟随在左右侍卫，白天睡觉晚上起来还是与往常一样。听到外面有鼓噪喊叫的声音，皇上披上大红袍登上景阳楼屋顶上眺望，几乎被箭射中。众人都怠倦怨恨，不肯为他出力。招募的士兵出去交战，出城门才数十步，就都弃甲而归。他担忧城外会有伏兵，于是就烧毁城墙旁各官府房屋，六个城门之内都被一扫而空。城中道路旁和西掖门内，相聚为集市，贩卖被烧死的牛马的肉。皇上开始时与身边小人商议，认为当初陈显达反叛时一战便败，崔慧景来围城不久也退去了，所以认为萧衍这次远道而来，不过十天，也应当溃散离去。所以下诏令太官筹办柴米只准备了一百天的口粮。到了朱雀桥一仗打败后，众人神情恐惧。茹法珍等人担心兵众惊惧逃跑，就关闭了城门不再出军。不久萧衍的军队便在城外设置了很长的包围圈，壕沟栅栏严密坚固，这时才出城攻击，所以交战多次都不能获胜。

皇上尤其吝惜金钱，不肯用来赏赐将士，茹法珍向他叩头请求，皇上说："贼兵来难道只是抓我一个人吗？为何来向我要东西？"后宫储备有数百片木板，有人启奏请求用来修筑城防工事。皇上说那是准备用来盖大殿的，竟然不肯给予。又催促御府细致地制造供三百人使用的精巧器杖，待到解围以后准备用来设"屏除"。对金银和雕镂杂物的需求，比平常加倍地急迫。

王国珍、张稷惧怕将来灾祸降到自己头上，就率兵进入大殿，又分出一队军士从西上阁进入后宫断其退路。皇上的侍卫丰勇之为他们作内应。这天夜里，皇上在含德殿吹笙歌唱《女儿子》乐曲，卧床尚未熟睡。听到有士兵进入，急忙从北门逃出，想回到后宫。但清曜阁已被关闭，担任禁卫的宦官黄泰平用刀刺伤了皇上的膝盖，皇上仆倒在地，回头喝道："奴才造反了吗？"直后张齐斩下了皇上的头送给梁王萧衍。

礼　志

《南齐书》的“志”，计有礼、乐、天文、州郡、百官、舆服、祥瑞、五行八目。南北朝诸史书中，唯《宋书》、《魏书》及《南齐书》有志。《南齐书》的志，简明扼要，对研究南朝礼仪制度、天文地理等文化具有较高的史料价值，历来为史学家所称许。其中《礼志》二卷，记载了齐朝郊庙祭祀等各项礼节仪式的有关事件，这里节选的一段，记录了齐朝设立国学的情况，对研究南朝时期的教育制度有参考价值。

建元四年正月①,诏立国学②,置学生百五十人。其有位乐入者五十人。生年十五以上,二十以还,取王公已下至三将③、著作郎④、廷尉正⑤、太子舍人⑥、领护诸府司马咨议经除敕者⑦、诸州别驾治中等⑧、见居官及罢散者子孙。悉取家去都二千里为限。太祖崩,乃止。

永明三年正月⑨,诏立学,创立堂宇,召公卿子弟下及员外郎之胤⑩,凡置生二百人。其年秋中悉集。有司奏:"宋元嘉旧事⑪,学生到,先释奠先圣先师⑫。礼又有释菜⑬,未详今当行何礼?用何乐及礼器?"尚书令王俭议⑭:"《周礼》'春入学,舍菜合舞⑮。'《记》云:'始教,皮

① 建元:齐高帝萧道成年号。建元四年:482年。 ② 国学:国家设立的学校。 ③ 三将:指诸王国中上中下三军首领。 ④ 著作郎:掌管编修国史的官。 ⑤ 廷尉正:掌刑狱的司法官。 ⑥ 太子舍人:太子宫中的属官。 ⑦ 领护:指领军将军和护军将军。见《高帝纪》注。司马、咨议:皆为将军府中的属官。 ⑧ 别驾:州刺史的副官。治中:州刺史的助理。 ⑨ 永明:齐武帝萧赜年号。永明三年:485年。 ⑩ 员外郎:见《高帝纪》注。胤(yìn印):后代。 ⑪ 元嘉:宋文帝刘义隆年号。 ⑫ 释奠:置酒于神前祭祀。先圣先师:原指前代圣贤中可以师法的人物。魏以后孔庙祭祀,专指孔子为先圣,颜回为先师。 ⑬ 释菜:用芹藻等物祭奠。 ⑭ 尚书令:见《高帝纪》注。王俭(451—489年):字仲宝。齐明帝时宰相。 ⑮ 见《周礼·春官·大胥》。舍菜:即释菜。合舞:配合音乐节奏。

弁祭菜，示敬道也①。’又云：‘始入学，必祭先圣先师②。’中朝以来，释菜礼废，今之所行，释奠而已。金石俎豆③，皆无明文。方之七庙则轻④，比之五礼则重⑤。陆纳、车胤谓宣尼庙宜依亭侯之爵⑥；范宁欲依周公之庙⑦，用王者仪；范宣谓当其为师则不臣之⑧，释奠日，备帝王礼乐。此则车、陆失于过轻，二范伤于太重。喻希云⑨：‘若至王者自设礼乐，则肆赏于至敬之所；若欲嘉美先师，则所况非备⑩。’寻其此说，守附情理。皇朝屈尊弘教，待以师资⑪，引同上公⑫，即事惟允。元嘉立学⑬，裴松之议应儛

① “始教”三句：见《礼记·学记》。皮弁：鹿皮制成的帽子。 ② “始入学”二句：《礼记·文王世子》载：“凡始立学者，必先释奠于先圣先师。” ③ 金石：指音乐。俎豆：祭祀用的器皿。 ④ 七庙：指天子宗庙祭祀。天子宗庙设父亲以上六辈及始祖之庙，并称七庙。 ⑤ 五礼：指吉、嘉、宾、军、凶五种礼仪。 ⑥ 陆纳：字祖言。车胤：字武子。二人皆为西晋大臣。宣尼庙：孔子庙。孔子在汉代被追谥为褒成宣尼公。亭侯：食禄于乡、亭的列侯，爵位较低。 ⑦ 范宁：字武子，晋臣，官至中书侍郎、豫章太守。著有《春秋谷梁传集解》等。 ⑧ 范宣：字宣子，东晋人，著有《礼记音》等。 ⑨ 喻希：字益期，东晋人，官至将作大匠。 ⑩ 况：赐予，光宠。 ⑪ 师资：老师。 ⑫ 上公：汉制，太傅位在三公（大司马、大司徒、大司空）之上，称上公。 ⑬ 元嘉：宋文帝年号，424—453年。

六佾[①]，以郊乐未具[②]，故权奏登歌[③]。今金石已备，宜设轩县之乐[④]，六佾之舞，牲牢器用[⑤]，悉依上公。”其冬，皇太子讲《孝经》，亲临释奠，车驾幸听。

建武四年正月[⑥]，诏立学。永泰元年[⑦]，东昏侯即位，尚书符依永明旧事废学。领国子助教曹思文上表曰[⑧]：“古之建国君民者，必教学为先，将以节其邪情，而禁其流欲，故能化民裁俗，习与性成也。是以忠孝笃焉，信义成焉，礼让行焉。尊教宗学，其致一也。是以成均焕于古典[⑨]，虎门炳于前经[⑩]。陛下体睿淳神，缵承鸿业，今制书既下，而废学先闻，将恐观国之光者，有以拟议也。若以国讳故宜废[⑪]，昔汉成立学[⑫]，爰洎元始[⑬]，百

---

① 裴松之：字世期，南朝宋人，官至中书侍郎，著有《三国志注》等。儛：同“舞”。佾（yì 义）：舞列。六佾：古代诸侯乐舞的规格。 ② 郊乐：祭祀天地用的音乐。 ③ 登歌：即《诗·周颂·清庙》，为古代天子祭祀、朝会大典登堂时所奏的乐歌。 ④ 轩县（xuán 悬）：三面悬挂的钟磬等乐器，为诸侯所用。 ⑤ 牲牢：祭祀用的牲畜。 ⑥ 建武：齐明帝萧鸾年号。建武四年：497 年。 ⑦ 永泰：东昏侯年号。永泰元年：498 年。 ⑧ 领：以较高的官职兼任较低的官职叫“领”。国子助教：国学中协助祭酒、博士教授生徒的官。 ⑨ 成均：古代天子所设学校的名称。 ⑩ 虎门：古代天子路寝之门。据《周礼·地官·师氏》，古代掌管教育贵族子弟的师氏居虎门之左。 ⑪ 国讳：国丧。此处指齐明帝去世。 ⑫ 汉成：一本作“汉武”。 ⑬ 元始：谓汉武帝即位建元之初始。

余年中，未尝暂废。其间有国讳也。且晋武之崩，又其学犹存。斯皆先代不以国讳而废学之明文也。永明以无太子故废，斯非古典也。寻国之有学，本以兴化致治也，天子于以咨谋焉，于以行礼焉。《记》云：'天子出征，受命于祖，受成于学。执有罪反，释奠于学①。'又云：'食三老五更于太学，天子袒而割牲，执爵而酳，以教诸侯悌也②。'于斯学，是天子有国之基，教也或以之。所言皆太学事也。今引太学不非证也。据臣所见，今之国学，即古之太学。晋初太学生三千人，既多猥杂，惠帝时欲辩其泾渭，故元康三年始立国子学③，官品第五以上得入国学。天子去太学入国学，以行礼也。太子去太学入国学，以齿让也。太学之与国学，斯是晋世殊其士庶，异其贵贱耳。然贵贱士庶，皆须教成，故国学太学两存之也，非有太子故立也。然系废兴于太子者，此永明之钜失

① 见《礼记·王制》。祖：祖庙。 ② 见《礼记·乐记》。三老五更：德高望重的老人。"三者"为三人，"五更"为五人，象征三辰五星。一说老人更知三德（正直、刚、柔）五事（貌、言、视、听、思），故名。酳（yìn 印）：以酒漱口，古代宴会上的一种礼节。 ③ 元康：晋惠帝司马衷年号。元康三年：293 年。

也[①]。汉崇儒雅，几致刑厝[②]，而犹道谢三、五者[③]，以其致教之术未笃也。古之教者，家有塾，党有庠，术有序[④]，国有学，以讽诵相摩。今学非唯不宜废而已，乃宜更崇尚其道，望古作规，使郡县有学，乡闾立教。请付尚书及二学详议。”有司奏。从之。学竟不立。（节录）

【翻译】

建元四年（482年）正月，皇上下诏设立国学，安置学生一百五十人。有官位而乐意进入的有五十人。学生年龄在十五岁以上，二十岁以下，录取王公以下直至三将、著作郎、廷尉正、太子舍人、领军护军各府中的司马、咨议经过皇上诏令任命的、各州的别驾和治中等现在在职的和已经离职闲居的官员们的子孙。录取范围皆以住家距离京城二千里以内为限。太祖萧道成去世，便停止了。

永明三年（485年）正月，又下诏设立学校，并创建了堂屋，招纳公卿子弟下至员外郎的后代，共安置学生二百人，在当年秋天全部会集。主管者上奏请示说：“根据宋元嘉年间的旧例，学生到来后，先祭奠先圣先师。礼

① 钜：同“巨”，大。钜失：巨大的错误。 ② 厝：同“措”，弃置。刑措：无人犯法，刑法搁置不用。 ③ 三五：即“三老五更”，见上文。 ④ 庠（xiáng 祥）、序：都是古代学校的名称。术：邑中的道路。

又规定有‘释菜’的仪式，不知如今应当进行何种礼仪？用什么音乐和礼器？”尚书令王俭奏议说：“《周礼》上说：‘春天入学，释菜配合乐舞。’《礼记》说：‘开始施教，戴上皮帽祭以芹藻，表示恭敬之道。’又说：‘开始入学，必须祭奠先圣先师。’中叶以来，‘释菜’的礼仪废弃了，如今所施行的，只是以酒牲祭奠而已。关于音乐和礼器，都没有明文规定。如果与祖庙祭祀相比则应稍轻，与五礼仪式相比则应稍重。陆纳、车胤认为对孔子庙应当依照亭侯的爵位对待；范宁想要依照周公之庙的规格，采用王者的礼仪；范宣认为当他为老师时则不能以臣礼相待，祭奠的日子，应当备有帝王的礼乐。由此看来车、陆二人的礼仪失之于过轻，二范的礼仪则又嫌太重。喻希说：‘如果达到王者自设礼乐的规格，那就是在至敬者的面前滥用赏赐；如果要赞美先师，那么所赐予的礼仪又不能算完备。’推敲他的这一说法，是符合情理的。我朝皇上以谦恭的态度弘扬教化，对孔子以师相待，祭奠时应引上公的规格为同例，作事惟以允当为宜。元嘉年间设立学校时，裴松之奏议认为应当配上六佾之舞，但因为当时郊祀的音乐尚未具备，所以权且演奏登堂之歌。如今金石乐器已经具备，应该按诸侯王的规格设置三面钟磬的音乐和六佾之舞，祭祀用的牲畜和器具，都依照上公的规格。”这年冬天，皇太子讲解《孝经》，亲自前往举行祭奠，皇上也乘车驾前来聆听。

建武四年(497年)正月，又下诏设立学校。永泰元年(498年)，东昏侯即位，尚书省依照永明皇帝初即位时的旧例废除国学。兼任国子助教的曹思文上表说："古代建立国家统治人民的君主，必定以教育学习为首要的大事，以此来节制偏邪的情感，禁止放纵的欲望，所以能教化民众端正风俗，使习俗与人性得以完善。因此忠孝得以加深，信义得以建立，礼让得以施行。尊重教育崇尚学习，其目的是一样的。所以'成均'学校在古代典籍中留下光彩，'虎门'太傅在前代经书中也有明文记录。陛下聪明通达淳厚神明，继承帝王大业，如今政令刚刚下达，人们首先听到的却是废除国学，恐怕那些希望看到国家兴旺的人，会有不同的议论。如果因为国丧的原因就应该废除，那么从前汉武帝设立国学，从建元初开始，一百多年中，从未中断废除。这期间也曾有国丧。又如晋武帝去世时，其国学仍然存在。这都是前代不因为国丧的缘故而废除学校的明文记载。永明初因为尚未立太子所以废除学校，这并非古代的法度。推寻国家之所以要有学校，本是用来弘扬教化推行政治，天子在这里咨询商讨国事，在这里施行礼仪。《礼记》说：'天子出外征伐，到祖庙去接受命令，到学校去报告成功。抓到有罪的俘虏回来，就到学校去奠祭。'又说：'在太学里宴请三老和五更，天子脱去上衣亲自宰割牲畜，手捧酒爵请他们漱口，以此教育诸侯懂得尊重长者的悌道。'这种学校，是天子立国的基础，教化靠它得以推行。这些所说的都是太学的事。如今引用太学之事并非不可为证。据为臣所见，如今的国学，就是古代的太学。晋代初年有太学生三千人，人员众多而杂乱，惠帝时想要区分其等第界限，所以在元康三年(293 年)才设立国子学，官职在第五品以上的可以入国学。天子离开太学进入国学，借以实行礼仪。太子离开太学进入国学，按照年龄实行谦让。太学和国学，只是晋代用来区分士人与庶民，辨别贵贱而已。然而无论是贵是贱、是士人是庶民，都必须接受教育成就品德，所以国学与太学两者并存，并非因为有太子才设立。由此看来把学校的兴废与太子的有无相联系，则是永明时的很大失误。汉代崇尚儒学风化，几乎达到不用刑法的程度，却仍然对三老五更表示礼让，这是因为推行教化的手段还不够深厚。古代的教育，家庭有'塾'，乡党有'庠'，邑中有'序'，国中有'学'，朗读吟诵相互切磋。如今学校不仅不应该废除，而且还应该更加崇尚教学之道，以古人的做法为法则，使郡县都有学校，乡里都施行教育。请交付尚书省及太学国学详细审议。”主管者奏上，皇上表示听从。但学校终究没有设立。

王敬则传

王敬则(？—498年)晋陵南沙(今江苏江阴东南)人。出身于社会下层,因善于杂耍而被召用为宋帝的贴身侍卫,后升任侠毂队主、直阁将军、龙骧将军、安成王车骑参军等职。萧道成辅政时,王敬则追随萧道成为之效力。在萧道成清除异己势力、最终夺取帝位、建立齐朝的整个过程中,王敬则立下了汗马功劳。因而在齐朝建立后,他被加官进爵,封为寻阳郡公,历任南兖州刺史、吴兴太守、散骑常侍、护军将军、会稽太守,一直升到司空、太尉、大司马。王敬则是一介武夫、缺少智谋。齐朝后期,他以开国元勋的身份居于高位,越来越引起皇帝的疑忌。终于迫使他起兵反叛朝廷，最后兵败被杀。王敬则的经历在古代封建王朝开国武将中有一定的典型意义。从这篇传记中，可以看出当时统治集团内部矛盾斗争的尖锐激烈。

王敬则，晋陵南沙人也①。母为女巫，生敬则而胞衣紫色，谓人曰："此儿有鼓角相②。"敬则年长，两腋下生乳各长数寸，梦骑五色师子③。年二十余，善拍张④。补刀戟左右⑤。景和使敬则跳刀⑥，高与白虎幢等⑦，如此五六，接无不中。补侠毂队主⑧，领细铠左右⑨。与寿寂之同毙景和⑩。明帝即位⑪，以为直阁将军⑫。坐捉刀入殿

---

① 晋陵南沙：在今江苏江阴东南。 ② 鼓角：军队中使用的战鼓和号角。鼓角相：做军队将领的面相。 ③ 师：同"狮"。 ④ 拍张：一种杂技，表演者伸臂从空中接刀为戏。 ⑤ 补：任职。刀戟左右：指皇帝身边的卫士。 ⑥ 景和：刘宋前废帝刘子业年号，此处代指刘子业。跳刀：耍刀，即上文所谓"拍张"。 ⑦ 白虎幢：绘有白虎图样的旗帜。 ⑧ 侠毂队：王侯的亲兵，出行时夹车作卫队。侠：通"夹"。主：队长。 ⑨ 细铠左右：皇帝的贴身宿卫官。 ⑩ 同毙：刘子业于465年被左右近臣阮佃夫、寿寂之等人杀死。见《宋书》卷七。 ⑪ 明帝：宋明帝刘彧。 ⑫ 直阁将军：见《高帝纪》注。

启事，系尚方十余日①，乃复直阁。除奋武将军②，封重安县子，邑三百五十户。敬则少时于草中射猎，有虫如乌豆集其身，擿去乃脱，其处皆流血。敬则恶之，诣道士卜，道士曰："不须忧，此封侯之瑞也③。"敬则闻之喜，故出都自效，至是如言。

泰始初④，以敬则为龙骧将军⑤、军主⑥，随宁朔将军刘怀珍征寿春⑦。殷琰遣将刘从筑四垒于死虎⑧，怀珍遣敬则以千人绕后，直出横塘⑨，贼众惊退。除奉朝请⑩。出补暨阳令⑪。

敬则初出都，至陆主山下⑫，宗侣十余船同发，敬则船独不进。乃令弟入水推之，见一乌漆棺。敬则曰："尔非凡器。若是吉善，使船速进。吾富贵，当改葬尔。"船

① 尚方：官署名，负责制造皇上所用器物。 ② 除：任命。奋武将军：杂号将军的一种。 ③ 瑞：祥瑞，吉兆。 ④ 泰始：宋明帝年号，465—471年。 ⑤ 龙骧将军：加给出征将领的一种称号，有实际兵权。 ⑥ 军主：一军的主将。 ⑦ 宁朔将军：出征将军的一种称号。寿春：今安徽寿县。当时晋安王刘子勋在这一带起兵反叛朝廷，故宋明帝派兵前往讨伐。⑧ 殷琰：原为豫州刺史，后归附刘子勋。死虎：地名。所在地址不详。 ⑨ 横塘：在今江苏江宁西南。 ⑩ 奉朝请：本为王公、大臣定期朝见皇帝的称谓，南朝时常用作安置闲散官员的一种官号。 ⑪ 暨阳：县名，故城在今江苏江阴。 ⑫ 陆主山：所在不详。

须臾去。敬则即入县，收此棺葬之。

军荒之后，县有一部劫逃紫山中为民患①。敬则遣人致意劫帅，可悉出首，当相申论。治下庙神甚酷烈，百姓信之。敬则引神为誓，必不相负。劫帅既出，敬则于庙中设会，于座收缚，曰："吾先启神：若负誓，还神十牛。今不违誓。"即杀十牛解神，并斩诸劫。百姓悦之。迁员外郎②。

元徽二年③，随太祖拒桂阳贼于新亭④。敬则与羽林监陈显达、宁朔将军高道庆乘舸䑽于江中迎战，大破贼水军，焚其舟舰。事宁，带南泰山太守⑤，右侠毂主，转越骑校尉⑥，安成王车骑参军⑦。

苍梧王狂虐⑧，左右不自保。敬则以太祖有威名，归诚奉事。每下直⑨，辄往领府⑩。夜著青衣，扶匐道路，

---

① 劫：强盗。紫山：一本作"入山"。 ② 员外郎：见《高帝纪》注。 ③ 元徽：刘宋后废帝年号。元徽二年：474 年。 ④ 太祖：指萧道成。桂阳贼：指桂阳王刘休范，当时反叛朝廷。参见本书《高帝纪》。 ⑤ 南泰山：郡名，治所在今江苏灌云北。 ⑥ 越骑校尉：五校尉（屯骑、步兵、射声、越骑、长水）之一，级别略次于将军。 ⑦ 安成王：即宋顺帝刘准，明帝第三子，封安成王，进号车骑将军。参军：将军府中的重要幕僚。车骑参军：即车骑将军府中的参军。 ⑧ 苍梧王：即刘宋后废帝刘昱，参见《高帝纪》注。 ⑨ 下直：犹言下班、下岗。直：通"值"。 ⑩ 领府：领军府。当时萧道成任中领军。

为太祖听察苍梧去来。太祖命敬则于殿内伺机，未有定日。既而杨玉夫等危急殒帝。敬则时在家，玉夫将首投敬则，敬则驰诣太祖。太祖虑苍梧所诳，不开门。敬则于门外大呼曰："是敬则耳。"门犹不开。乃于墙上投进其首，太祖索水洗视，视竟，乃戎服出。

敬则从入宫，至承明门①。门郎疑非苍梧还，敬则虑人觇见②，以刀环塞窐孔③，呼开门甚急。卫尉丞颜灵宝窥见太祖乘马在外④，窃谓亲人曰："今若不开内领军，天下会是乱耳。"门开，敬则随太祖入殿。明旦，四贵集议⑤。敬则拔白刃在床侧跳跃曰："官应处分⑥，谁敢作同异者！"升明元年⑦，迁员外散骑常侍⑧、辅国将军、骁骑将军⑨、领临淮太守⑩，增封为千三百户，知殿内宿卫兵事。

---

① 承明门：当时建康台城北掖门的内门。 ② 觇（chān 搀）：偷看，侦察。 ③ 窐（guī 归）孔：小洞。 ④ 卫尉：掌管宫门警卫的官。卫尉丞：卫尉的副官。 ⑤ 四贵：指萧道成、袁粲、褚渊、刘秉四人。参见《高帝纪》注。 ⑥ 官：对尊长的敬称，这里指萧道成。 ⑦ 升明：刘宋顺帝年号。升明元年：477年。 ⑧ 员外散骑常侍：皇帝的侍从，隶属于侍中。当时萧道成已进位侍中。 ⑨ 辅国将军、骁骑将军：并见《高帝纪》注。⑩ 临淮：郡名，治所当在今江苏境内，具体地址不详。

沈攸之事起①，进敬则号冠军将军②。太祖入守朝堂③。袁粲起兵夕，领军刘韫、直阁将军卜伯兴等于宫内相应，戒严将发。敬则开关掩袭，皆杀之。殿内窃发尽平，敬则之力也。迁右卫将军④，常侍如故⑤。增封为二千五百户，寻又加五百户。又封敬则子元迁为东乡侯，邑三百七十户。齐台建⑥，为中领军⑦。

太祖将受禅⑧，材官荐易太极殿柱⑨。从帝欲避土⑩，不肯出宫逊位。明日，当临轩，帝又逃宫内。敬则将轝入迎帝，启譬令出。帝拍敬则手曰："必无过虑，当饷辅国十万钱⑪。"

建元元年⑫，出为使持节、散骑常侍、都督南兖、兖、徐、青、冀五州军事⑬、平北将军⑭、南兖州刺史，封寻阳

---

① 沈攸之事：指荆州刺史沈攸之反叛朝廷。参见本书《高帝纪》。 ② 冠军将军：见《高帝纪》注。 ③ 朝堂：百官议事的地方。 ④ 右卫将军：见《高帝纪》注。 ⑤ 常侍：即员外散骑常侍，见前注。 ⑥ 齐台建：指齐朝建立。 ⑦ 中领军：朝廷中央统兵之官，位略次于领军将军。 ⑧ 受禅：接受禅让，这里指萧道成废宋顺帝自立。 ⑨ 材官：负责工匠土木之事的官。 ⑩ 避土：谓躲避。 ⑪ 辅国：辅国将军，此处指王敬则。 ⑫ 建元：齐高帝萧道成年号。建元元年：479 年。 ⑬ 南兖、兖、徐、青、冀五州：见《高帝纪》注。 ⑭ 平北将军：当时出征将军名号以征、镇、安、平为序，各有东、西、南、北四员。平北将军为四平将军之一。

郡公，邑三千户。加敬则妻怀氏爵为寻阳国夫人。二年，进号安北将军①。虏寇淮、泗，敬则恐，委镇还都，百姓皆惊散奔走。上以其功臣，不问，以为都官尚书②、抚军③。

寻迁使持节、散骑常侍、安东将军、吴兴太守④。郡旧多剽掠，有十数岁小儿于路取遗物，杀之以徇⑤。自此道不拾遗，郡无劫盗。又录得一偷，召其亲属于前鞭之。令偷身长扫街路，久之乃令偷举旧偷自代。诸偷恐为其所识，皆逃走。境内以清。出行，从市过，见屠肉枅⑥，叹曰："吴兴昔无此枅，是我少时在此所作也。"

迁护军将军⑦，常侍如故，以家为府。三年，以改葬去职，诏赠敬则母寻阳公国太夫人。改授侍中⑧，抚军将军。太祖遗诏敬则以本官领丹阳尹⑨。寻迁为使持节，

---

① 安北将军：四安将军之一，位略高于平北将军。 ② 都官尚书：尚书省负责舟船桥梁的官。 ③ 抚军：即抚军将军。④ 吴兴：今浙江吴兴。 ⑤ 徇（xùn 训）：示众。 ⑥ 枅（jī 机）：挂大秤的横木。 ⑦ 护军将军：与领军将军同为朝廷中央统兵的高级将领。领军将军统领内军，护军将军统领外军。⑧ 侍中：见《高帝纪》注。 ⑨ 丹阳：郡名，属扬州。尹：当时京城所在郡的太守称尹，亦即京都地区最高行政长官。

散骑常侍，都督会稽、东阳、新安、临海、永嘉五郡军事①，镇东将军，会稽太守。永明二年，给鼓吹一部②。

……

三年，进号征东将军。宋广州刺史王翼之子妾路氏，刚暴，数杀婢，翼之子法明言敬则，敬则付山阴狱杀之③。路氏家诉，为有司所奏，山阴令刘岱坐弃市刑④。敬则入朝，上谓敬则曰："人命至重，是谁下意杀之？都不启闻？"敬则曰："是臣愚意。臣知何物科法⑤，见背后有节，便言应得杀人。"刘岱亦引罪，上乃赦之。敬则免官，以公领郡。

明年，迁侍中、中军将军。寻与王俭具即本号开府仪同三司⑥。俭既固让，敬则亦不即受。

七年，出为使持节、散骑常侍、都督豫州郢州之西阳

---

① 会稽：治所在今浙江绍兴。东阳：治所在今浙江金华。新安：治所在今浙江淳安西北。临海：治所在今浙江临海。永嘉：治所在今浙江温州。此五郡当时皆属扬州。 ② 鼓吹一部：见《高帝纪》注。 ③ 山阴：县名，治所在今浙江绍兴。 ④ 弃市：处死刑。 ⑤ 科法：条规法令。 ⑥ 王俭：见《礼志》注。开府仪同三司：当时给予高级官吏的一种官号，意为设置府署规格与三司（太尉、司徒、司空）相同。

司州之汝南二郡军事①、征西大将军、豫州刺史，开府如故。进号骠骑。十一年，迁司空②，常侍如故。世祖崩，遗诏改加侍中③。高宗辅政④，密有废立意。隆昌元年⑤，出敬则为使持节，都督会稽、东阳、临海、永嘉、新安五郡军事⑥，会稽太守，本官如故。海陵王立⑦，进位太尉⑧。

敬则名位虽达，不以富贵自遇。危拱傍遑，略不尝坐，接士庶皆吴语，而殷勤周悉。初为散骑使虏，于北馆种杨柳。后员外郎虞长耀北使还，敬则问："我昔种杨柳树，今若大小？"长耀曰："虏中以为甘棠⑨。"敬则笑而不答。

世祖御座赋诗⑩，敬则执纸曰："臣几落此奴度

---

① 豫州：治所在今安徽合肥。郢州：治所在今湖北武昌。西阳：郡名，治所在今湖北黄冈东。司州：治所在今河南信阳。汝南：郡名，治所寄设于司州治所所在地。 ② 司空：见《高帝纪》注。 ③ 侍中：见《高帝纪》注。 ④ 高宗：指齐明帝萧鸾。齐武帝死后，郁林王即位，当时萧鸾为尚书令、镇军将军，掌握朝政。 ⑤ 隆昌：郁林王萧昭业年号。隆昌元年：494年。 ⑥ 会稽、东阳、临海、永嘉、新安五郡：见前注。 ⑦ 海陵王：齐武帝萧赜子文惠太子的第二子，名昭文。郁林王被废后，他被萧鸾立为帝。 ⑧ 太尉：官名，三公之一，为全国军事首脑。 ⑨ 甘棠：一种树木，又叫杜梨。《诗·周南》有《甘棠》一诗，内容是说西周时召公在南方种下一棵甘棠树。后来当地的人对这棵树很尊重，借以寄托对召公的思念。 ⑩ 世祖：齐武帝萧赜。

内①。”世祖问：“此何言？”敬则曰：“臣若知书，不过作尚书都令史耳②，那得今日？”敬则虽不大识书，而性甚警黠，临州郡，令省事读辞③，下教判决，皆不失理。

明帝即位，进大司马④，增邑千户。台使拜授日，雨大洪注，敬则文武皆失色。一客在傍曰：“公由来如此，昔拜丹阳吴兴时亦然。”敬则大悦，曰：“我宿命应得雨。”乃列羽仪，备朝服，道引出听事拜受⑤。意犹不自得，吐舌久之，至事竟。

帝既多杀害，敬则自以高、武旧臣，心怀忧恐。帝虽外厚其礼，而内相疑备，数访问敬则饮食体干堪宜，闻其衰老，且以居内地，故得少安。三年中，遣萧坦之将斋仗五百人⑥，行武进陵。敬则诸子在都，忧怖无计。上知之，遣敬则世子仲雄入东安慰之。仲雄善弹琴，当时新绝。江左有蔡邕焦尾琴⑦，在主衣库⑧，上敕五日一给仲

---

① 奴度：犹言奴辈。 ② 尚书都令史：尚书省掌管文书的低级官吏。 ③ 省事：具体办事的官吏。 ④ 大司马：当时为兼握政务及军事重权的高官，位在三公之上。 ⑤ 听事：厅堂。听：同“厅”。 ⑥ 斋杖：担任皇帝仪仗侍卫的卫士。 ⑦ 焦尾琴：《后汉书·蔡邕传》载，“吴人有烧桐以爨者，邕闻火烈之声，知其良木，因请而裁为琴，果有美音，而其尾犹焦，故时人名曰焦尾琴焉”。 ⑧ 主衣库：存放皇帝所用衣物的地方。

雄。仲雄于御前鼓琴作《懊侬曲歌》曰[1]:"常叹负情侬,郎今果行许!"帝愈猜愧。

永泰元年[2],帝疾,屡经危殆。以张环为平东将军、吴郡太守,置兵佐,密防敬则。内外传言当有异处分。敬则闻之,窃曰:"东今有谁?只是欲平我耳!"诸子怖惧,第五子幼隆遣正员将军徐岳密以情告徐州行事谢朓为计[3],若同者,当往报敬则。朓执岳驰启之。敬则城局参军徐庶家在京口[4],其子密以报庶,庶以告敬则五官王公林[5]。公林,敬则族子,常所委信。公林劝敬则急送启赐儿死,单舟星夜还都。敬则令司马张思祖草启,既而曰:"若尔,诸郎在都,要应有信,且忍一夕。"其夜,呼僚佐文武樗蒲赌钱[6],谓众曰:"卿诸人欲令我作何计?"莫敢先答。防阁丁兴怀曰[7]:"官只应作耳。"敬则不作声。明旦,召山阴令王恂、台传御史钟离祖愿[8]。敬则横刀跂

---

① 懊侬曲:南朝乐府吴声歌曲名。 ② 永泰:齐明帝年号。永泰元年:498年。 ③ 徐州行事:徐州府下属幕僚。谢朓(464—499年),字玄晖,南齐著名诗人。 ④ 城局参军:将军府中的僚属之一,掌管城防。京口:今江苏镇江。 ⑤ 五官:领军将军、护军将军府所属僚官之一。 ⑥ 樗(chū 初)蒲:古代一种赌博用具。 ⑦ 防阁:防阁将军,为诸王府中的侍卫官。 ⑧ 台传御史:皇帝派往诸王府负责监察的官。

坐，问询等“发丁可得几人？传库见有几钱物”[①]？询答“县丁卒不可上”。祖愿称“传物多未输入”。敬则怒，将出斩之。王公林又谏敬则曰：“官是事皆可悔，惟此事不可悔！官讵不更思！”敬则唾其面曰：“小子！我作事，何关汝小子！”乃起兵。

……

（上）收敬则子员外郎世雄、记室参军季哲[②]、太子洗马幼隆[③]、太子舍人少安等[④]，于宅杀之。长子黄门郎元迁[⑤]，为宁朔将军[⑥]，领千人于徐州击虏，敕徐州刺史徐玄庆杀之。

敬则招集配衣[⑦]，二三日便发。欲劫前中书令何胤还为尚书令[⑧]，长史王弄璋、司马张思祖止之[⑨]。乃率实甲万人过浙江[⑩]。谓思祖曰：“应须作檄[⑪]。”思祖曰：“公今自还朝，何用作此。”敬则乃止。

---

① 传库：军营中的仓库。 ② 记室参军：将军府中掌书记的官。 ③ 太子洗马：太子宫中的属官，太子出行时为先导。 ④ 太子舍人：太子宫中的属官之一。 ⑤ 黄门郎：即黄门侍郎，皇帝近署的郎官。 ⑥ 宁朔将军：见《高帝纪》注。 ⑦ 配衣：分配战袍兵甲。 ⑧ 中书令：中书省的长官。中书省是为皇帝掌管机要的机构。尚书令：见《高帝纪》注。 ⑨ 长史、司马：皆为将军府中常设的属官。 ⑩ 浙江：钱塘江。 ⑪ 檄（xí习）：檄文，声讨的文书。

朝廷遣辅国将军前军司马左兴盛、后军将军直阁将军崔恭祖、辅国将军刘山阳、龙骧将军直阁将军马军主胡松三千余人①，筑垒于曲阿长岗②，右仆射沈文季为持节都督③，屯湖头④，备京口路⑤。

敬则以旧将举事，百姓檐篙荷锸随逐之，十余万众。至晋陵⑥，南沙人范修化杀县令公上延孙以应之。敬则至武进陵口⑦，恸哭乘肩轝而前⑧。遇兴盛、山阳二砦⑨，尽力攻之。兴盛使军人遥告敬则曰："公儿死已尽，公持许底作？"官军不敌欲退，而围不开，各死战。胡松领马军突其后，白丁无器仗，皆惊散，敬则军大败。敬则索马，再上不得上，兴盛军容袁文旷斩之⑩，传首。是时上疾已笃，敬则仓卒东起，朝廷震惧。东昏侯在东宫⑪，议欲叛，使人上屋望，见征虏亭失火⑫，谓敬则至，急装欲

---

① 辅国将军、直阁将军、龙骧将军、马军主：并见《高帝纪》注。 ② 曲阿长岗：在今江苏丹阳附近。 ③ 右仆射：尚书省的重要长官，与尚书令及左仆射同居宰相之任。 ④ 湖头：在今江苏江宁东南。 ⑤ 京口：今江苏镇江。 ⑥ 晋陵：今江苏常州。 ⑦ 武进陵：是齐高帝萧道成陵墓所在地。 ⑧ 肩轝：一种由人抬扛的代步工具。 ⑨ 砦：音义同"寨"。 ⑩ 军容：充当前驱的武将。 ⑪ 东昏侯：齐明帝之子萧宝卷，明帝死后即位。 ⑫ 征虏亭：故址在今江苏南京。因东晋时征虏将军谢石所建，故名。

走。有告敬则者，敬则曰："檀公三十六策[1]，走是上计。汝父子唯应急走耳。"敬则之来，声势甚盛，裁少日而败[2]，时年七十余。（节录）

【翻译】

王敬则，晋陵南沙（今江苏江阴东南）人。母亲是个巫婆，生下王敬则时，胎衣是紫色的，她对人说："这小孩有当武将的相貌。"敬则长大后，两边腋下各生出一个长达数寸的乳头，又梦见自己骑坐五色狮子。二十多岁时，善于玩杂技，被召用为皇上的刀戟卫士。景和皇帝刘子业叫敬则耍刀，把刀扔到与白虎旗一样高，同样的刀有五六把，王敬则没有接不中的。后担任天子"夹毂队"的头，兼任贴身侍卫官。他与寿寂之等人一起杀死了景和皇帝。宋明帝即位后，让他担任直阁将军。因为提着刀上大殿向皇上启事，被拘禁在尚方十多天，然后再任直阁将军。后又任命为奋武将军，封为重安县子爵，食邑三百五十户。敬则年轻时有一次在草丛中打猎，有黑豆一样的虫子叮在他身上，用手去抓才离去，叮过的地方都流了血。敬则心中很不高兴，找到道士请他

① 檀公：即檀道济。他善于计谋，曾帮助刘裕建立宋朝。

② 裁：通"才"，仅仅。

占卜，道士说："不必忧虑，这是将要封侯的吉兆。"敬则听了很高兴，于是出都效力，如今果然应验了道士的话。

泰始(465年—471年)初期，任命敬则为龙骧将军、军主，跟随宁朔将军刘怀珍出征寿春。叛将殷琰派遣部将刘从在死虎修筑四个营垒，刘怀珍派遣王敬则带领一千人绕到后方，直出横塘袭击，叛军惊骇而退。后任命为奉朝请，出任暨阳县令。

敬则刚出都城，来到陆主山下，家人的十几艘船一齐出发，只有敬则的船不能前进。于是叫弟弟下水推船，发现一具乌漆棺材。敬则对棺材说："你不是平常之器。如果是吉利的话，就让我的船快速前进。等我富贵之后，就当为你改葬。"船一会儿就驶去了。敬则到了暨阳县，就把那具棺材取来安葬了。

战乱之后，县里有一伙强盗逃到紫山中，成为民众的祸患。敬则派人向强盗首领传达自己的意思，请他们都出来自首，可以从宽论处。当地庙神祭祀极其兴盛，老百姓相信神灵。敬则就以神作证发誓，表示一定不失言。强盗首领出山后，敬则在庙中设宴会，就在座席上将强盗头子捆缚，对他说："我先前向神启明：如果我背弃了誓言，就还给神十头牛。现在我不违背对神作出的许诺。"当即杀了十头牛献给神，同时将强盗全部斩首。老百姓对此很高兴。后升任为员外郎。

元徽二年(474 年)，敬则跟随萧道成在新亭抵挡桂阳王刘休范。敬则与羽林监陈显达、宁朔将军高道庆乘战船在江中迎战，大破敌兵的水军，烧毁其船舰。叛乱平息后，敬则兼任南泰山太守，右夹毂队主，转任越骑校尉、安成王车骑参军。

苍梧王狂暴酷虐，身边的人都不能自保。敬则看到萧道成有威望名声，便诚心归附并事奉他。每当公事完毕，就到萧道成的领军府中去。夜里穿着青色的便衣，匍匐在道路旁，为萧道成暗中监视苍梧王的来往行迹。萧道成命令敬则在殿内窥伺时机，但未能有合适的日子。不久杨玉夫等人在危急仓卒之中杀了苍梧王。当时王敬则在家中，杨玉夫带着苍梧王的头来交给王敬则，敬则驰马去见萧道成。萧道成担心是苍梧王设计骗他，不肯开门。敬则在门外大叫道:“是我王敬则!”门还是不开。于是他就从墙头上把苍梧王的头扔进去。萧道成找来水把头洗净察看，看清后，才穿上军装出门来。

敬则跟随萧道成到皇宫，来到承明门，看门人怀疑不是苍梧王回来，敬则担心被人发觉，就用刀柄塞住门上洞孔，十分急迫地呼叫开门。卫尉丞颜灵宝窥见到萧道成骑马在外面，私下对亲人说:“今天如果不开门放进萧领军，天下定会大乱了。”门开后，敬则跟随萧道成进入殿中。第二天早晨,“四贵”在一起商议国事。敬则拔出刀子在一旁跳跃着说:“萧领军作出决定,有谁敢说个不字!”升明元年(477年),王敬则升任员外散骑常侍、辅国将军、骁骑将军,兼任临淮太守,封给的食邑增加到一千三百户,并管辖殿内侍卫兵之事。

沈攸之反叛的事发生后,敬则被加号为冠军将军。萧道成入守朝堂。袁粲准备起兵的那天晚上,领军刘韫、直阁将军卜伯兴等人在宫内与之呼应,戒备森严准备起事。王敬则打开大门突然袭击,将他们全部杀死。殿内的骚动全部平息,这是王敬则出的力。后升任为右卫将军,常侍之职依旧。封邑增加到二千五百户,不久又增加了五百户。又封王敬则的儿子王元迁为东乡侯,食邑三百七十户。齐朝建立后,王敬则任中领军。

萧道成即将接受宋帝禅让时,材官提出更换太极殿的柱子。宋顺帝想躲避,不肯出宫让位。第二天,就要出门上车时,顺帝又逃入宫内。敬则带着车驾进去迎接顺帝,启发开导使他出来。后来顺帝拍着王敬则的手说:“要是我的顾虑肯定是多余的,我就当赏给辅国将军十万钱。”

建元元年(479年),王敬则出任使持节,散骑常侍,都督南兖、兖、徐、青、冀五州军事,平北将军,南兖州刺史,封为寻阳郡公,食邑三千户。加封王敬则的妻子怀氏爵位为寻阳国夫人。建元二年(480年),加官号为安北将军。北魏人侵扰淮、泗一带,王敬则恐惧,丢下他镇守的地方回到京都,当地老百姓都惊散逃跑。皇上因为他是有功之臣,没有问罪,还任命他为都官尚书、抚军将军。

不久转任使持节、散骑常侍、安东将军、吴兴太守。郡中以前多有偷盗抢夺的事情,有个十多岁的小孩在路边拾取人家丢下的东西,敬则将他杀头示众。从此郡中道不拾遗,也没有抢劫盗窃之事。又有一次抓到一名小偷,就把他的亲属召集来,当着他们的面鞭打小偷。又让小偷自己长期打扫街道,时间长了,就叫这个小偷检举出旧日的偷友来代替自己。小偷们害怕被他认出,都纷纷逃走了。于是境内从此安定了。敬则出外行走,从市场上经过,看见屠夫卖肉用来吊秤的木架,感叹说:"吴兴以前没有这种东西,是我年轻时在此制作的。"

迁任护军将军,常侍的官职依旧,以家为将军府。建元三年(481年),因为要替母亲改葬而暂时离职,皇上下诏赠给敬则母亲以寻阳公国太夫人的称号。后改任侍中、抚军将军。齐高帝萧道成临终遗诏任命王敬则以现有官职的身份兼任丹阳尹。不久迁任使持节,散骑常侍,都督会稽、东阳、新安、临海、永嘉五郡军事,镇东将军,会稽太守。齐武帝永明二年(484年),赐给鼓吹一部。

……

永明三年(485年),加官号为征东将军。宋广州刺史王翼之的儿子的妾路氏,性情粗鲁暴烈,多次杀死婢女,王翼之的儿子王法明向王敬则告状,敬则交代山阴县狱吏将路氏杀死。路氏家人上诉,被主管部门受理上奏,山阴县令刘岱因此被判死刑。敬则上朝廷见皇上,皇上对敬则说:“人命之事十分重大,是谁授意杀人的?事前也不禀告?”敬则说:“是我的意思。我哪里知道什么东西叫法律,只看见背后有犯罪的情节,就说应该杀掉她。”刘岱也自引罪责,皇上就赦免了他。敬则被免官,以公爵的身份兼管郡中之事。

第二年,又任命为侍中、中军将军。不久与王俭一起被允许在现有官号的名义下开府仪同三司。王俭坚决推让,敬则也不便接受。

永明七年(489年),出任使持节,散骑常侍,都督豫州郢州之西阳、司州之汝南二郡军事,征西大将军,豫州刺史,开府的规格依旧。后又进号为骠骑。永明十一年(493年),升任司空,常侍的官职依旧。齐武帝萧赜去世,留下遗诏改加敬则为侍中。萧鸾辅佐朝政,私下有废黜郁林王另立的意思。隆昌元年(494年),派敬则出京任使持节,都督会稽、东阳、临海、永嘉、新安五郡军事，会稽太守，原有官职依旧。海陵王被立为皇帝后，敬则被进位为太尉。

敬则的名望地位虽然很高，但却不以富贵自傲于人。拱手徘徊，很少有安坐的时候，与士民交往时说的都是吴语，待人热情而周到。当初他任散骑常侍时出使北魏，在北馆种了一株杨柳树。后来员外郎虞长耀出使北魏归来，敬则问他："我昔日所种的杨柳树，如今有多高了？"长耀说："北魏的人已经把它当作召公所种的甘棠树一样崇拜了。"敬则笑着没有回答。

一次齐武帝在御座上要写诗，敬则拿着纸说："我也差一点落入此等奴辈的行列。"武帝问："此话怎讲？"敬则说："我若是会写字，只不过去做尚书都令史罢了，哪能有今日的地位？"敬则虽然不大认识字，但天性却很机警聪明。治理郡府时，他让办事人员为他读狱辞，他下令判决，都不违背道理。

明帝萧鸾即位后，敬则进位为大司马，增加封邑一千户。朝廷使者来宣布任命的那一天，下了倾盆大雨，敬则与文武官员都大惊失色。有一位客人在一旁说："您向来都是这样，从前拜任为丹阳尹、吴兴太守时，也是如此。"敬则听了高兴起来，说："我命中注定应该遇到雨。"于是排好仪仗队，穿好朝服，由人引导走出大厅接受任命。他心中还是有点不安，连连吐舌头，一直到事情完毕。

明帝经常杀害大臣，敬则也因为自己是高帝、武帝时的旧臣，心中怀有忧虑和恐惧。明帝虽然在外表上加重对他的礼遇，但内心却对他猜疑防范，多次派人询问敬则的饮食、身体情况的好坏，听说他已衰老，而且是居住在内地，于是心中才稍微安定。建武三年(496 年)，皇上派萧坦之带领卫士五百人，出行到武进陵。敬则的几个儿子在京都，十分忧虑恐惧，不知所措。皇上知道后，就让敬则的长子仲雄进入东府加以安慰。仲雄善于弹琴，琴艺在当时新奇绝妙。江东一带传有蔡邕的焦尾琴，藏在皇上的衣库中，皇上命令每五天给仲雄弹奏一次。仲雄在皇帝面前弹琴演唱《懊侬曲歌》道："常叹负情于我，郎今果然如此！"皇上更加猜疑愧疚。

永泰元年(498 年)，明帝病重，好几次病危。他派张环为平东将军、吴郡太守，置兵佐，严密防备王敬则。朝廷内外传言将要有特别行动。敬则听到后，私下说："东边还有谁，只是要征讨我罢了！"他的儿子们很恐怖，第五子幼隆派正员将军徐岳暗中把情况告诉徐州行事谢朓商量计策，若谢朓同意，就准备去报告王敬则。谢朓却把徐岳抓住马上去禀告皇上。敬则的城局参军徐庶家住京口，他的儿子将内情暗中告诉徐庶，徐庶又告诉敬则的五官王公林。王公林是敬则的族子，常常被敬则委以信任。公林劝王敬则赶紧送启文给皇上请求将儿子赐死,乘独舟连夜返回都城。敬则就命令司马张思祖起草启文,但一会儿他又说:“如果这样,我的儿子都在都城,应该有信息,姑且等待一夜再说。”这天夜里,他招呼文武官员在一起赌钱,他对众人说:“你们各位想叫我作何打算?”没有人敢抢先回答。防阁丁兴怀说:“这事只应由您作主。”敬则不作声。第二天天亮,他召见山阴令王珣、台传御史钟离祖愿,敬则提刀蹲坐着,问王珣等人:“发动丁壮可以得到多少人?仓库里现有多少钱物?”王珣回答:“县里的丁壮仓促中调不上来。”祖愿说:“运送的物资大多尚未运到。”敬则发怒,将两人推出去斩首。王公林又劝谏敬则说:“您什么事都来得及后悔,只有这件事是来不及后悔的。你何不重新考虑?”敬则把口水唾在他脸上骂道:“小子!我干大事,跟你小子有什么相干!”于是敬则便发兵起事了。

……

皇上收系了敬则的儿子员外郎王世雄、记室参军王季哲、太子洗马王幼隆、太子舍人王少安等,统统在住宅中杀死。敬则的长子黄门郎王元迁,任宁朔将军,率领一千人在徐州抗击北魏,皇上下令徐州刺史徐玄庆将他杀掉。

敬则招集人马,分配衣甲,两三天便出发。他想劫持前中书令何胤随他回都城任尚书令，被长史王弄璋、司马张思祖劝止了。于是率领兵甲万人渡过钱塘江。他对张思祖说："应该写一篇檄文。"思祖说："您如今是自己回朝廷，何必写这种东西。"敬则就罢了。

朝廷派遣辅国将军前军司马左兴盛、后军将军直阁将军崔恭祖、辅国将军刘山阳、龙骧将军直阁将军马军主将胡松三千多人，在曲阿长岗修筑营垒，右仆射沈文季任持节都督，驻扎在湖头，防备京口的道路。

王敬则以旧将的身份发兵起事，老百姓们纷纷拿着棍棒农具追随着他，有十多万人。到了晋陵，南沙人范修化杀了县令公上延孙来响应王敬则。敬则来到武进陵口（经过高帝的陵墓），痛哭着乘坐肩舆前进。到左兴盛、刘山阳的寨垒前，尽力攻战。左兴盛派军人远远地告诉敬则说："你的儿子都死光了，你还凭什么反叛？"官军抵挡不住想退却，但包围却解不开，双方都拼死作战。胡松带领军马从后面突击，敬则招来的丁壮没有武器，都被惊散了，敬则的军队大败。敬则找来马匹，上了两次都没能上得去，左兴盛的军容袁文旷将敬则斩杀，首级传送都城。当时皇上的病已很重，敬则突然在东边起兵，朝廷十分震动惊恐。东昏侯在东宫为太子，商议要反叛，派人上屋顶眺望，看见征虏亭一带起火，以为王敬则要到了，急忙整装准备逃走。有人把这个消息告诉敬则，敬则说："檀公三十六计，走是上计，你们父子是只应该赶紧逃走了。"敬则率兵而来时，声势很大，但只几天就失败了。死时七十多岁。

王僧虔传

王僧虔(426—485年)琅玡临沂(今山东临沂)人。宋文帝时始为秘书郎,后累官至尚书令。齐朝建立后,转任侍中、丹阳尹,出为湘州刺史。齐武帝即位后迁侍中、左光禄大夫、开府仪同三司。他是东晋大书法家王羲之的四世族孙,是宋齐之际最著名的书法家,工正、行书,又喜文史,善音律。他与谢庄、袁淑友善,袁淑常赞叹他"文情鸿丽,学解深拔"。他的字体继承祖法,丰厚淳朴而有气骨,为当时所推崇,影响及于唐宋。他的文章今存十多篇,其中载于本篇传文的《论书》一文,对汉代以来二十多位书法家作了评价,对于研究古代书法史有重要价值。他另外还有《书赋》、《条疏古来能书人名启》等文，也是有关古代书法艺术的重要资料。

王僧虔，琅邪临沂人也①。祖珣②，晋司徒③。伯父太保弘④，宋元嘉世为宰辅⑤。……父昙首⑥，右光禄大夫⑦。昙首兄弟集会诸子孙，弘子僧达下地跳戏，僧虔年数岁，独正坐采蜡烛珠为凤凰。弘曰："此儿终当为长者。"

僧虔弱冠，弘厚，善隶书。宋文帝见其书素扇，叹曰："非唯迹逾子敬⑧，方当器雅过之。"除秘书郎⑨，太子舍人⑩。退默少交接，与袁淑、谢庄善⑪。转义阳王文

① 琅邪临沂：今山东临沂。 ② 珣：(xún 旬)。 ③ 司徒：见《高帝纪》注。 ④ 太保：原为皇帝的辅弼之官，晋以后常用作赠官。 ⑤ 元嘉：宋文帝刘义隆年号。为宰辅：任宰相之职。 ⑥ 昙：(tán 谈)。 ⑦ 光禄大夫：官名，掌皇帝顾问应对，隶属于光禄勋。无定员，通常用作赠官。其中又设左、右光禄大夫二人，位稍高。 ⑧ 子敬：王献之(344—386 年)，字子敬，东晋书法家。 ⑨ 秘书郎：掌管图籍起草文书的官吏，隶属于秘书监。 ⑩ 太子舍人：见《王敬则传》注。 ⑪ 袁淑(408—453 年)：字阳源，南朝宋诗人。谢庄(421—466 年)：字希逸，南朝宋文学家。

学①，太子洗马②，迁司徒左西属③。

兄僧绰，为太初所害④，亲宾咸劝僧虔逃。僧虔涕泣曰："吾兄奉国以忠贞，抚我以慈爱，今日之事，苦不见及耳。若同归九泉，犹羽化也⑤。"孝武初⑥，出为武陵太守⑦。兄子俭于中途得病，僧虔为废寝食。同行客慰喻之。僧虔曰："昔马援处儿侄之间一情不异⑧，邓攸于弟子更逾所生⑨，吾实怀其心，诚未异古。亡兄之胤⑩，不宜忽诸。若此儿不救，便当回舟谢职，无复游宦之兴矣。"还为中书郎⑪，转黄门郎⑫，太子中庶子⑬。

---

① 义阳王：宋文帝第九子刘昶。文学：诸王府中的属官，为文学侍从。当时诸王府设师友、文学各一人。 ② 太子洗马：见《王敬则传》注。 ③ 司徒左西属：司徒府中的属官。 ④ 太初：指宋文帝刘义隆长子刘劭。刘劭于公元453年弑杀刘义隆而篡立，改元太初。王僧绰曾密启文帝除掉刘劭。后被刘劭得知，遂将他杀害。 ⑤ 羽化：指飞升成仙。 ⑥ 孝武：宋孝武帝刘骏。 ⑦ 武陵：郡名，治所在今湖南常德。 ⑧ 马援(前14—后19年)，字文渊，东汉人。《后汉书·马援传》载有其《诫兄子严敦书》一文，对侄子像对亲生儿子一样加以教诲。 ⑨ 邓攸：字伯道，东晋人。《晋书·邓攸传》记载，他曾在一次逃难中舍弃亲子而保住弟弟的儿子。 ⑩ 胤(yìn印)：后代。 ⑪ 中书郎：中书省的属官。刘宋时中书省设侍郎四人，隶属于中书令。 ⑫ 黄门郎：见《王敬则传》注。 ⑬ 太子中庶子：太子宫中的属官，掌太子左右侍奉应对等事。

孝武欲擅书名，僧虔不敢显迹。大明世①，常用拙笔书，以此见容。出为豫章王子尚抚军长史②，迁散骑常侍③，复为新安王子鸾北中郎长史④、南东海太守⑤，行南徐州事⑥，二蕃皆帝爱子也。

寻迁豫章内史⑦。入为侍中，迁御史中丞⑧，领骁骑将军。甲族向来多不居宪台⑨，王氏以分枝居乌衣者⑩，位官微减。僧虔为此官，乃曰："此是乌衣诸郎坐处，我亦可试为耳。"复为侍中，领屯骑校尉⑪。泰始中⑫，出为辅国将军、吴兴太守⑬，秩中二千石⑭。王献之善书，为吴兴郡，及僧虔工书，又为郡，论者称之。

---

① 大明：刘宋孝武帝年号，457—464年。 ② 豫章王子尚：孝武帝第二子刘子尚，时任抚军将军。长史：将军府中的佐吏。 ③ 散骑常侍：见《高帝纪》注。 ④ 新安王子鸾：孝武帝第八子，时任北中郎将。 ⑤ 南东海：郡名，治所在今江苏丹徒。 ⑥ 南徐州：见《高帝纪》注。 ⑦ 豫章：郡名，治所在今江西南昌。内史：诸王国所辖郡中相当于太守的官。 ⑧ 御史中丞：御史台的长官。御史台是朝廷的监察机构。 ⑨ 甲族：大族。宪台：御史台。 ⑩ 乌衣：地名，即乌衣巷，在今南京城东南。东晋以来王、谢等大族居住于此。 ⑪ 屯骑校尉：屯骑、步兵、射声、越骑、长水五校尉之一，位略次于将军。 ⑫ 泰始：宋明帝刘彧年号，465—471年。 ⑬ 吴兴：郡名，治所在今浙江吴兴。 ⑭ 秩：俸禄。中：满。秩中二千石为略次于三公的俸禄。

徙为会稽太守[①]，秩中二千石，将军如故。中书舍人阮佃夫家在会稽[②]，请假东归。客劝僧虔以佃夫要倖，宜加礼接。僧虔曰："我立身有素，岂能曲意此辈。彼若见恶，当拂衣去耳。"佃夫言于宋明帝，使御史中丞孙敻奏[③]："僧虔前莅吴兴，多有谬命……。"坐免官。

寻以白衣兼侍中，出监吴郡太守，迁使持节、都督湘州诸军事、建武将军、行湘州事[④]，仍转辅国将军，湘州刺史。所在以宽惠著称。巴峡流民多在湘土[⑤]，僧虔表割益阳、罗、湘西三县缘江民立湘阴县[⑥]，从之。

元徽中[⑦]，迁吏部尚书[⑧]。……僧虔寻加散骑常侍，转右仆射[⑨]。升明元年[⑩]，迁尚书仆射，寻转中书令，左仆射，二年，为尚书令[⑪]。僧虔好文史，解音律，以朝廷礼

---

① 会稽：郡名，治所在今浙江绍兴。 ② 中书舍人：见《高帝纪》注。 ③ 敻：(qióng 穷)。 ④ 湘州：治所在今湖南长沙。行……事：指官阶较高的官吏代理较低的职务。 ⑤ 巴峡：指今重庆以东长江沿岸一带地区。 ⑥ 益阳：县名，在今湖南益阳东。罗：罗城，在今湖南平江南。湘西：县名，在今湖南湘潭南。湘阴县：在今湖南湘阴。 ⑦ 元徽：宋后废帝刘昱年号，474—476 年。 ⑧ 吏部尚书：尚书省负责选拔任免官吏的长官。 ⑨ 散骑常侍：见《高帝纪》注。右仆射：见《王敬则传》注。 ⑩ 升明：宋顺帝刘準年号。升明元年：477 年。 ⑪ 尚书仆射、左仆射、尚书令：俱见《高帝纪》注。中书令：见《王敬则传》注：这些官职当时实际上相当于宰相。

乐多违正典，民间竞造新声杂曲，时太祖辅政，僧虔上表曰：“夫悬钟之器，以雅为用；凯容之礼[①]，八佾为仪[②]，今总章羽佾[③]，音服舛异。又歌钟一肆[④]，克谐女乐，以歌为务，非雅器也。……宜命有司，务勤功课，缉理遗逸，迭相开晓，所经漏忘，悉加补缀。曲全者禄厚，艺妙者位优。利以动之，则人思刻厉。反本还源，庶可跂踵。”事见纳。

建元元年[⑤]，转侍中，抚军将军，丹阳尹[⑥]。二年，进号左卫将军，固让不拜。改授左光禄大夫，侍中、尹如故。郡县狱相承有上汤杀囚[⑦]，僧虔上疏言之曰：“汤本以救疾，而实行冤暴，或以肆忿。若罪必入重，自有正刑；若去恶宜疾，则应先启。岂有死生大命，而潜制下邑。愚谓治下囚病，必先刺郡[⑧]，求职司与医对共诊验；远县，家人省视，然后处理。可使死者不恨，生者无怨。”上纳其言。……

太祖善书，及即位，笃好不已。与僧虔赌书毕，谓僧虔曰：“谁为第一？”僧虔曰：“臣书第一，陛下亦第一。”上

---

① 凯容：刘宋时一种乐舞的名称。 ② 八佾：古代天子乐舞的规模。佾（yì 义）：舞者的队列。 ③ 总章：指天子的乐官。 ④ 歌钟：即编钟。肆：钟磬悬列之数。悬钟十六为肆。⑤ 建元：齐高帝萧道成年号。建元元年：479 年。 ⑥ 丹阳尹：见《王敬则传》注。 ⑦ 汤：汤药。 ⑧ 刺：报告。

笑曰："卿可谓善自为谋矣。"示僧虔古迹十一袠①，就求能书人名。僧虔得民间所有，袠中所无者，吴大皇帝、景帝、归命侯书②，桓玄书③，及王丞相导、领军洽、中书令珉、张芝、索靖、卫伯儒、张翼十二卷奏之④。又上羊欣所撰《能书人名》一卷⑤。

其年冬⑥，迁持节、都督湘州诸军事、征南将军、湘州刺史，侍中如故。清简无所欲，不营财产，百姓安之。世祖即位⑦，僧虔以风疾欲陈解，会迁侍中、左光禄大夫、开府仪同三司⑧。僧虔少时群从宗族并会，客有相之者云："僧虔年位最高，仕当至公，余人莫及也。"及授，僧虔谓兄子俭曰："汝任重于朝，行当有八命之礼⑨，我若复此

① 袠（zhì 质）：同"帙"，书套，书函。 ② 吴大皇帝、景帝、归命侯：指三国时吴国大帝孙权、景帝孙休、末帝孙皓。 ③ 桓玄：字敬道，东晋末年人，曾发兵夺取东晋政权，自立为皇帝。后被刘裕诛杀。 ④ 王丞相导：东晋丞相王导。领军洽：王导第三子王洽，曾任领军。他是王僧虔的曾祖父。中书令珉：王洽第二子王珉，曾任中书令，善行书。张芝：字伯英，东汉书法家。索靖（239—303年）：字幼安，西晋书法家，尤善章草。卫伯儒：卫觊，三国魏书法家。张翼：字君祖，东晋书法家。 ⑤ 羊欣：字敬元，南朝宋书法家。 ⑥ 其年：指建元二年（480年）。 ⑦ 世祖：齐武帝萧赜。 ⑧ 开府仪同三司：见《王敬则传》注。 ⑨ 八命：原指周代官秩一命至九命的第八级，后泛指高级官爵。

授，则一门有二台司[①]，实可畏惧。”乃固辞不拜，上优而许之。改授侍中、特进[②]、左光禄大夫。客问僧虔固让之意，僧虔曰：“君子所忧无德，不忧无宠。吾衣食周身，荣位已过，所惭庸薄无以报国，岂容更受高爵，方贻官谤邪！”兄子俭为朝宰，起长梁斋，制度小过，僧虔视之不悦，竟不入户，俭即毁之。

永明三年[③]，薨。……

其论书曰：“宋文帝书，自云可比王子敬，时议者云：‘天然胜羊欣，功夫少于欣。’王平南廙、右军叔[④]，过江之前以为最[⑤]。亡曾祖领军书，右军云：‘弟书遂不减吾。’变古制，今唯右军。领军不尔，至今犹法钟、张[⑥]。亡从祖中书令书，子敬云‘弟书如骑骡，骎骎恒欲度骅骝前’。

---

① 台司：指三公宰相的官位。 ② 特进：官名，往往赐给功德优胜的大臣，位在三公下。 ③ 永明：齐武帝年号。永明三年：485 年。 ④ 王平南廙（yì 异）：王廙，字世将，工书画，东晋时曾任平南将军。右军：王羲之，字逸少，东晋书法家，官至右军将军，故称王右军。王廙是王羲之的叔父。⑤ 过江：指西晋灭亡，东晋建立。此句中华书局本《南齐书》校记云：《元龟》八百六十一“江”下有“右军”二字，是。盖谓在过江之后，右军之前，以王廙为最也。按《书法要录》云：“王平南廙，是右军叔，自过江东，右军之前，惟廙为最。”文较明析。 ⑥ 钟、张：指钟繇、张芝。钟繇，字子常，三国魏书法家。张芝，见前注。

庾征西翼书[1]，少时与右军齐名，右军后进，庾犹不分，在荆州与都下人书云：‘小儿辈贱家鸡，皆学逸少书，须吾下，当比之。’张翼[2]，王右军自书表，晋穆帝令翼写题后答，右军当时不别，久后方悟，云‘小人几欲乱真’。张芝、索靖、韦诞、钟会、二卫并得名前代[3]，无以辨其优劣，唯见其笔力惊异耳。张澄当时亦呼有意[4]。郗愔章草亚于右军[5]。郗嘉宾草亚于二王[6]，紧媚过其父。桓玄自谓右军之流，论者以比孔琳之[7]。谢安亦入能书录[8]，亦自重，为子敬书嵇康诗。羊欣书见重一时，亲受子敬，行书尤善，正乃不称名。孔琳之书天然放纵，极有笔力，规矩恐在羊欣后。丘道护与羊欣俱面受子敬[9]，故当在欣后。范晔与萧思话同师羊欣[10]，后小叛，既失故步，为复

---

① 庾征西翼：庾翼，字稚恭，东晋时曾任征西将军。② 张翼：见前注。 ③ 韦诞：字仲将，三国魏书法家。钟会：字士秀，三国魏人。二卫：指卫瓘、卫铄（卫夫人），二人是同乡，又都是晋代著名书法家。余见前注。 ④ 张澄：字国民，晋代书法家，工楷书。 ⑤ 郗愔：字方回，东晋时曾任临海太守和徐、兖二州刺史。 ⑥ 郗嘉宾，名超，郗愔之子。二王：指王羲之、王献之父子。 ⑦ 孔琳之：字彦林，南朝宋人，善写草隶。⑧ 谢安：字安石，东晋大贵族，曾任宰相之职，善行书。⑨ 丘道护：南朝宋书法家，官至相国主簿，善隶书。 ⑩ 范晔：字蔚宗，南朝宋史学家，善隶书。萧思话：南朝宋大臣，官至中书令，颇工隶书。

小有意耳。萧思话书，羊欣之影，风流趣好，殆当不减，笔力恨弱。谢综书[1]，其舅云'紧生起，是得赏也，恨少媚好'[2]。谢灵运乃不伦[3]，遇其合时，亦得入流。贺道力书亚丘道护[4]。庾昕学右军[5]，亦欲乱真矣。"又著《书赋》，传于世。（节录）

【翻译】

王僧虔，琅邪临沂人。祖父王珣，晋朝时任司徒。伯父太保王弘，宋元嘉（424 年—453 年）年间曾为宰相。……父亲王昙首，任右光禄大夫。王昙首兄弟有一次带着孩子们一起聚会，王弘的儿子僧达在地上跳跃玩耍，而僧虔当时年仅数岁，却独自端坐在一旁采集蜡烛油做凤凰。王弘说："这孩子将来一定能成为尊长的人。"

僧虔年轻时，性格宽弘仁厚，善于写隶书。宋文帝看见他书写的素帛扇面，感叹道："不仅字迹超过王献之，器度风雅也将要超过了。"任命为秘书郎、太子舍人。

① 谢综：南朝宋书法家，曾任太子中舍人，善隶书。② 其舅：指谢综的舅舅范晔。③ 谢灵运：小名客儿，南朝宋文学家。④ 贺道力：南朝宋书法家，曾任吴县令、建康令，善草书。⑤ 庾昕：当作康昕，东晋义兴人。一说胡人，字君明，官至临沂令，善隶、草书。

僧虔性格谦让沉默，很少与人交往，只与袁淑、谢庄友善。后转为义阳王文学、太子洗马，又迁任司徒左西属。

王僧虔的哥哥王僧绰，被刘劭杀害。亲戚和宾客都劝王僧虔逃避。僧虔哭泣着说："我的兄长以忠贞报效国家，对我也很慈爱，如今这事，我只苦于不能与他一起承受，若能与他一起去死，也就等于羽化成仙了。"孝武帝初年，出任武陵太守。他哥哥的儿子王俭在途中得病，僧虔为此不吃不睡。同行的客人劝慰他。僧虔说："从前马援在儿子和侄子之间感情没有一点差别，邓攸对待弟弟的儿子胜过亲生子。我也与他们怀着同样的心情，与古人没有两样。亡兄的后代，更不应轻率对待。如果这孩子救不活，我就要掉转船头辞去官职，再没有做官的兴致了。"任满回京后，任中书郎，转任黄门郎、太子中庶子。

孝武帝刘骏想独占擅长书法的名声，僧虔不敢显露自己的笔迹。大明(457—464 年)年间，他常用笨拙的笔迹书写，因此能被容纳。后出任豫章王刘子尚抚军长史，迁任散骑常侍。又任新安王刘子鸾北中郎长史、南东海太守，行南徐州事。子尚、子鸾两位藩国王都是皇帝的爱子。

不久升任豫章内史。入朝任侍中，升任御史中丞，兼任骁骑将军。当时大族出身的人很久以来已不在御史台任职，王氏后裔支脉居住在乌衣巷的人，官位都已减低。王僧虔当了御史中丞，便说：“这是从前乌衣巷诸位坐过的地方，我今天也可以试着坐一坐。”后又任侍中，兼任屯骑校尉。泰始(465—472 年)中期，出任辅国将军、吴兴太守，俸禄满二千石。从前王献之擅长书法，曾任吴兴郡太守；到了王僧虔也工书法，又任此郡太守，当时评论者颇为称道。

后转任会稽太守，俸禄二千石，将军之职依旧。中书舍人阮佃夫老家在会稽，请假归来探亲。门客劝王僧虔：因为阮佃夫是皇帝的宠幸之人，应该以礼相接。僧虔说：“我平素立身处世有操守，怎能曲意逢迎这种人？他如果讨厌我，我就应当拂衣而去。”阮佃夫回去后向宋明帝进谗言，又叫御史中丞孙夐上奏章说：“王僧虔以前在吴兴任职时，政令多有谬误……。”僧虔因此被免官。

不久他又以布衣身份任侍中，出监吴郡太守，升任使持节、都督湘州诸军事、建武将军、行湘州事，又重新任辅国将军、湘州刺史。在任职的地方以宽厚仁爱著称。巴峡一带流亡的民众很多居住在湘州，僧虔上表建议划出益阳、罗、湘西三县沿江一带的民众建立湘阴县，被上面采纳。

元徽(473—477 年)中期，升任吏部尚书。……僧虔不久又加任散骑常侍，转任右仆射。升明元年(477 年)，升任尚书仆射，不久转任中书令、左仆射。升明二年(478年)，任尚书令。僧虔喜好文史，懂得音律。当时朝廷的礼乐大多违背了正典，民间也竞相制造新声杂曲，此时萧道成辅佐朝政，僧虔上表说："钟磬等乐器，应该以雅正为用；《凯容》的乐舞，也应该以古代天子的八佾之舞为标准。如今天子的乐官和舞列，音律服饰都背离了古制，编钟只用一排，以谐调女乐歌唱，只以歌唱为目的，这不是雅正的使用。……应该命令主管者，勤加考核，收集整理散佚的古乐，用以开导启发，凡是已经遗漏忘却的，都应加以补充。乐曲完整者给予厚禄，技艺高超者给予高位。用利益来调动，这样人人都会努力。回到古乐的根本，大概就有希望了。"他的意见被采纳。

建元元年(479年)，转任侍中、抚军将军、丹阳尹。建元二年(480年)，加官号为左卫将军，他坚决辞让不接受。改任为左光禄大夫，侍中和尹的官职依旧。当时郡县沿袭有用汤药杀死囚犯的情况，僧虔上疏说："汤药本是用来治病的，而现在实际上却用来施行暴虐、造成冤案，或用来泄私愤。若是罪行必须重处，自有正当的刑罚；若是须尽快除去恶人，也应先启明上司。岂有人命生死的大事，而由下级小官吏私下决定的道理。我认为给囚犯治病，必须先向郡里报告，由主管者和医生当面共同诊断。边远的县，则应由囚犯的家属前往察看，然后再行处理。这样可以使死者没有遗憾，生者不怀怨恨。”皇上采纳了他的意见。……

萧道成喜欢书法，登皇帝位后，更加喜好不止。他与王僧虔比赛书法后，问王僧虔说：“谁是第一？”王僧虔说：“我书法第一，陛下也是第一。”皇上笑着说：“你可以说是善于为自己谋虑了。”他向僧虔出示古人的书迹十一帙，向他寻求善于书法者的姓名。王僧虔得到民间流传而皇上帙中所没有的，如吴大帝孙权、景帝孙休、归命侯孙皓的书迹、桓玄的书迹，以及东晋丞相王导、领军王洽、中书令王珉、张芝、索靖、卫伯儒、张翼等人的书迹共十二卷奏给皇上，又奏上羊欣所撰写的《能书人名》一卷。

这一年冬天，僧虔升任持节、都督湘州诸军事、征南将军、湘州刺史，侍中的官职依旧。僧虔清廉简朴没有私欲，不经营财产，百姓安于他的治理。武帝即位后，僧虔因患中风想辞去职务，却正碰上给他升任侍中、左光禄大夫、开府仪同三司。僧虔年轻时随从宗族里的人聚会，有客人为他相面说：“僧虔年寿地位将来一定会最高，官职当升至三公，其他人都比不上。”到任命时，僧虔对侄子王俭说：“你已经在朝廷任重要职务，将有八命高官的礼仪，我如果再接受此任，就是一家之内有二人为三公宰相，这实在很可怕。”于是坚决推辞不接受。皇上特许同意，改任侍中、特进、左光禄大夫。有人问僧虔坚决辞让的用意，僧虔说："君子所忧虑的是自己没有德行，而不是不受宠幸。我的衣食已满足，荣誉爵位也已超过，所惭愧的是才能微薄无以报效国家，怎么能再接受高级爵位，让人家责骂我居官不称职呢？"他的侄子王俭任朝廷宰相，建造长梁斋，规模稍稍超过了规定，僧虔见了不高兴，始终不肯入门，王俭只好把长梁斋拆毁。

永明三年(485 年)，王僧虔去世。……

王僧虔有《论书》一文说："宋文帝的书法，自称可以与王献之相比，当时评论者却认为他的字'天然超过羊欣，而功夫却不及羊欣'。平南将军王廙，是王羲之的叔父，在过江之后王羲之出名之前，他的书法算最好。我的曾祖父王洽的书法，王羲之曾评价说：'老弟的字就不比我差！'改变古人笔法，如今只有王羲之一人。王洽不是这样，到那时仍然效法钟繇、张芝。我的叔祖父王珉的书法，王献之曾评价说：'老弟的书法，好比骑着骡子急急忙忙总想超过骏马一样。'征西将军庾翼的书法，年轻时与王羲之齐名，王羲之后来有了发展，庾翼却还是看不出，他在荆州给都城的人写信说：'现在这些小孩儿辈看低自己家的鸡，都去学王羲之的书法，等我回来，当与他一比高低。'张翼(善于模仿)，凡是王羲之亲笔书写的章表，晋穆帝都让张翼题写答复。王羲之当时不在意，日久之后才明白，说：‘小人的模仿几乎可以乱真了。’张芝、索靖、韦诞、钟会、二卫在前代都很有名气，无法区分他们的优劣，只可见到他们的笔力令人惊异。张澄的字在当时也算有意思。郗愔的章草次于王羲之。郗嘉宾的草书次于‘二王’，但其紧凑柔媚超过他的父亲。桓玄自称能进入王羲之一流，但评论者认为只可与孔琳之相比。谢安也被收入能书者人名录，也很自重，曾经为王献之书写嵇康的诗。羊欣的书法也一度很被人看重，他亲身受到王献之的指点，行书写得尤其好，正楷却不太有名气。孔琳之的字天然而放纵，很有笔力，而规矩法度恐怕要在羊欣之下。丘道护与羊欣一起当面受到王献之指点，他的字也在羊欣之下。范晔与萧思话一同向羊欣学习，后来小有背叛，已经失去了原来的风格，但也还小有一点意思。萧思话的字，像是羊欣字的影子，风流趣味，可以说没有减少，但遗憾的是笔力太弱。谢综的字，他舅舅评价说：‘起笔比较紧凑，是值得赞赏的；但可惜过于柔媚了些。’谢灵运则与人不同，碰上适合的时候，也能进入流品。贺道力的字次于丘道护。康昕学习王羲之，也差不多可以乱真了。”王僧虔还写有《书赋》一篇，流传于世。

刘　瓛　传

刘瓛（434—489年）字子珪，沛国相（今安徽宿州西北）人。是宋齐之际一位著名儒生，当时很有名气。他不追求功名，不想做官，曾经有过做大官的机会，但他放弃了。他做郡丞一类小官，也只是为了拿一些微薄的俸禄供养母亲。但他不是一个自恃清高、超然世外的隐士，也有为君主王侯出谋划策、提供咨询的愿望。从他回答齐高帝萧道成的一番话，可以看出他关心世事，且有深刻的政治见解。不过他不愿受官职的拘束，只想成为侯王的宾客师友一类人物。这篇传记中所引其《与张融王思远书》就充分表达了他的志向。像刘瓛这样的人在中国古代知识分子中也是一种类型，有其特点。唐代的李泌也属于这一类人物。

刘瓛字子珪①，沛国相人②，晋丹阳尹惔六世孙也③。祖弘之，给事中④。父惠，治书御史⑤。

瓛初州辟祭酒主簿⑥。宋大明四年⑦，举秀才⑧。兄琎亦有名，先应州举，至是别驾东海王元曾与瓛父惠书曰⑨："比岁贤子充秀，州闾可谓得人。"除奉朝请⑩，不就。

少笃学，博通《五经》⑪。聚徒教授，常有数十人。丹阳尹袁粲于后堂夜集，瓛在座，粲指庭中柳树谓瓛曰："人谓此是刘尹时树，每想高风；今复见卿清德，可谓不

---

① 瓛：(huán 桓)。 ② 沛国相：今安徽宿州西北。 ③ 丹阳尹：见《王敬则传》注。 ④ 给事中：官名，为皇帝左右侍从，备顾问应对等事。 ⑤ 治书御史：官名，为皇帝侍从，掌管书籍、律令。 ⑥ 祭酒：这里指州府里掌管文教的官。主簿：州府里掌管文书、参与机要的官。 ⑦ 大明：宋孝武帝年号。大明四年：460 年。 ⑧ 秀才：当时荐举人才的一种名目，意为优秀人才。 ⑨ 别驾：州刺史的助理官。 ⑩ 奉朝请：本为贵族、官僚定期朝见皇帝的称谓。南朝时成为一种官号，用来安置闲散官员。 ⑪ 五经：指《诗》、《书》、《礼》、《易》、《春秋》五部儒家经典。

衰矣。”荐为秘书郎，不见用。除邵陵王郡主簿①，安陆王国常侍②，安成王抚军行参军③，公事免。瓛素无宦情，自此不复仕。除车骑行参军，南彭城郡丞④，尚书祠部郎⑤，并不拜。袁粲诛⑥，瓛微服往哭，并致赙助。

太祖践阼⑦，召瓛入华林园谈语，谓瓛曰：“吾应天革命，物议以为何如？”瓛对曰：“陛下诫前轨之失，加之以宽厚，虽危可安；若循其覆辙，虽安必危矣。”既出，帝顾谓司徒褚渊曰：“方直乃尔！学士故自过人。”敕瓛使数人，而瓛自非诏见，未尝到宫门。

上欲用瓛为中书郎⑧，使吏部尚书何戢喻旨⑨。戢谓瓛曰：“上意欲以凤池相处⑩，恨君资轻，可且就前除，

① 邵陵王：宋孝武帝第十三子刘子元。郡主簿：郡府里掌文书机要的幕僚官。② 安陆王：宋孝武帝第四子刘子绥。国常侍：诸王身边的侍从官。③ 安成王：宋孝武帝第十六子刘子孟。抚军：指抚军将军府。参军：将军府中的幕僚。行参军：诸王将军府设置的曹官分正参军与行参军两类。④ 南彭城：治所当在今江苏镇江附近，具体地点不详。郡丞：郡太守的佐官。⑤ 尚书祠部郎：尚书省负责宗庙、祭祀的官。⑥ 袁粲诛：袁粲被诛事，见《高帝纪》。⑦ 太祖：齐高帝萧道成。践阼：指登上帝位。⑧ 中书郎：中书省的属官。中书省是秉承皇帝意旨掌管机要、发布政令的机构。⑨ 吏部尚书：见《王僧虔传》注。⑩ 凤池：即凤凰池，原是皇帝禁苑中的池沼。因当时中书省设于此，故以凤凰池作为中书省的代称。

少日当转国子博士[①]，便即后授。”瓛曰：“平生无荣进意，今闻得中书郎而拜，岂本心哉！”后以母老阙养，重拜彭城郡丞。谓司徒褚渊曰：“自省无廊庙之才，所愿唯保彭城丞耳。”上又以瓛兼总明观祭酒[②]，除豫章王骠骑记室参军[③]，丞如故，瓛终不就。武陵王晔为会稽太守[④]，上欲令瓛为晔讲，除会稽郡丞，学徒从之者转众。

永明初[⑤]，竟陵王子良请为征北司徒记室[⑥]。瓛与张融、王思远书曰[⑦]：“奉教使恭召，会当停公事，但念生平素抱，有乖恩顾。吾性拙人间，不习仕进，昔尝为行佐，便以不能及公事免黜，此皆眷者所共知也。量己审分，不敢期荣。夙婴贫困，加以疏懒，衣裳容发，有足骇者。中以亲老供养，褰裳徒步，脱尔逮今，二代一纪[⑧]。先朝使其更自修正，勉厉于阶级之次[⑨]，见其褴褛，或复赐以衣裳。袁、褚诸公咸加劝励，终不能自反也。一不

---

① 国子博士：国子学里执教的官。 ② 总明观：官署名。南齐曾一度废国子学，另立总明观以代替。祭酒：国子学首席执教官。 ③ 豫章王：齐高帝萧道成第二子萧嶷，曾任骠骑将军。记室参军：见《王敬则传》注。 ④ 武陵王晔：萧道成第五子萧晔。 ⑤ 永明：齐武帝年号，483—493 年。 ⑥ 竟陵王子良：齐武帝第二子萧子良。征北司徒记室：征北将军府中的僚官。 ⑦ 张融：当时任竟陵王征北咨议。王思远：当时任竟陵王征北记室参军。 ⑧ 二代：指宋、齐两代。一纪：十二年。 ⑨ 厉：通“励”。

复为，安可重为哉？昔人有以冠一免不重加于首，每谓此得进止之仪。古者以贤制爵，或有秩满而辞老；以庸制禄，或有身病而求归者。永瞻前良，在己何若？又上下年尊，益不愿居官次，废晨昏也①。先朝为此，曲申从许，故得连年不拜荣授，而带帖薄禄。既习此岁久，又齿长疾侵，岂宜摄斋河间之听②，厕迹东平之僚③？本无绝俗之操，亦非能偃蹇为高，此又诸贤所当深察者也。近奉初教，便自希得托迹于客游之末，而固辞荣级，其故何耶？以古之王侯大人，或以此延四方之士，甚美者则有辐凑燕路，慕君王之义④；骧镳魏阙，高公子之仁⑤。继有追申、白而入楚⑥，羡邹、枚而游梁⑦。吾非敢叨夫曩

① 晨昏：指对父母的侍养。语出《礼记·曲礼上》："冬温而夏凊，昏定而晨省。" ② 摄：指升堂时提起衣摆防止跌倒，表示恭谨有礼。齋：通"齎"，衣之下缝。河间：指西汉河间献王刘德。他修学好古，搜罗古籍，山东诸儒多从而游。听：同"厅"。 ③ 东平：指西汉东平思王刘宇。他喜好儒术，其傅、相皆儒者，与之旦夕讲诵。 ④ 辐凑燕路、慕君王之义：指战国时燕昭王以重金招贤，天下游士争相奔赴燕国。事见《战国策·燕一》、《新序·杂事三》。 ⑤ 骧镳魏阙，高公子之仁：指战国时魏公子信陵君礼贤下士，士多往归之。事见《史记·魏公子列传》。骧镳：驾马奔驰。魏阙：指朝廷。 ⑥ 申、白：申公、白公，西汉儒生，与楚元王刘交为师友。 ⑦ 邹、枚：邹阳、枚乘，曾游梁国，为梁孝王刘武宾客。

贤，庶欲从九九之遗踪①。既于闻道集泮不殊②，而幸无职司拘碍；可得奉温清③，展私计。志在此尔。”除步兵校尉④，并不拜。

瓛姿状纤小，儒学冠于当时，京师士子贵游莫不下席受业⑤。性谦率通美，不以高名自居。游诣故人，唯一门生持胡床随后⑥，主人未通，便坐问答。住在檀桥，瓦屋数间，上皆穿漏。学徒敬慕，不敢指斥，呼为“青溪”焉。竟陵王子良亲往修谒，七年，表世祖为瓛立馆，以扬烈桥故主第给之，生徒皆贺。瓛曰：“室美为人灾，此华宇岂吾宅邪？幸可诏作讲堂，犹恐见害也。”未及徙居，遇病。子良遣从瓛学者彭城刘绘、顺阳范缜将厨于瓛宅营斋⑦。及卒，门人受学者并吊服临送。时年五十六。

瓛有至性。祖母病疽经年，手持膏药，渍指为烂。母孔氏甚严明，谓亲戚曰：“阿称便是今世曾子⑧。”阿称，

---

① 九九之遗踪：《说苑·尊贤》载：齐桓公招士，东野鄙人有以九九之术（即乘法计算）见者，桓公受而礼之。后四方之士相携而并至。 ② 泮：即泮宫，古代学宫。集泮：在学宫与生徒讲道论学。 ③ 温清：意同“晨昏”，见前注。 ④ 步兵校尉：五校尉之一，是略次于将军的武官。 ⑤ 贵游：指贵族子弟无官职者。 ⑥ 胡床：一种可以折叠的坐具。因从胡地传入，故名。 ⑦ 营斋：设斋食以供众僧，也即请众僧诵经祈祷。 ⑧ 曾子：即曾参，孔子弟子，以孝著称。

瓛小名也。年四十余，未有婚对。建元中①，太祖与司徒褚渊为瓛娶王氏女。王氏椓壁挂履②，土落孔氏床上，孔氏不悦，瓛即出其妻。及居父丧，不出庐，足为之屈，杖不能起。今上天监元年③，下诏为瓛立碑，谥曰贞简先生。所著文集，皆是《礼》义，行于世。

……（节录）

【翻译】

刘瓛字子珪，沛国相人，是晋朝丹阳尹刘惔的六世孙。祖父刘弘之，官至给事中。父亲刘惠，官至治书御史。

刘瓛开始时被聘任为州中祭酒主簿。宋大明四年（460年）被举拔为秀才。其兄刘璲也有名声，在这之前也被州中举拔。到这时别驾东海王元曾写信给刘瓛的父亲刘惠说："连续两年你的儿子充当秀才，州府可以说是得到人才了。"刘瓛被任命为奉朝请，他没有接受。

刘瓛年轻时专心好学，博通《五经》，招聚生徒进行讲授，经常有几十人。丹阳尹袁粲在后堂与人夜晚聚

---

① 建元：齐高帝年号，479—482年。 ② 椓：（zhuó 啄）敲击。 ③ 今上：指梁武帝萧衍。天监：梁武帝年号。天监元年：502年。

会，刘瓛在座，袁粲指着庭中柳树对刘瓛说："人说此树是你的六世祖在任时所种，我常常想到他的高风；如今又见到你的清德，真可谓家风不衰。"袁粲推荐刘瓛为秘书郎，但未被录用。后任命为邵陵王郡主簿、安陆王国常侍，安成王抚军行参军，因公事免职。刘瓛平素并无做官的志向，从此便不再做官。后来被任命为车骑行参军，南彭城郡丞、尚书祠部郎等职，都没有上任。袁粲被杀后，刘瓛曾穿便服去哭吊，并出资帮助安葬。

齐太祖萧道成登上帝位后，曾召刘瓛到华林园谈话，问刘瓛说："我顺应天意改朝换代，人们的议论以为如何？"刘瓛回答说："陛下如果以前车之失为诫，实行宽厚仁爱的政治，即使处于危难也能转危为安；如果重蹈覆辙，即使现在安定也会变得危险。"他出去后，皇帝回头对司徒褚渊说："他方正耿直如此！饱学之士就是比平常人强。"下诏令刘瓛可以经常来见皇帝。而刘瓛若非被召见，从未主动到宫门。

皇上想任用刘瓛为中书郎，派吏部尚书何戢去转告其旨意。何戢对刘瓛说："皇上想让你到中书省任职，但惋惜你资历太浅。你可以暂且接受前面的任命，不久当转为国子博士，以便衔接以后的任命。"刘瓛说："我平生没有荣利进取之意，如今若是听说要做中书郎就接受任命，这难道是我的本心吗？"后来因为母亲年老缺少供养，才重新就任彭城郡丞。他对司徒褚渊说："我觉得自己并非国家栋梁之材，所希望的只是保住彭城丞之职而已。"皇上又请刘瓛兼任总明观祭酒、任豫章王骠骑记室参军，而彭城丞之职依旧保留，刘瓛也始终不肯接受。武陵王萧晔任会稽太守时，皇上想叫刘瓛为萧晔讲解《五经》，就任命他为会稽郡丞，而跟随他的学生却变得更多。

永明(483—493年)初年，竟陵王萧子良请他任征北司徒记室之职。刘瓛给张融、王思远写信说："承蒙来信征召，本当停下此地公事前往；但念我平生怀抱，看来要有负你们的恩顾了。我本性拙于人世间事，不习惯于做官进取。以前曾任军中小职，便因不能行公事而免职，这都是朋友所共知的。我审度自己的才能，不敢期望荣禄。我幼遭贫困，又很懒散，衣服容貌，常令人惊骇；又因家中母亲年老需供养，所以一直牵衣步行为平民，疏脱懒散到如今，已经历了两代十二年。前朝曾叫我好自修饰，努力争取官阶晋升，见我穿着破旧，又时或赐给衣裳，袁粲、褚渊诸公也对我加以勉励，但终究不能使我改变。一旦决定不干，岂可重新又干呢？从前有人认为帽子一脱就不可再戴在头上，我常常认为这是懂得了进取和停止的道理。古人以贤能定爵位，故有人官职将满而告老辞职；以才用定俸禄，故有人身患疾病而请求放归。

遥想前代贤良的品德，在自己身上又如何呢？又因家中长辈年迈，更不愿居于官位，废弃对父母的奉养。前朝因为这一点，曲从允许，所以我能够连年不接受荣耀的任命，而只是附带拿点薄禄。既已多年习惯于此，又加上年长体病，我哪里适宜去做河间献王的宾客、东平思王的幕僚？我本无隔绝世俗的操守，也不是以傲慢求得高名，这一点又是诸位所应当深察的。近得诸位书教，便希求混身于说客游士的末流，但却又坚决推辞荣耀的官级，这是何缘故？因为古代王侯大人，常以此种方法招引四方贤士，传为美谈的则如当年游士们竞相奔走于燕国之路，仰慕燕昭王的高义；纵马奔驰到魏国朝廷，崇尚魏公子的仁德。继之则有人追踪申公、白公而到楚国，仰慕邹阳、枚乘而游梁国。我并不敢与从前的贤人相比，只希望仿效当初齐国东野鄙人以九九薄技见齐桓公的故事。这样既与讲道论学没有区别，又能幸免官职杂务的拘束；可以照顾父母的冷暖，又能施展自己的打算。我的志向至此而已。”后又任命他为步兵校尉，都没有接受。

刘瓛身材瘦小，他研究儒学在当时数第一，京城里的士人和贵族子弟无不向他拜见求学。他性格谦和率直通达，不因名气高而自傲。拜访朋友时，只有一个学生持着小凳子跟随在后，主人还未通报时，便坐下来与学生问答。住在檀桥，瓦屋数间，屋顶都已穿漏。学生们敬慕他，不敢直接称呼，就称为“青溪”。竟陵王萧子良曾亲自前往拜见他，永明七年(489 年)上表齐武帝为刘瓛立学馆，把扬烈桥故主的房宅给他。学生们都来庆贺，刘瓛说：“居室太美就是人的灾祸，这样华美的屋宇哪里是我住的？幸好皇上下诏是把它作为讲堂，但我还是担心遭到祸害呢。”未等到迁居，他生了重病。萧子良派跟随刘瓛学习的彭城人刘绘，顺阳人范缜带了厨子到刘瓛住处设斋食请众僧来诵经祈祷。去世后，跟他学习的门人都穿了丧服去给他送葬。刘瓛终年五十六岁。

刘瓛有纯厚的性情。祖母身上长了毒疮，多年不愈，刘瓛手持膏药为她涂抹，手指都泡烂了。母亲孔氏很严明，对亲戚说：“阿称就是当今的曾子。”“阿称”是刘瓛的小名。到四十多岁，还没有婚配。建元(479—482 年)年间，齐高帝和司徒褚渊为刘瓛娶了王氏的女儿。王氏凿墙壁挂鞋子，泥土落到孔氏的床上，孔氏不高兴，刘瓛就把妻子休掉了。他为父亲服丧期间，一直不走出庐舍，以至脚骨弯曲，撑着手杖也不能起来。梁武帝天监元年(502 年)下诏书为刘瓛立碑，谥号为“贞简先生”。刘瓛所著的文集，都是关于《礼》的解说，流传于世。

……

江 祏 传

江祏(？—499年)字弘业，是齐明帝萧鸾的表兄弟。萧鸾篡承帝位后，江祏以外戚的身份步入最高权力中心，声势显赫。明帝死后，他奉遗诏与刘暄等人执掌朝政。在统治集团内部激烈的权力之争中，他与东昏侯萧宝卷以及同样也是外戚的刘暄形成对立，最后被害而死。这篇传记语言简练、条理清楚，特别是叙述江、刘火并的一段，能以很少的语言写出当时十分复杂的情况，而且前后关照，笔笔交代清楚，充分表现出《南齐书》叙事简洁的特点。

江祏字弘业①，济阳考城人也②。祖遵，宁朔参军③。父德邻，司徒右长史④。

祏姑为景皇后⑤，少为高宗所亲⑥，恩如兄弟。宋末，解褐晋熙国常侍⑦、太祖徐州西曹⑧、员外郎、高宗冠军参军⑨、带滠阳令⑩、竟陵王征北参军⑪、尚书水部郎⑫。高宗为吴兴⑬，以祏为郡丞，加宣威将军、庐陵王中军功曹记室⑭、安陆王左军咨议⑮、领录事⑯、带京兆太守⑰。除通直郎⑱，补南徐州别驾⑲。

---

① 祏：(shí 石)。 ② 济阳考城：在今河南兰考。 ③ 宁朔将军：见《高帝纪》注。 ④ 司徒右长史：见《高帝纪》"司徒左长史"注。 ⑤ 景皇后：齐明帝萧鸾之父萧道生的妻子。明帝即位后，追尊其父为景皇，母为景皇后。 ⑥ 高宗：即齐明帝萧鸾。 ⑦ 解褐：脱去布衣，即开始做官。晋熙国：宋文帝第九子刘昶的封国。国常侍：见《刘瓛传》注。 ⑧ 太祖：指齐高帝萧道成。徐州西曹：徐州府的属官。 ⑨ 冠军参军：冠军将军府中的僚属。 ⑩ 滠阳：县名，故治在今湖北黄陂南。 ⑪ 竟陵王：齐武帝第二子萧子良。征北参军：征北将军府中的僚属。 ⑫ 尚书水部郎：尚书省分管水利的官吏。 ⑬ 吴兴：郡名，故治在今浙江吴兴。 ⑭ 庐陵王：齐武帝第三子萧子卿。功曹记室：州郡掌管考查记录功劳的官员。 ⑮ 安陆王：齐武帝第五子萧子敬。咨议：将军府中的参谋官，位在诸参军之上。 ⑯ 录事：掌管文书记录的官。 ⑰ 带：兼任。京兆：指京都行政区。 ⑱ 通直郎：官名，地位与散骑侍郎相等。 ⑲ 南徐州：今江苏镇江。别驾：州刺史的佐吏。

高宗辅政，委以心腹。隆昌元年[①]，自正员郎补丹阳丞[②]、中书郎[③]。高宗为骠骑[④]，镇东府[⑤]，以祏为咨议参军[⑥]，领南平昌太守[⑦]，与萧诔对直东府省内[⑧]。时新立海陵[⑨]，人情未服，高宗髀上有赤志，常秘不传，祏劝帝出以示人。晋寿太守王洪范罢任还[⑩]，上袒示之，曰："人皆谓此是日月相[⑪]。卿幸无泄言。"洪范曰："公日月之相在躯，如何可隐？转当言之公卿。"上大悦。会直后张伯、尹瓒等屡谋窃发[⑫]，祏、诔忧虞无计，每夕辄托事外出。及入纂议定[⑬]，加祏宁朔将军。高宗为宣城王，太史密奏图纬云[⑭]："一号当得十四年"。祏入，帝喜以示祏曰："得此复何所望！"及即位，迁守卫尉[⑮]，将军如故。封安陆县

---

① 隆昌：齐郁林王萧昭业年号。隆昌元年：494 年。 ② 丹阳：郡名，故城在今江苏江宁东南。齐丹阳郡管辖范围包括京城建康。丹阳丞：丹阳尹的佐官。 ③ 中书郎：见《刘瓛传》注。 ④ 骠骑：骠骑大将军。 ⑤ 东府：在当时都城东南，为扬州刺史的治所。 ⑥ 咨议参军：简称咨议，见前注。 ⑦ 南平昌：郡名，故址当在今江苏境内。 ⑧ 萧诔：字彦文，时为宁朔将军。 ⑨ 海陵：海陵王萧昭业。 ⑩ 晋寿：治所在今四川广元。 ⑪ 日月相：指做皇帝皇后的贵相。 ⑫ 直后：官名，从属于掌管宫廷禁卫的左右卫。 ⑬ 入纂：指以皇室支系的身份继承帝位。 ⑭ 图纬：河图和纬书，东汉以来常用作占验吉凶的材料。 ⑮ 卫尉：负责皇宫警卫的武官。

侯①,邑千户。祏祖遵,以后父赠金紫光禄大夫②;父德邻,以帝舅亦赠光禄大夫。

建武二年③,迁右卫将军,掌甲仗廉察。四年,转太子詹事④。祏以外戚亲要,势冠当时,远致饷遗⑤,或取诸王第名书好物。然家行甚睦,待子侄有恩意。

上寝疾,永泰元年⑥,转祏为侍中⑦、中书令⑧,出入殿省。上崩,遗诏转右仆射⑨,祏弟卫尉祀为侍中,敬皇后弟刘暄为卫尉⑩。东昏即位,参掌选事。高宗虽顾命群公⑪,而意寄多在祏兄弟。至是更直殿内,动止关咨。永元元年⑫,领太子詹事⑬。刘暄迁散骑常侍、右卫将军⑭。祏兄弟与暄及始安王遥光⑮、尚书令徐孝嗣、领军

① 安陆县:今属湖北。 ② 光禄大夫:见《王僧虔传》注。金紫光禄大夫:加金章紫绶的光禄大夫。 ③ 建武:齐明帝萧鸾年号。建武二年:495 年。 ④ 太子詹事:太子官属之长。 ⑤ 饷遗(wèi 卫):馈赠。 ⑥ 永泰:齐明帝萧鸾年号。永泰元年:498 年。 ⑦ 侍中:见《高帝纪》注。 ⑧ 中书令:见《王敬则传》注。 ⑨ 右仆射:见《王敬则传》注。 ⑩ 敬皇后:齐明帝萧鸾的皇后刘氏。 ⑪ 顾命:皇帝临终遗命。 ⑫ 永元:齐东昏侯萧宝卷年号。永元元年:499 年。 ⑬ 太子詹事:太子宫中的属官。南朝时的太子詹事是太子宫中事务的总管,他与太子的关系相当于宰相与皇帝的关系。 ⑭ 散骑常侍、右卫将军:并见《高帝纪》注。 ⑮ 始安王遥光:齐高帝萧道成的侄孙。

萧坦之六人，更日帖敕①，时呼为“六贵”。

帝稍欲行意，孝嗣不能夺，坦之虽时有异同，而祏坚意执制②，帝深忿之。帝失德既彰，祏议欲立江夏王宝玄③。刘暄初为宝玄郢州行事④，执事过刻。有人献马，宝玄欲看之，暄曰：“马何用看！”妃索煮肫，帐下咨暄，暄曰：“且已煮鹅，不烦复此。”宝玄恚曰⑤：“舅殊无《渭阳》之情⑥。”暄闻之亦不悦。至是不同祏议，欲立建安王宝夤⑦，密谋于遥光。遥光自以年长，属当鼎命⑧，微旨动祏。祏弟祀以少主难保，劝祏立遥光。暄以遥光若立，已失元舅之望，不肯同。故祏迟疑久不决。遥光大怒，遣左右黄昙庆于清溪桥道中刺杀暄。昙庆见暄部伍人多，不敢发。事觉，暄告祏谋，帝处分收祏兄弟。祀时直在内殿，疑有异，遣信报祏曰：“刘暄似有异谋，今作何计？”祏曰：“政当静以镇之耳。”俄而召祏入见，停中书省。初，直斋袁文旷以王敬则勋当封⑨，祏执不与。帝使

① 帖敕：代表皇帝在奏章公文上签署命令。 ② 执制：掌握决定皇帝发布命令的权力。 ③ 江夏王宝玄：齐明帝第三子。曾兼任郢州刺史。 ④ 行事：诸王府中执事的官。 ⑤ 恚（huì 会）：愤恨。 ⑥ 渭阳之情：《诗·秦风·渭阳》：“我送舅氏，至于渭阳。”后世以渭阳之情表示甥舅之间的情谊。 ⑦ 宝夤（yín 银）：齐明帝第六子。 ⑧ 鼎命：指皇帝位。 ⑨ 直斋：官名，属左右卫，掌管宿卫侍从。

文旷取祏，以刀环筑其心曰：“复能夺我封否？”祏、祀同日见杀。

……

后帝于后堂骑马致适，顾谓左右曰：“江祏若在，我当复能骑此不？”（节录）

【翻译】

江祏字弘业，是济阳考城人。祖父江遵，官至宁朔将军。父亲江德邻，官至司徒右长史。

江祏的姑妈是景皇后，所以江祏自幼受到齐明帝萧鸾的亲幸，两人恩情如同兄弟。刘宋末年，开始入仕任晋熙国的常侍，又任萧道成所辖徐州府的西曹、员外郎，萧鸾属下的冠军参军、兼任溧阳县令，竟陵王萧子良属下的征北参军，尚书水部郎。萧鸾任吴兴郡太守时，任用江祏为郡丞，加封为宣威将军。又任庐陵王中军功曹记室、安陆王左军咨议，兼领录事，兼任京兆太守。后又任命为通直郎，补任南徐州府的别驾。

萧鸾辅佐朝政时，把他当作心腹之人。隆昌元年（494 年），由正员郎补任丹阳郡丞、中书郎。萧鸾担任骠骑大将军，镇守东府时，任用江祏为咨议参军，兼任南平昌郡太守，与萧诔一同在东府城内当班。当时刚刚立海陵王为帝，人心尚未顺服。萧鸾肩胛上有赤色的痣，平常隐蔽不让外人知道，江祏劝他出示给人看。晋寿太守王洪范离任回京城，萧鸾脱去上衣给他看，并说："人家都说这是日月之相，请你千万不要泄漏出去。"王洪范说："您有日月之相在身上，如何可以隐藏？我当要转告各位公卿。"萧鸾十分高兴。后来遇上直后张伯、尹瓒等人屡次密谋暗中闹事，江祏、萧诔忧虑防备没有办法，于是每到晚上入朝时就借托他事外出。等到萧鸾入继帝位的事议定后，加封江祏为宁朔将军。萧鸾受封为宣城王，太史暗中奏上河图纬书说："一发号令当得到十四年。"江祏进去时，萧鸾高兴地出示给他看，说道："如果得到这个，还能有什么别的愿望呢！"等到萧鸾即帝位后，江祏升任卫尉，将军之职依旧，又被封为安陆县侯，食邑一千户。江祏已死去的祖父江遵，因为是皇太后的父亲而赠给金紫光禄大夫的官号；江祏已死去的父亲江德邻，也因为成了皇帝的舅舅而被赠予光禄大夫的官号。

建武二年(495年)，江祏迁任右卫将军，掌管兵甲卫士的查访。建武四年(497年)，转任太子詹事。江祏因为是皇帝外戚、亲信要人，声势在当时极其显赫，从远处四方弄到不少馈赠，有时到诸王的府第中拿取名书宝物。但在家族中相处很和睦，对待子侄辈很有恩情。

皇上卧病不起，永泰元年(498年)，调任江祏为侍中、中书令，进出于皇宫和诸公府之间。皇上驾崩，留下遗诏调任江祏为右仆射，江祏的弟弟卫尉江祀升任侍中，敬皇后的弟弟刘暄任卫尉。东昏侯萧宝卷即帝位，江祏参与执掌选拔任命官吏的事。明帝萧鸾临终前虽然对各位公侯都有交代，但实际上意思是把大事主要寄托在江祏兄弟身上。到这时轮流在皇宫内当班，皇上有所动作都要向他们咨询。永元元年(499 年)，江祏兼任太子詹事。刘暄迁任散骑常侍、右卫将军。江祏兄弟与刘暄以及始安王萧遥光、尚书令徐孝嗣、领军将军萧坦之六人，按日轮流代表皇上签署敕令，当时被称为“六贵”。

皇帝渐渐想要按自己的意思行事，徐孝嗣不敢强夺大权，萧坦之则有时表示一些不同意见，而江祏则坚决要掌握皇帝的权力，皇帝对他深为愤恨。皇上丧失道德的行为已经暴露于众，江祏计议想要立江夏王宝玄为帝。刘暄当初曾担任宝玄所辖郢州府的行事，执掌政务过于苛刻。有人来献马匹，宝玄想去看看，刘暄说:“马有什么可看的!”王妃索要煮肫吃，帐下的人向刘暄询问，刘暄说:“早上已经煮了鹅，不必麻烦再来煮肫。”宝玄愤恨地说:“舅舅一点也没有甥舅之情。”刘暄听了也很不高兴。所以此时他不同意江祏的计议，而想要立建安王宝夤为帝，到萧遥光那里去密谋。萧遥光认为自己年辈大，应当由他来登皇帝位，就隐约地用这个意图来挑动江祏。江祏的弟弟江祀认为年幼的君主难以辅佐，劝江祏立萧遥光为帝。而刘暄则因为如果立了遥光，自己就失去了皇帝长舅的身份和威望，因而不肯同意。所以江祏长时间迟疑不决。遥光于是大怒，派遣身边的亲信黄昙庆在青溪桥一带道路上刺杀刘暄。黄昙庆见刘暄随从队伍人数众多，不敢下手。事情被发觉，刘暄诬告是江祏谋划，皇帝决定逮捕江祏兄弟。当时江祀在内殿当班，疑惑有异常情况，派人送信报告江祏说："刘暄好像有异常之谋，如今当作如何打算？"江祏说："政治上的事应当冷静地对待。"不一会儿皇上召江祏入见，于是被扣留在中书省。当初，直斋袁文旷认为王敬则按功勋应当封侯，江祏坚决不答应。皇上此时派袁文旷去擒取江祏，袁文旷用刀头之环敲击江祏的心口说："你还能剥夺我的封命吗？"江祏、江祀在同一天被杀死。

……

后来皇上在后堂骑马十分尽兴，回头对左右的人说："江祏如果还在，我还能像这样骑马吗？"

沈文季传

南齐初期，统治阶级为了加强对民众的管理和剥削，增加朝廷的财政收入，连年不断地进行户籍检查，一些官吏趁机敲诈勒索、盘剥百姓。民众不堪骚扰，不满情绪日增，终于引发了富阳人唐寓之领导的农民起义。起义军声势浩大，东南一带许多郡县先后被攻陷，一些郡守县令纷纷落荒而逃。唐寓之还建立了自己的政权。后因朝廷派兵镇压，义军寡不敌众而失败，唐寓之被俘遭杀。《南齐书》的作者萧子显站在统治阶级的立场上，不仅不为唐寓之立传，而且视之为“贼”。但在《沈文季传》、《虞玩之传》等文中却记录了这次起义的原因和经过，保存了有关史料。这里节录的就是《沈文季传》中有关唐寓之起义经过的一段记录。

沈文季字仲达，吴兴武康人①。……

文季少以宽雅正直见知。……明帝立，起文季为宁朔将军②，迁太子右卫率③、建安王司徒司马④。……

……齐国初建，为侍中⑤，领秘书监⑥。……永明元年⑦，出为左将军⑧、吴郡太守⑨。三年，进号平东将军⑩。四年，迁会稽太守⑪，将军如故。

是时连年检籍⑫，百姓怨望。富阳人唐寓之侨居桐

---

① 吴兴武康：今浙江湖州。 ② 宁朔将军：见《高帝纪》注。 ③ 太子右卫率：太子宫中设左、右卫率各一人，掌东宫警卫。 ④ 建安王：齐武帝第九子萧子真。司马：诸王将军府中的佐吏。司徒司马：司徒府中的司马。 ⑤ 侍中：见《高帝纪》注。 ⑥ 秘书监：秘书省的长官。 ⑦ 永明：齐武帝年号。永明元年：483 年。 ⑧ 左将军：即左军将军。 ⑨ 吴郡：治所在今江苏吴县。 ⑩ 平东将军：见《王敬则传》注。 ⑪ 会稽：郡名，治所在今浙江绍兴。 ⑫ 检籍：检查户籍。刘宋以来，许多人为了逃避繁重的赋税徭役，纷纷买通官吏，篡改户籍，假冒“百役不及”的士籍，致使户籍混乱。南齐政权为了增加财政收入，从高帝时即进行严厉的户籍检查。而校籍的官吏们则趁机敲诈勒索，不但户籍越发紊乱，而且加重了对人民的骚扰，从而激起了人民的强烈不满。

庐①，父祖相传图墓为业②。寓之自云其家墓有王气，山中得金印，转相诳惑。三年冬，寓之聚党四百人，于新城水断商旅③，党与分布近县。新城令陆赤奋、桐庐令王天愍弃县走。寓之向富阳，抄略人民，县令何洵告鱼浦子逻主从系公④，发鱼浦村男丁防县。永兴遣西陵戍主夏侯昙羡率将吏及戍左右埭界人起兵赴救⑤。寓之遂陷富阳。会稽郡丞张思祖遣台使孔矜、王万岁、张繇等配以器仗将吏白丁⑥、防卫永兴等十属。文季亦遣器仗将吏救援钱塘⑦。寓之至钱塘，钱塘令刘彪、戍主聂僧贵遣队主张玕于小山拒之⑧，力不敌，战败。寓之进抑浦登岸⑨，焚郭邑，彪弃县走。文季又发吴、嘉兴、海盐、盐官民丁救之⑩。贼分兵出诸县，盐官令萧元蔚、诸暨令陵

① 富阳：县名，今属浙江。桐庐：县名，今属浙江。② 图墓：看风水，择墓地。③ 新城：县名，在今浙江桐庐东北。④ 鱼浦：在今浙江富阳东南。子：子爵。逻主：巡察的官吏。⑤ 永兴：县名，在今浙江萧山西。西陵：镇名，在今浙江萧山西。埭（dài 代）界：堵水的土坝。⑥ 会稽郡：治所在今浙江绍兴。台使：朝廷禁省的使者。器仗：指兵器。白丁：未入仕的丁壮。⑦ 钱塘：县名，今浙江杭州。⑧ 小山：所在不详。⑨ 抑浦：当作柳浦，在今杭州以东。⑩ 吴：县名，今江苏吴县。嘉兴：县名，今属浙江。海盐：今浙江海盐。盐官：县名，在今浙江海宁西南。

琚之并逃走①，余杭令乐琰战败乃奔②。是春，寓之于钱塘僭号，置太子，以新城戍为天子宫，县廨为太子宫。弟绍之为扬州刺史。钱塘富人柯隆为尚书仆射、中书舍人③，领太官令④。献铤数千口为寓之作仗⑤，加领尚方令⑥。分遣其党高道度徐寇东阳⑦，东阳太守萧崇之、长山令刘国重拒战见害⑧。崇之字茂敬，太祖族弟。……贼遂据郡。又遣伪会稽太守孙泓取山阴⑨，时会稽太守王敬则朝正⑩，故寓之谓乘虚可袭。泓至浦阳江⑪，郡丞张思祖遣浃口戍主汤休武拒战⑫，大破之。上在乐游苑⑬，闻寓之贼，谓豫章王嶷曰："宋明初，九州同反，鼠辈但作，看萧公雷汝头⑭！"遣禁兵数千人，马数百匹东讨。贼众乌合，畏马，官军至钱塘，一战便散。禽斩寓之，进兵平诸郡县。

台军乘胜，百姓颇被抄夺。军还，上闻之，收军主前

---

① 诸暨：县名，今属浙江。 ② 余杭：县名，在今浙江杭州以西。 ③ 尚书仆射、中书舍人：见《高帝纪》注。 ④ 太官令：官名，掌管皇帝宴会饮食。 ⑤ 铤（dìng定）：铁锭。 ⑥ 尚方令：负责制造器仗物品的官。 ⑦ 东阳：郡名，治所在今浙江金华。 ⑧ 长山：即东阳郡治所。 ⑨ 山阴：会稽郡治所，今浙江绍兴。 ⑩ 朝正：正月朝见天子。 ⑪ 浦阳江：水名，从丰安（今浦江）经诸暨在山阴（今绍兴）以北流入杭州湾，今已废。 ⑫ 浃口：今浙江宁波以东入海口。 ⑬ 乐游苑：苑名，故址在今江苏江宁。 ⑭ 雷：通"擂"，敲击。

军将军陈天福弃市。……

……

明帝即位，加领太子詹事①，增邑五百户。

……

文季见世方昏乱，托以老疾，不豫朝机②。……同孝嗣被害③。……时年五十八。……（节录）

【翻译】

沈文季字仲达，吴兴武康人。……

文季少年时以宽厚儒雅正直而闻名。……宋明帝即位，起用沈文季为宁朔将军，迁任太子右卫率，建安王司徒司马。……

……齐国建立之初，他任侍中，兼任秘书监。……永明元年（483年），出任左将军，吴郡太守。三年（485年），进官号为平东将军。四年（486年），迁任会稽太守，将军的官职依旧。

当时由于连年检查户籍，老百姓十分怨恨不满。富阳人唐寓之侨居在桐庐县，父亲祖父辈相传以看风

---

① 太子詹事：见《江祏传》注。 ② 豫：通“与”，参与。 ③ 孝嗣：徐孝嗣，字始昌，齐明帝时任尚书令。永元元年（499年）冬十月与沈文季同日被东昏侯用药酒毒死。

水选择墓地为职业。唐寓之自称他家的墓地上有帝王之气，并从山中得到一枚金印，辗转相传欺骗迷惑别人。永明三年(485年)冬天，寓之聚集同党四百人，在新城水路上阻断来往商旅，并派遣党羽分布到附近各县。新城县令陆赤奋，桐庐县令王天愍都丢下县城逃跑了。唐寓之出发到富阳，沿路搜罗获取百姓，县令何洵告求鱼浦子巡察官员从系公，发动鱼浦村的壮丁防守县城。永兴县派遣西陵镇驻军首领夏侯昙羡率领将吏和守护左右二埭的人起兵去救援。寓之还是攻陷了富阳县。会稽郡的郡丞张思祖派遣台使孔矜、王万岁、张繇等配备了武器和将吏壮丁，防守永兴等十个属县。沈文季也派遣了配备武器的将吏去救援钱塘县。唐寓之的队伍来到钱塘，钱塘县令刘彪、驻军首领聂僧贵派遣队长张玕在小山迎击，力弱不能抵挡，吃了败仗。唐寓之前进到柳浦登上岸，烧毁了城郭，刘彪丢弃县城逃走。沈文季又发动吴县、嘉兴县、海盐县、盐官县的壮丁去援救。唐寓之分兵出击各县，盐官县令萧元蔚、诸暨县令陵琚之都逃走了。余杭县令乐琰被打败后也逃跑了。这年春天，唐寓之在钱塘县僭位自称皇帝，还立了太子，把新城县的营垒当作天子的宫殿，把县衙门当作太子的宫殿。任命其弟弟唐绍之为扬州刺史。钱塘县的富人柯隆被任命为尚书仆射、中书舍人、兼任太官令。他献出铁锭数千只为唐寓之制造兵器，于是又加官兼任尚方令。唐寓之又分派他的同党高道度慢慢地侵犯东阳郡，东阳太守萧崇之，长山县令刘国重抵抗而被杀死。崇之字茂敬，是齐太祖萧道成的族弟。……唐寓之的部队便占据了郡治。又派遣他所任命的会稽太守孙泓攻取山阴，当时会稽太守王敬则恰好去京城朝见天子，所以唐寓之认为可以乘虚而入去袭击。孙泓到达浦阳江，郡丞张思祖派遣浃口驻军首领汤休武迎战，击破了孙泓的队伍。齐武帝在乐游苑，听到唐寓之起兵的消息，对豫章王萧嶷说："宋明帝初年，整个九州都反叛了，鼠辈们只管起来，看我萧公来敲下你们的头！"他派遣朝廷禁卫军几千人，战马数百匹到东边去讨伐。唐寓之的兵众是临时凑合，畏惧战马，官军到达钱塘，一交战便逃散了。官军抓获并斩杀了唐寓之，进兵平定了各郡县。

官军乘胜前进，一路上很多老百姓被他们大肆掠夺。官军回都城后，皇上知道了，就把带兵的首领前军将军陈天福抓起来斩首示众。……

……

齐明帝即位，沈文季加官兼领太子詹事，增加食邑五百户。

……

沈文季见世道越来越昏乱，就以自己年老多病为托辞，不再参与朝廷机要大事。……后来他与徐孝嗣一同被杀害。……终年五十八岁。……

王 融 传

王融(467—493年),字元长,是南齐著名文士,才思敏捷,文藻富丽,为文援笔可待。又精通声律,他与沈约、谢朓等人共创讲求声韵格律的新体诗,世称“永明体”。钟嵘《诗品(下)》说他“有盛才,词美英净”。原有集十卷,已散佚。今存诗八十多首,文五十多篇,明人辑有《王宁朔集》。王融出身世宦之家,且年少才高,躁于功名,奢望在三十岁以内位至公辅。这种功名心驱使他在政治上积极进取。他曾上书齐武帝求自试,又曾数次向齐武帝献计讨伐北魏,寻求建功立业的机会。然而他卷入了皇室内部争权夺利的漩涡,未能实现自己的雄心大志,赍志而殁。

这篇传记收录了王融的几篇疏奏，从中可以看出他的志向和文才。又详细记录了王融在齐武帝病危时谋立萧子良不成，后被郁林王陷害致死的经过，从中可以看到统治阶级内部矛盾斗争的尖锐残酷。

王融字元长，琅玡临沂人也①。祖僧达，中书令②，曾高并台辅③。僧达答宋孝武云："亡父亡祖，司徒司空。"父道琰，庐陵内史④。母临川太守谢惠宣女⑤，惇敏妇人也。教融书学。

融少而神明警惠，博涉有文才。举秀才。晋安王南中郎板行参军⑥，坐公事免。竟陵王司徒板法曹行参军⑦，迁太子舍人⑧。融以父官不通，弱年便欲绍兴家

---

① 琅玡临沂：今山东临沂。 ② 中书令：见《王敬则传》注。 ③ 台辅：指三公宰相之位。 ④ 庐陵：郡名，治所在今江西吉水。内史：见《王僧虔传》注。 ⑤ 临川：郡名，治所在今江西抚州南。 ⑥ 晋安王：齐武帝第七子萧子懋，曾为南中郎将。板：授官。南北朝时授官有权，板上书授官之辞。行参军：见《刘瓛传》注。 ⑦ 竟陵王：齐武帝第二子萧子良，曾任司徒职。法曹：将军府中诸僚分曹治事，法曹掌军中执法。 ⑧ 太子舍人：见《王敬则传》注。

业，启世祖求自试，曰："臣闻春庚秋蟀①，集候相悲；露木风荣，临年共悦。夫唯动植，且或有心；况在生灵，而能无感。臣自奉望宫阙，沐浴恩私；拔迹庸虚，参名盛列；缨剑紫複②，趋步丹墀③；岁时归来，夸荣邑里。然无懃而官④，昔贤曾议；不任而禄，有识必讥。臣所用慷慨愤懑，不遑自晏。诚以深恩鲜报，圣主难逢；蒲柳先秋⑤，光阴不待；贪及明时，展悉愚效，以酬陛下不世之仁⑥。若微诚获信，短才见序，文武吏法，唯所施用。夫君道含弘，臣术无隐。翁归乃居中自是⑦，充国曰'莫若老臣'⑧。窃景前修，敢蹈轻节，以冒不媒之鄙，式罄奉公之诚⑨。抑又唐尧在上，不参二八⑩，管夷吾耻之⑪，臣亦

① 庚：仓庚，即黄鹂鸟。 ② 紫複：紫色的夹衣，为贵官的公服。 ③ 丹墀（chí 池）：宫殿前的红色石阶，代指宫庭。 ④ 懃：同"勤"。 ⑤ "蒲柳"句：蒲柳落叶早，故用来比喻人的早衰。 ⑥ 不世：罕有，非常。 ⑦ "翁归"句：意谓尹翁归凭借自己的才能自我称道。《汉书·尹翁归传》载：尹翁归曾向田延年自荐说："翁归文武兼备，唯所施设。" ⑧ "充国"句：《汉书·赵充国传》载：赵充国年七十余，皇上认为他已衰老，派人问他谁可以为将。充国回答说："没有人能超过我老臣。" ⑨ 罄（qìng 庆）：尽。 ⑩ 二八：指"八元"、"八恺"，传说中颛顼和帝喾的十六位才子。代指天子的辅佐之臣。 ⑪ 管夷吾：即管仲，春秋时齐国政治家，辅佐齐桓公建立霸业。

耻之。愿陛下裁览。”迁秘书丞①。

从叔俭，初有仪同之授②，融赠诗及书。俭甚奇惮之，笑谓人曰：“穰侯印讵便可解③？”寻迁丹阳丞、中书郎④。……

永明末⑤，世祖欲北伐，使毛惠秀画《汉武北伐图》，使融掌其事。融好功名，因此上疏曰：“……臣乞以执殳先迈，式道中原，澄瀚渚之恒流⑥，扫狼山之积雾⑦，系单于之颈⑧，屈左贤之膝⑨，习呼韩之旧仪⑩，拜銮舆之巡幸。然后天移云动，勒封岱宗⑪，咸五登三⑫，追踪七

① 秘书丞：秘书监的佐官。 ② 从叔俭：王俭，见《礼志》注。仪同之授：即授予开府仪同三司的官号，地位相当于三公。 ③“穰侯”句：穰侯即魏冉，战国时秦人，曾四次执掌秦国相印。 ④ 丹阳丞：丹阳尹的佐官。中书郎：见《刘瓛传》注。 ⑤ 永明：齐武帝年号，483—493年。 ⑥ 瀚渚：一作“瀚海”，北海，即今内蒙古的呼伦贝尔湖，泛指当时北方及西北地区。恒流：横流。 ⑦ 狼山：即狼居胥山，在内蒙古五原西北。 ⑧ 单(chán 禅)于：匈奴的君长。 ⑨ 左贤：即左贤王，匈奴贵族的封号。 ⑩ 呼韩：即呼韩邪(yé 爷)，匈奴单于，西汉宣帝、元帝时曾两次入汉朝见汉天子。 ⑪ 勒封岱宗：指到泰山刻石封禅，向天地报告太平，赞颂功德。 ⑫ 咸五登三：意谓与五帝三王比肩。

十[1]，百神肃警，万国具僚，琀弁星离[2]，玉帛云聚。集三烛于兰席[3]，聆万岁之祯声，岂不盛哉！岂不韪哉[4]！昔桓公志在伐莒，郭牙审其幽趣[5]；魏后心存去汉，德祖究其深言[6]。臣愚昧，忖诚不足以知微。然伏揆圣心，规模弘远；既图载其事，必克就其功。臣不胜欢喜。”

图成，上置琅邪城射堂壁上[7]，游幸辄观视焉。

九年，上幸芳林园禊宴朝臣[8]，使融为《曲水诗序》，文藻富丽，当世称之。

上以融才辩，十一年，使兼主客[9]，接虏使房景高、宋弁[10]。弁见融年少，问主客年几。融曰：“五十之年，久逾其半。”因问：“在朝闻主客作《曲水诗序》。”景高又云：

① 七十：泛指古代在泰山封禅的帝王。《史记·封禅书》载：“孔子论述六艺，传略言易姓而王，封泰山禅乎梁父者七十余王矣。” ② 琀（kuài快）：玉饰冠缝。离：陈列。 ③ 三烛：烛当为独。三独，指御史大夫、尚书令、司隶校尉，朝会时专席而坐，故称。见《后汉书·宣秉传》。兰席：席之美称。 ④ 韪（wěi伟）：善。 ⑤ “昔桓公”句：《管子·小问》载：春秋时齐桓公与管仲密谋伐莒，役者东郭牙在台下观察二人的神色与说话的口形，由此猜测出他们将要伐莒。 ⑥ “魏后”句：意谓曹操心中有废汉的意图，杨修能探究出他的心思。魏后：即魏王，指曹操。德祖：杨修的字。 ⑦ 射堂：天子行大射礼的地方。 ⑧ 禊（xì细）宴：古俗在三月三日于水滨洗濯，袚除不祥，称为禊。同时携饮食宴饮，称为禊宴。 ⑨ 主客：官名，负责接待外国使者。 ⑩ 虏使：指北魏的使者。

“正北闻主客此制，胜于颜延年①，实愿一见。”融乃示之。后日，宋弁于瑶池堂谓融曰：“昔观相如《封禅》②，以知汉武之德；今览王生《诗序》，用见齐主之盛。”融曰：“皇家盛明，岂直比迹汉武；更惭鄙制，无以远匹相如。”上以虏献马不称，使融问曰：“秦西冀北，实多骏骥。而魏主所献‘良马’，乃驽骀之不若③。求名检事，殊为未孚④。将旦旦信誓，有时而爽⑤；駉駉之牧⑥，不能复嗣？”宋弁曰：“不容虚伪之名，当是不习土地。”融曰：“周穆马迹遍于天下⑦。若骐骥之性，因地而迁，则造父之策⑧，有时而踬？”弁曰：“王主客何为勤勤于千里？”融曰：“卿国既异其优劣，聊复相访。若千里日至，圣上当驾鼓车⑨。”弁曰：“向意既须⑩，必不能驾鼓车也。”融曰：“买死马之骨，

---

① 颜延年：名延之，南朝宋著名文学家。 ② 相如《封禅》：指汉武帝时司马相如所作《封禅文》，见《汉书·司马相如传》。 ③ 驽骀（tái 台）：劣马。 ④ 孚：信。 ⑤ 爽：背弃。 ⑥ 駉（jiōng 炯平）駉：马肥壮的样子。牧：通牡，公马。 ⑦ 周穆：即周穆王，名满，西周天子，曾西击犬戎，东征徐戎。传说他有八匹骏马。 ⑧ 造父：传说为周穆王时善于御马的人。 ⑨ “若千里”二句：《后汉书·循吏传》载：东汉初异国献名马，日行千里，光武帝刘秀下诏用它驾鼓车。鼓车：载鼓之车，较轻。 ⑩ 须：求。

亦以郭隗之故[1]。"弁不能答。

融自恃人地,三十内望为公辅。直中书省,夜叹曰:"邓禹笑人[2]。"行逢大舫开[3],喧湫不得进[4]。又叹曰:"车前无八驺卒[5],何得称为丈夫!"

朝廷讨雍州刺史王奂[6],融复上疏曰:"臣每览史传,见忧国忘家,捐生报德者,未曾不抚卷叹息。……臣少重名节,早习军旅。若试而无绩,伏受面欺之诛;用且有功,仰酬知人之哲。"

会虏动,竟陵王子良于东府募人[7],板融宁朔将军,军主[8]。融文辞辩捷,尤善仓卒属缀,有所造作,援笔可待。子良特相友好,情份殊常。晚节大习骑马。才地既

① "买死马"二句:《战国策·燕策一》载:燕昭王求贤,郭隗先生对燕昭王说,古有人君求千里马,三年不得,后得千里马,马已死,买其首五百金。此后便多次得到千里马。今王欲致士,先从我郭隗开始,则贤于我的人就会到来。 ② 邓禹:字仲华,东汉人,与刘秀友善,辅佐刘秀平定天下。刘秀即位后拜为大司徒,年仅二十四岁,深受刘秀器重。 ③ 舫(háng 航):浮桥。大舫:即朱雀桥,在建康城朱雀门附近,横贯秦淮河。开:指浮桥暂时断开,让船只通行。 ④ 喧湫(qiū 秋):喧哗鸣叫。 ⑤ 驺卒:掌管车马的奴仆。古代贵族高官出行时,前有八名驺卒喝道。 ⑥ 雍州:治所在今湖北襄阳。王奂于永明十一年(493 年)私自杀害宁蛮长史刘兴祖,触怒齐武帝,故朝廷派兵讨伐他。见《南齐书·王奂传》。 ⑦ 东府:见《高帝纪》注。 ⑧ 板:任命。军主:一军之主帅。

华，兼藉子良之势，倾意宾客，劳问周款，文武翕习辐凑之。招集江西伧楚数百人[①]，并有干用。

世祖疾笃暂绝，子良在殿内，太孙未入[②]。融戎服绛衫，于中书省阁口断东宫仗不得进，欲立子良。上既苏，太孙入殿，朝事委高宗[③]。融知子良不得立，乃释服还省。叹曰："公误我。"郁林深忿疾融，即位十余日，收下廷尉狱[④]，然后使中丞孔稚珪倚为奏曰[⑤]："融姿性刚险，立身浮竞，动迹惊群，抗言异类。近塞外微尘，苦求将领，遂招纳不逞，扇诱荒伧。狡筭声势[⑥]，专行权利，反复唇齿之间，倾动颊舌之内。威福自己，无所忌惮，诽谤朝政，历毁王公，谓己才流，无所推下，事曝远近。"使融依源据答[⑦]。融辞曰："囚实顽蔽，触行多諐[⑧]。但夙忝门素，得奉教君子。爰自总发[⑨]，迄将立年，州闾乡党，见许愚慎；朝廷衣冠，谓无舋咎[⑩]。过蒙大行皇帝奖育之

---

① 伧（chéng 呈）楚：当时对楚地人的贬称。 ② 太孙：齐武帝之长孙，即郁林王萧昭业。 ③ 高宗：即齐明帝萧鸾，此时为左仆射，兼右卫将军。 ④ 廷尉：掌司法刑狱的官。 ⑤ 中丞：即御史中丞，为朝廷最高监察官。孔稚珪：见本书《孔稚珪传》。 ⑥ 筭（suàn 算）：算计、玩弄。 ⑦ 源：犹"原"。 ⑧ 諐（qiān 迁）：同"愆"，罪过、过失。 ⑨ 总发：犹"总角"，指童年。 ⑩ 舋（xìn 信）咎：过错，罪过。

恩[1]，又荷文皇帝识擢之重[2]，司徒公赐预士林[3]，安陆王曲垂眄接[4]。既身被国慈，必欲以死自效，前后陈伐虏之计，亦仰简先朝。今叚犬羊乍扰[5]，纪僧真奉宣先敕[6]，赐语北边动静，令因草撰符诏[7]，于时即因启闻，希侍銮舆[8]。及司徒宣敕招募，同例非一，实以戎事不小，不敢承教。续蒙军号，赐使招集，衔敕而行，非敢虚扇。且格取亡叛[9]，不限伧楚。'狡筭声势'[10]，应有形迹；'专行权利'，又无赃贿。'反覆唇齿之间'，未审悉与谁言；'倾动颊舌之内'，不容都无主此。但圣主膺教，实所沐浴，自上《甘露颂》及《银甕启》、《三日诗序》、《接虏使语辞》[11]，竭思称扬，得非'诽谤'？且王公百司，唯贤是与，高下之敬，等秩有差，不敢逾滥，岂应'訾毁'？因才分本劣，谬被策用，悚怍之情，夙宵兢惕，未尝夸示里闾。彰曝远迩，自循自省，并愧流言。良由缘浅寡虞，致贻嚣

---

① 大行：指皇帝死。大行皇帝：此处指刚去世的齐武帝萧赜。 ② 文皇帝：指齐武帝长子文惠皇太子萧长懋，他在齐武帝生前去世，追尊为世宗文皇帝。 ③ 司徒公：指竟陵王萧子良，时任司徒。 ④ 安陆王：即萧子敬，齐武帝第五子。 ⑤ 今叚："叚"当为"段"。"今段"犹言这回、这次。 ⑥ 纪僧真：当时为中书舍人。 ⑦ 符诏：传达军令的诏书。 ⑧ 侍：进谏。銮舆：皇帝的车驾，代指皇上。 ⑨ 格：来，招致。 ⑩ 筭：同"算"。 ⑪《三日诗序》：即上文《曲水诗序》。《接虏使语辞》：即上文与北魏使者的对话。

谤。伏惟明皇临宇，普天蒙泽；戊寅赦恩[①]，轻重必宥。百日旷期，始蒙旬日，一介罪身，独婴宪劾。若事实有征，爰对有在，九死之日，无恨泉壤。”诏于狱赐死。时年二十七。临死叹曰：“我若不为百岁老母，当吐一言。”融意欲指斥帝在东宫时过失也。

融被收，朋友部曲参问北寺[②]，相继于道。融请救于子良，子良忧惧不敢救。融文集行于世。（节录）

【翻译】

王融字元长，琅邪临沂人。祖父王僧达，曾任中书令，曾祖父和高祖父都曾登上三公之位。王僧达答宋武帝诏书中曾说：“我的亡父亡祖，曾任司徒司空。”父亲王道琰，任庐陵内史。母亲是临川太守谢惠宣的女儿，是一位敦厚而聪敏的妇女，教王融写字学习。

王融少年时头脑聪明机警，知识广博很有文才，被举拔为秀才。晋安王南中郎将任用他为行参军，因受公事牵连被免职。竟陵王司徒又任命他为法曹行参军，后升任太子舍人。王融因为父亲官运不通，年轻时就想要

---

① 戊寅：指齐永明十一年（493 年）七月戊寅日，这一天齐武帝去世，郁林王即位。 ② 部曲：指王融招募来的部队。北寺：即北寺狱，监狱名。

继承复兴祖先的业绩，他启奏齐武帝要求自试，文中说：“我听说春天的黄鹂秋天的蟋蟀，因节候变更而竞相悲鸣；露中的树木风中的花草，因新春来临而共同喜悦。这些动物植物，尚且有其心思；更何况活人，怎能没有情感。我自从奉职于朝廷，承受皇上恩爱；举拔于平庸之众，列名于显赫之位；佩戴缨剑身穿紫衣，脚踏朝廷台阶；逢年过节返归故乡，可以夸耀于乡邻。然而不付辛劳而做官，往日贤人曾经非议；无所事事而得禄，有识之士定会讥笑。我因此而感到心情激愤难平，不得安心。我真心认为皇上的深恩我很少报答，圣明的君主很难再遇；而年龄容易衰老，时光不等人；我渴望在这圣明的时代，一展自己微薄的才能，来报答陛下罕见的仁德。如果我的诚心能得到信任，薄才能得到赏识，则无论文武吏法，听凭驱使任用。君主之道宽容弘大，臣子的才干也就无所隐藏。所以尹翁归曾凭借才能自我称许，赵充国也说‘无人能胜过我老臣’。我心中仰慕这些前代的贤人，斗胆作出轻率之举，甘冒不经举荐的丑名，以尽奉公朝廷的诚心。再说有唐尧一样圣明的天子在上，却不能身为天子的辅佐之臣，管夷吾以此为耻，我也以此为耻。希望陛下裁断览察。”后被提升为秘书丞。

王融的族叔王俭，当初被授予开府仪同三司的官号，王融便写了诗和书信赠给他。王俭读后对其才能十分惊奇，笑着对人说："穰侯的相印难道随便就可被人解去？"不久王融被任命为丹阳丞、中书郎。……

永明末年，齐武帝想要北伐，叫毛惠秀画《汉武北伐图》，派王融主管此事。王融喜好功名，借此机会上疏说："……我请求手执兵器充当先驱，奔赴中原，澄清瀚海的乱流，扫荡狼山的迷雾，捆系单于的脖子，使左贤王屈膝投降，叫他们重演呼韩邪向汉朝称臣的老规矩，迎拜皇上车驾去巡视。然后使天地改色风云震动，刻石封禅于泰山，与五帝三王比肩，追上前代帝王的踪迹，使众神都肃然敬畏，使万国都称臣效力，臣僚的冠冕像星辰一样排列，进贡的玉帛像云彩一样聚积。召集重臣于兰席之上，聆听皇上祥和的声音，岂不辉煌！岂不伟大！从前齐桓公有讨伐莒国的志向，东郭牙便能审察他隐蔽的心思；曹操有废黜汉天子的心意，杨修便能探究其幽深的言辞。我愚昧无知，内心之诚不足以忖度细微之事。但私下揣测皇上的心思，计划一定是弘大深远；既已用图画描绘其事，必定能成就其功业。我心中不胜欢喜。"

图画成之后，皇上将它挂在琅邪城射堂墙壁上，每次游幸到此便观览审视。

永明九年(491 年)，皇上到芳林园修禊并宴饮朝臣，命王融作《曲水诗序》，文辞华美富丽，受到当时人们的称赞。

皇上认为王融才高善辩，于永明十一年(493 年)任命他兼任主客之职，接见北魏使者房景高、宋弁。宋弁见王融年纪很轻，便问他年岁多少。王融回答："五十个年头，已度过了大半。"宋弁于是又问："我在北朝就听说王主客作有《曲水诗序》一篇。"房景高也说："在北朝听说王主客这篇佳作，胜过了颜延年，很想见识一下。"王融于是出示其文章。过了两天，宋弁在瑶池堂对王融说："从前读了司马相如的《封禅文》，由此知道汉武帝的功德。如今看到王先生的《诗序》，由此见到齐朝皇帝的伟大。"王融说："大齐皇上的伟大英明，哪里只是与汉武帝比肩而已；更惭愧我拙劣的文章，无法与司马相如比美。"皇上认为北魏所献的马匹不合要求，使王融责问道："秦地以西冀州以北，以出产骏马著称。而魏国君主所献的'良马'，却连劣等的马都比不上。根据名声考核实际，两者很不相符。难道你们诚恳的许诺，将要被背弃；肥壮的骏马，不能再出产？"宋弁说："不敢承当伪冒良马之名，该是它们不习此地水土。"王融说："当年周穆王的马迹遍行于天下。假使骏马的性能，会因地域不同而改变，那么造父驾驭车马，岂不有时也要颠覆？"宋弁说："王主客为何要如此殷勤地寻求千里之马？"王融说："贵国既然能区别马的优劣，就请再去寻访。若有日行千里的良马献来，圣上将用它来驾鼓车。”宋弁说：“照你刚才的意思，那些已经求得的马，定是连驾鼓车也不能胜任啰。”王融回答：“买下死马的尸骨，也是因为听了郭隗的话的缘故。”宋弁不能对答。

王融依仗自己的才能门第，希望在三十岁以内做上三公。在中书省值班，夜里感叹道：“邓禹要嘲笑我了。”出行遇到浮桥开动，人声喧闹不得前进，又感叹道：“车前没有八个驺卒为我开路，怎么能称作大丈夫！”

朝廷讨伐雍州刺史王奂，王融又上疏说：“我每次读史书传记，见到那些忧国忘家，舍身报德的人物，没有不抚卷长叹的。……我自幼重视功名节操，早年就熟习军事。皇上如果试用我而没有成绩，我甘愿接受欺君之罪的诛罚；如果任用后取得功绩，则当酬谢皇上知人善用的明智。”

正好遇上北魏人骚动，竟陵王萧子良在东府招募军人，任命王融为宁朔将军、军队首领。王融文辞辩捷，特别善于在仓促之中写文章，需要写作时，提笔立等可待。萧子良对他特别友好，情分非同寻常。晚期努力练习骑马。他才能品第高贵，又依靠着萧子良的权势，关怀身边的宾客，问候周到而殷勤，所以文武大臣纷纷围绕在他的周围。他招集了长江以西的楚地人数百名，都有才干，加以重用。

齐武帝病重暂时不省人事，当时萧子良在殿内，皇太孙尚未入殿。王融身穿戎服绛衫，在中书省小门口阻挡东宫的仪仗，使皇太孙不得进入，打算立萧子良为帝。后来皇上苏醒了，皇太孙萧昭业得以入殿，朝廷大事被托付给萧鸾。王融知道萧子良不得立为帝，就脱去军服回到中书省，叹息道："公误了我！"萧昭业深深痛恨王融，即位十多天就将他收捕关进廷尉监狱，然后叫御史中丞孔稚珪秉承意旨起草奏章说："王融本性刚愎凶险，立身浮躁不逊，举动惊世骇俗，言论不合常规。近来塞外小有风波，朝廷苦于寻求将领，他便招集纳用为非作歹之徒，扇动蛊惑楚地的蛮人。狡弄声势，独行权利，唇齿之间颠倒是非，口舌之内兴风作浪。作威作福，肆无忌惮，诽谤朝政，诋毁王公，以为自己是才士之流，无法对他加以追究，劣迹昭著，远近闻名。"命王融依照原奏一一答复。王融辩解说："我这个囚人的确愚顽昏蔽，行动多有罪过。但我出身官宦门第，得以承受君子教诲。从幼年开始，直到成年，家乡邻里，赞许我的谨慎；朝廷大臣，认为我没有什么过错。承蒙已故皇帝奖掖培育之恩，又受到文皇帝的赏识举拔，司徒公恩赐我列身士林，安陆王对我屈尊相待。既然身受国家之恩，就一定要以死报效，前后几次陈述讨伐魏虏的计策，也曾仰承先皇帝赐简。这次北虏开始骚扰，纪僧真奉先皇帝之旨宣布诏书，赐告北部边境的动静，命我起草军令，当时我就乘便启闻，希望进谏皇上。等到司徒公宣布诏书招募军士，同时受命的不止一人，确实因为军机大事非同小可，不敢轻易承诺。后来又接到军令，命我招集军士，这是奉皇上诏书行事，并非大胆凭空扇动。再说招纳投降归顺之人，并不只限于楚地蛮众。'狡弄声势'，应该有具体行动；'独行权利'，却又未贪赃受贿。'唇齿之间颠倒是非'，不知都是与谁言语；'口舌之中兴风作浪'，不能都无见证之人。只是圣主的亲身教诲，确实曾经承受，自献上《甘露颂》及《银瓮启》、《三日诗序》、《接虏使语辞》等文，竭尽思虑称颂赞扬，大概不能算'诽谤'吧？再说王公与百官，只与贤者相交，高下都敬重，等级有差别，不敢逾越礼节，岂敢有所'诋毁'？我的才能天分低劣，错被重用，内心惶恐不安，日夜战战兢兢，从不敢夸耀于乡邻。所谓'劣迹昭著远近闻名'，自我审察，甚至觉得有愧于这种流言蜚语。确实是由于我缘份浅薄，很少防备，所以招致这些诽谤之辞。我窃思圣明皇帝登临天下，普天下的人都将蒙受恩泽；戊寅日普施大赦之恩，无论罪行轻重都应得到赦免。百日的宽期，刚刚过了十多天，我一介罪身却独独遭到御史的弹劾。如果所有事实都有证据，核对无误，身死之日，我在黄泉之下也无遗憾。"皇上下诏赐王融死于狱中，死时年仅二十七岁。临死前他感叹说:“我如果不是为了百岁老母的缘故,就要吐露心中一句话。”王融的意思是想指斥皇上在东宫时的过失。

王融被收系入狱后,他的朋友和部下到监狱去探望,道路上连续不断。王融曾向萧子良请求援救,萧子良忧虑畏惧不敢救他。王融的文集流行于世。

孔稚珪传

孔稚珪(447—501年)字德璋,是齐朝著名的文学家,好学,善文辞。其所作《北山移文》一篇,是南朝骈文中的优秀作品。历来脍炙人口。他在萧齐朝廷任职二十多年,政治生涯几乎与萧齐朝廷相始终。孔稚珪在法律史上也有一席地位,他在齐永明年间曾参与齐朝法律的修订,上《律文》二十卷,《录序》一卷。这篇传记就记载了有关这方面的情况。《南齐书》的八志中没有《刑法志》,本篇传记中有关齐朝刑法问题的记载,可聊补这一欠缺。

孔稚珪字德璋，会稽山阴人也①。……

稚珪少学涉，有美誉。太守王僧虔见而重之，引为主簿②。州举秀才。解褐宋安成王车骑法曹行参军③，转尚书殿中郎④。太祖为骠骑⑤，以稚珪有文翰，取为记室参军⑥，与江淹对掌辞笔⑦。迁正员郎⑧，中书郎⑨，尚书左丞⑩。父忧去官⑪，与兄仲智还居父山舍⑫。仲智妾李氏骄妒无礼，稚珪白太守王敬则杀之。服阕⑬，为司徒从事中郎⑭、州治中、别驾从事史⑮、本郡中正⑯。

---

① 会稽山阴：今浙江绍兴。 ② 主簿：太守幕府中参与机要，总领府事的重要僚属。 ③ 解褐：见《江祏传》注。宋安成王：宋孝武帝第十六子刘子孟。车骑法曹行参军：车骑将军府中掌管军中执法的曹官。 ④ 尚书殿中郎：尚书省掌朝廷礼仪的郎官。 ⑤ 太祖：齐高帝萧道成。骠骑：骠骑大将军。 ⑥ 记室参军：将军府中掌文书的幕僚。 ⑦ 江淹（444—505年）：字文通，南朝著名文人。 ⑧ 正员郎：朝廷编制内的郎官，与员外郎相对。 ⑨ 中书郎：见《刘瓛传》注。 ⑩ 尚书左丞：尚书省的佐官，掌宗庙郊祠等事。 ⑪ 父忧：因父亲去世而服丧。 ⑫ 父山舍：指孔稚珪父亲孔灵产在禹井山（在今江苏吴县西南）建造的馆舍。 ⑬ 服阕：服丧期结束。 ⑭ 司徒从事中郎：司徒府中办理事务的郎官。 ⑮ 治中：州刺史的助理。别驾：州刺史的副官。从事史：州府的别驾、治中、主簿等佐吏均称为从事史。 ⑯ 中正：州郡负责考察选拔官吏的官。

永明七年①，转骁骑将军②，复领左丞③。迁黄门郎④，左丞如故。转太子中庶子⑤、廷尉⑥。江左相承用晋世张杜律二十卷⑦，世祖留心法令⑧，数讯囚徒，诏狱官详正旧注。先是七年，尚书删定郎王植撰定律章表奏之⑨，曰："臣寻《晋律》⑩，文简辞约，旨通大纲；事之所质，取断难释。张斐、杜预同注一章，而生杀永殊。自晋泰始以来⑪，唯斟酌参用。是则吏挟威福之势，民怀不对之怨。所以温舒献辞于失政⑫，绛侯慷慨而兴叹⑬。皇

① 永明：齐武帝萧赜年号。永明七年：489年。 ② 骁骑将军：见《高帝纪》注。 ③ 左丞：即尚书左丞。 ④ 黄门郎：见《王敬则传》注。 ⑤ 太子中庶子：见《王僧虔传》注。 ⑥ 廷尉：掌管司法刑狱的官。 ⑦ 江左：长江下游以东地区。东晋以来，南朝政权在此建都，故以江左代指南方朝廷。张杜：张裴（一作张斐）、杜预（字元凯），二人曾参与西晋泰始年间修订和注释新法律之事，见《晋书·刑法志》。 ⑧ 世祖：齐武帝萧赜。 ⑨ 尚书删定郎：尚书省掌管文件起草修订的官吏。 ⑩ 晋律：晋代的法律。 ⑪ 泰始：西晋武帝司马炎年号。 ⑫ 温舒：路温舒，字长君，西汉大臣，宣帝时曾上书主张尚德缓行，文中曾指斥当时狱吏的罪恶。文见《汉书·路温舒传》。 ⑬ 绛侯：即西汉周勃，汉文帝时周勃被诬告谋反，被逮捕治罪，他不善辩护之辞，受到狱吏的侵辱，后以千金买通狱吏，得到狱吏的指点，得以赦免。事后他感叹说："吾尝将百万军，然安知狱吏之贵乎！"见《史记·绛侯周勃世家》。

运革祚[1]，道冠前王；陛下绍兴，光开帝业。下车之痛[2]，每恻上仁；满堂之悲，有矜圣思。爰发德音，删正刑律，敕臣集定张杜二注。谨砺愚蒙，尽思详撰，削其烦害，录其允衷。取张注七百三十一条，杜注七百九十一条。或二家两释，于义乃备者，又取一百七条。其注相同者，取一百三条。集为一书。凡一千五百三十二条，为二十卷。请付外详校，擿其违谬。”从之。于是公卿八座参议[3]，考正旧注。有轻重处，竟陵王子良下意，多使从轻。其中朝议不能断者，制旨平决[4]。至九年，稚珪上表曰：

“臣闻匠万物者以绳墨为正，驭大国者以法理为本。是以古之圣王，临朝思理，远防邪萌，深杜奸渐，莫不资法理以成化，明刑赏以树功者也。伏惟陛下躡历登皇，乘图践帝[5]，天地更筑，日月再张，五礼裂而复缝[6]，六乐颓而爰缉[7]。乃发德音，下明诏，降恤刑之文[8]，申慎罚之典，敕臣与公卿八座共删注律。谨奉圣旨，咨审司徒

---

① 皇运革祚：指改朝换代。 ② 下车：指皇帝初即位。
③ 八座：指尚书令、左右仆射、五曹尚书等尚书省高级官员。
④ 制旨：皇上的旨意。 ⑤ 躡历、乘图：都是指登上皇帝位。
⑥ 五礼：指祭祀、冠婚、宾客、军旅、丧葬等五个方面的礼仪。
⑦ 六乐：指云门、大咸、大韶、大夏、大濩、大武等六种古代音乐。 ⑧ 恤刑：慎用刑罚。

臣子良，禀受成规，创立条绪。使兼监臣宋躬①、兼平臣王植等抄撰同异②，定其去取。详议八座，裁正大司马臣嶷③。其中洪疑大议，众论相背者，圣照玄览，断自天笔。始就成立《律文》二十卷，《录叙》一卷，凡二十一卷。今以奏闻，请付外施用，宣下四海。

“臣又闻老子、仲尼曰：‘古之听狱者，求所以生之；今之听狱者，求所以杀之。’‘与其杀不辜，宁失有罪。’是则断狱之职，自古所难矣。今律文虽定，必须用之；用失其平，不异无律。律书精细，文约例广；疑似相倾，故误相乱；一乖其纲，枉滥横起。法吏无解，既多谬僻；监司不习，无以相断。则法书徒明于帙里，冤魂犹结于狱中。今府州郡县千有余狱，如令一狱岁枉一人，则一年之中，枉死千余矣。冤毒之死，上干和气，圣明所急，不可不防。致此之由，又非但律吏之咎，列邑之宰，亦乱其经。或以军勋余力，或以劳吏暮齿；犷情浊气，忍并生灵；昏心狠态，吞剥氓物。虐理残其命，曲文被其罪。冤积之兴，复缘斯发。狱吏虽良，不能为用。使于公哭于边城，

---

① 兼监：兼任的秘书监。秘书监是秘书省的长官。② 兼平：兼任的廷尉平。廷尉平是廷尉的属官。③ 嶷：齐高帝萧道成次子豫章文献王萧嶷。大司马：见《王敬则传》注。

孝妇冤于遐外[①]。陛下虽欲宥之，其已血溅九泉矣。

“寻古之名流，多有法学。故释之、定国[②]，声光汉台；元常、文惠[③]，绩映魏阁。今之士子，莫肯为业；纵有习者，世议所轻。良由空勤永岁，不逢一朝之赏，积学当年，终为闾伍所蚩。将恐此书永坠下走之手矣[④]。今若弘其爵赏，开其劝慕；课业宦流，班习胄子[⑤]；拔其精究，使处内局；简其才良，以居外仕；方岳咸选其能[⑥]，邑长并

① “使于公”二句：《说苑·贵德》、《汉书·于定国传》等记载：东海有孝妇，守寡后奉养婆婆十年，以孝闻名。婆婆不愿长期连累她，自经而死。小姑遂诬告孝妇谋杀婆婆。太守毒刑拷打，迫使孝妇招认。县狱吏于公认为其中有冤，为之争辩，太守不听，于公痛哭而去官。孝妇遂蒙冤而死。于公：即汉丞相西平侯于定国之父。 ② 释之：张释之，字季，西汉文帝时为廷尉，执法公平，不阿权贵，天下称之。定国：于定国，字曼倩，西汉时人，曾任廷尉，后官至丞相。据《汉书·于定国传》载，当时人称赞张、于二人说：“张释之为廷尉，天下无冤民，于定国为廷尉，民自不以冤。” ③ 元常：三国时魏国钟繇的字。钟繇曾任廷尉、大理等职，曾上疏魏明帝建议恢复肉刑以代替死刑。文惠：三国魏高柔的字。高柔曾任法曹掾，明于法理，执法不阿。 ④ 下走：谦词，指自己，犹言“仆”。⑤ 胄子：古代帝王与贵族的长子，皆入国学，称为“胄子”。⑥ 方岳：指太守，刺史等地方长官。

擢其术；则皋繇之谋[1]，指掌可致；杜郑之业[2]，郁焉何远。然后奸邪无所逃其刑，恶吏不能藏其诈；如身手之相驱，若弦栝之相接矣[3]。

“臣以疏短，谬司大理[4]。陛下发自圣衷，忧矜刑纲[5]，御廷奉训，远照民瘼[6]。臣谨仰述天官[7]，伏奏云陛。所奏缪允者，宜写律上。国学置律助教，依《五经》例。国子生有欲读者，策试上过高第，即便擢用，使处法职，以劝士流。”

诏报从纳，事竟不施行。

转御史中丞[8]，迁骠骑长史[9]、辅国将军[10]。建武初[11]，迁冠军将军[12]、平西长史[13]、南郡太守[14]。

……

稚珪风韵清疏，好文咏，饮酒七八斗。与外兄张融

---

① 皋繇：即皋陶（yáo 姚），传说虞舜之臣，掌管刑狱之事。 ② 杜郑：指西晋杜预和东汉郑玄，二人都曾为法律作注解。 ③ 栝（guā 瓜）：箭末扣弦处。 ④ 大理：掌管刑狱司法的官。 ⑤ 忧矜：忧念，关心。 ⑥ 瘼（mò 漠）：疾苦。 ⑦ 天官：泛指百官。 ⑧ 御史中丞：见《王僧虔传》注。 ⑨ 骠骑长史：骠骑将军府中的佐官。 ⑩ 辅国将军：见《高帝纪》注。 ⑪ 建武：齐明帝萧鸾年号，494—497 年。 ⑫ 冠军将军：见《王敬则传》注。 ⑬ 平西长史：平西将军府中的佐官。 ⑭ 南郡：治所在今湖北江陵。

情趣相得①，又与琅邪王思远②、庐江何点、点弟胤并款交③。不乐世务，居宅盛营山水，凭机独酌，傍无杂事。门庭之内，草莱不剪，中有蛙鸣。或问之曰："欲为陈蕃乎④？"稚珪笑曰："我以此当两部鼓吹⑤，何必期效仲举？"

永元元年⑥，为都官尚书⑦，迁太子詹事⑧，加散骑常侍。三年，稚珪疾。东昏屏除⑨，以床轝走，因此疾甚，遂卒。年五十五。赠金紫光禄大夫⑩。（节录）

【翻译】

孔稚珪字德璋，是会稽郡山阴县人。……

孔稚珪少年时学识广泛，有美好的声誉。太守王僧虔见到他后对他很看重，引荐他担任主簿之职。州里举

---

① 张融（444—497年）：字思光，南齐文学家。作有《海赋》等。 ② 王思远（451—500年）：尚书令王晏从弟，齐明帝时官至侍中。 ③ 何点：南齐时隐士。何胤（yìn印）：官至散骑常侍、太常卿。款：诚恳、恳切。 ④ 陈蕃：字仲举，《后汉书》本传说他尝独处一室，庭宇芜秽，不接宾客。东汉灵帝时曾封他为高阳乡侯，他坚辞不受。 ⑤ 鼓吹：皇帝所用的音乐，后常用以赏赐有功之臣。 ⑥ 永元：齐东昏侯萧宝卷年号。永元元年：499年。 ⑦ 都官尚书：见《王敬则传》注。 ⑧ 太子詹事：见《江祏传》注。 ⑨ 屏除：见《东昏侯纪》注。 ⑩ 金紫光禄大夫：见《江祏传》注。

拔他为秀才。后入仕担任宋安成王的车骑法曹行参军，转任尚书殿中郎。齐高帝萧道成担任骠骑大将军时，认为孔稚珪有文笔之才，就用他为记室参军，与江淹二人共同负责文笔方面的事。后迁任正员郎、中书郎、尚书左丞。后来因父亲去世服丧而离任，与哥哥孔仲智回到父亲在山中的馆舍居住。孔仲智的妾李氏骄横嫉妒不守礼节，孔稚珪就向太守王敬则告状把她杀了。服丧期满后，担任司徒从事中郎、州治中、别驾从事史、本郡的中正等职。

永明七年(489年)，转任骁骑将军，并重新兼任尚书左丞。后迁任黄门郎，左丞之职依旧。又调任太子中庶子和廷尉。东晋以来一直继承沿用晋代张斐、杜预的律令二十卷，齐武帝萧赜对法令较关心，多次亲自审讯囚犯，并下诏令司法官详细订正以前法律的注解。永明七年以前，尚书省的删定郎王植曾撰写修定法律的章表奏给皇上，说："臣探究《晋律》，认为《晋律》文辞简约，旨在疏通大纲而已；对照具体事例，如何判决却难于解释。张斐、杜预二人同是注释某一条文，但是生是杀意见颇不相同。自从晋泰始年间以来，只好斟酌着参考运用。这样就使狱吏拥有作威作福的权势，民众怀有无法申诉的怨恨。这也正是当初路温舒之所以要上疏指斥时政的过失，绛侯周勃之所以慷慨发出感叹的缘故。皇朝改朝换代，道德超越前王；陛下继位复兴，开扩帝王之业。开创之初的沉痛，每每触动皇上的仁心；满堂之中的悲悯，时时牵引着圣明的思绪。于是发布仁德之音，删削厘正刑法律令，命臣汇集修定张斐、杜预二人的注解。臣谨努力使用自己愚钝的智能，竭尽思虑详细撰写，删削其烦杂有害的条文，录取其允当适宜的部分。收取张注七百三十一条，杜注七百九十一条。有时两家有两种解释，从道理上看都可备为一说，又收取一百零七条。两家所注相同的，又收取一百零三条。汇集为一书，共计一千五百三十二条，分为二十卷。请交付外面大臣详细审核，并指出其中的错误。”皇上听从了他的意见。于是公卿和众大臣一起参与讨论，考核订正旧律的注解。凡有可轻可重之处，竟陵王萧子良拿出主意，都使之从轻论处。其中有朝中讨论不能决定的，则由皇帝下旨裁决。

到永明九年(491年)，孔稚珪上表说：

“臣听说制造万物的人以绳墨为标准，治理大国的人以法理为根本。所以古代的圣王，君临朝廷思考治理方法，总是及早防范邪恶的萌芽，严格杜绝奸邪的产生，无不依靠法理来完成教化，明立刑赏以建立功德。窃思陛下顺应天意，登上皇位，天地重新构造，日月重放光芒，崩溃的五礼重新缝合，衰废的六乐重新整理。于是发布仁德之音，下达圣明之诏，降下慎用刑律的文告，重申谨慎施罚的经典，命臣与公卿及诸位大臣共同删定注释法律。臣谨奉圣上的旨意，并咨询审定于司徒臣萧子良，继承现有的法规，创立条文纲领，请兼秘书监臣宋躬、兼廷尉平臣王植等抄写编排不同的条文，确定其删除或保留。又请诸位大臣详细讨论，由大司马臣萧嶷裁决订正。其中有重大疑问，众人的意见绝然相反的，则由圣明皇上亲自览察，由天子亲笔决断。现已完成《律文》二十卷、《录叙》一卷，共计二十一卷，现在奏闻皇上，请交付给外面加以施行，宣布于天下。

“臣又听说老子、孔子曾经说过：‘古代受理案件的人，寻求可以救人的方法；如今受理案件的人，寻求可以杀人的方法。’‘与其错杀无罪的人，还不如让有罪的人逃脱。’由此看来决断狱讼的职责，自古以来就是很难的。如今法律条文虽然已定，但还必须有待于运用；运用时失去了公平，那就与没有法律毫无区别。法律的书十分精细，文字简约但条例运用宽广。疑难相似之处往往相互干扰，所以造成错误和混乱。一旦背离了大纲，枉曲滥用的情况就会兴起。法官不理解，就会多谬误和偏斜；监察官不熟习法律，也无法加以判断。这样法律文本虽然写得明白，也只能白白地装在书袋里，而蒙冤而死的鬼魂仍然不断在监狱中聚集。如今府、州、郡、县监狱有一千多个，如果每个监狱每年枉判一人，那么一年之中，冤枉而死的人就会有一千多。冤害而死的鬼魂，上干犯平和之气，是圣明的君主所急之事，不可不防备。造成这种情况的原因，又不仅是执法官吏的责任，各地方的行政长官，也往往搅乱法律。他们有的是凭借建立军功的余力来任职，有的已是精力不济，年事已高的老吏；粗犷之情浑浊之气，忍心吞害人民的生命；昏聩之心凶狠之态，侵吞掠夺人民的财物，乱用法理害人性命，曲解条文加以罪名。冤狱的流行，这也是个原因。即使有良好的执法官吏，也不能发挥作用。所以当初使于公只好在边城痛哭，孝妇也只能在远方蒙冤而死。陛下即使想要赦免他们，冤死者也恐怕早已血溅九泉了。

“推究古代的著名人物，有许多都有法律方面的学问。所以张释之、于定国，名声光照汉代；钟元常、高文惠，业绩辉映魏朝。如今的士子们，无人肯以此作为学业；即使有学习法律的，也被世人的议论所轻视。这的确是因为白白地辛苦学习多年，也不会得到朝廷一点赏赐；多年积累了丰富的学问，最终反而被乡邻所嗤笑。所以我担心这法律之书将要在我手上永远埋没下去。如今若能弘大爵位和赏赐，加以鼓励诱导；对做官的人进行考核，对国学生进行讲习；选拔其中研究精深的人，让他在朝廷里供职；挑选其中才高德优的人，让他到外面做官。各州、郡的长官都选举有才能的人，乡邑一级长官也按照其才干来提拔。如能这样，那么像皋陶那样的谋划，指着手掌就可来到；像杜、郑那样的业绩，兴盛而起也不会很远。如此之后，奸邪的罪犯就无法逃避刑罚，邪恶的官吏也不敢隐藏其奸诈。这样，法律的运用就好像驱动自己的身体和手臂一样自如，好像弓弦与箭栝相接应一样严密了。

“臣以疏短的才干，错被任用为司法之官。陛下从圣明的内心出发，关心于刑法的大纲，朝廷上发布训令，远远照见民众的疾苦。臣小心地传述百官的职责，恭敬地上奏给陛下。所奏的内容如果偶尔有一点允当之处，就应写到法律条文上。国家的学校应设置法律助教，依照《五经》设立助教的例子。国学生如果有愿意研读的，通过对策考试达到优等成绩，就可举拔任用，让他担任法官之职，以此来鼓励士人。”

皇帝下诏答复表示采纳，但此事后来竟没有施行。

孔稚珪后来调任御史中丞，迁任骠骑长史、辅国将军。建武初年，迁任冠军将军、平西长史、南郡太守。

……

孔稚珪风神气韵清朗疏简，喜好作文咏诗，能饮酒七八斗。他与表兄张融情趣相投，又与琅琊人王思远、庐江人何点、何点的弟弟何胤等皆有诚恳的交往。他不乐于从事世俗的杂务，居住的地方营造山水景物，常常依凭几案独自饮酒，身旁没有杂事。门庭之内，杂草荒芜不加剪除，其中有青蛙鸣叫。有人问他说："你是想效法东汉的陈蕃吗？"孔稚珪笑着说："我把这蛙鸣当作两部鼓吹来听，又何必一定是效法陈蕃呢？"

永元元年（499 年），他担任都官尚书、迁任太子詹事，加封散骑常侍。三年（501 年），孔稚珪得病。东昏侯出外巡游时建立屏幛驱赶居民，孔稚珪躺在病床上乘车避走，因此病情加重，遂死去。终年五十五岁。死后被赠予金紫光禄大夫的散官衔。

张欣泰传

张欣泰（456—501 年）字义亨。他出身将门，有一定的军事才干，从本传所记载的永明八年讨伐萧子响和建武二年解钟离城之围两次军事行动来看，他对用兵之道是比较精通的。但他又不愿以武业自居，而喜好读书赋诗，希望做一个清闲的文人，甚至还表现出一些隐士的风度。这也并非故意要附庸风雅，他的诗文今天虽然只剩下本传所载的一篇《移北魏广陵侯》，但钟嵘《诗品》称他的诗"希古胜文，鄙薄俗制，赏心流亮，不失雅宗"，可见他确实有些文才。但在当时的政治环境下，无论做文臣还是做武将，似乎都不能清闲超脱，他后来终于还是身不由己地卷入了统治集团内部的激烈冲突，以至丧失了性命。他的经历对于身处动荡不安的南齐政治局面中的文臣武将来说，也是具有一定的典型意义的。

张欣泰字义亨，竟陵人也①。父兴世，宋左卫将军②。

欣泰少有志节，不以武业自居，好隶书，读子史。年十余，诣吏部尚书褚渊③，渊问之曰："张郎弓马多少？"欣泰答曰："性怯畏马，无力牵弓。"渊甚异之。

辟州主簿④，历诸王府佐。元徽中⑤，兴世在家，拥雍州还资⑥，见钱三千万。苍悟王自领人劫之⑦，一夜垂尽。兴世忧惧感病卒。欣泰兄欣华时任安成郡⑧，欣泰悉封余财以待之。

---

① 竟陵：郡名，治所在今湖北天门西北。 ② 左卫将军：见《高帝纪》注。 ③ 吏部尚书：尚书省负责举拔任免官吏的长官。 ④ 主簿：见《刘瓛传》注。 ⑤ 元徽：宋后废帝刘昱年号，473—477年。 ⑥ 雍州：治所在今湖北襄阳。还资：原指做官的人离任时发的路费，后多指离任官员任职期间积聚的私财。 ⑦ 苍梧王：即宋后废帝刘昱。 ⑧ 安成郡：治所在今广西宾阳东面。

建元初①,历官宁朔将军②,累除尚书都官郎③。世祖与欣泰早经款遇④,及即位,以为直阁将军⑤,领禁旅⑥。除豫章王太尉参军⑦,出为安远护军⑧、武陵内史⑨。还复为直阁、步兵校尉⑩,领羽林监⑪。欣泰通涉雅俗,交结多是名素⑫。下直辄游园池,著鹿皮冠,衲衣锡杖⑬,挟素琴⑭。有以启世祖者,世祖曰:"将家儿何敢作此举止!"后从车驾出新林⑮,敕欣泰甲仗廉察,欣泰停仗,于松树下饮酒赋诗。制局监吕文度过见⑯,启世祖。世祖大怒,遣出外。数日,意稍释,召还,谓之曰:"卿不乐为武职驱使,当处卿以清贯⑰。"除正员郎⑱。

---

① 建元:齐高帝萧道成年号,479—482年。 ② 宁朔将军:见《高帝纪》注。 ③ 尚书都官郎:尚书省的郎官,隶属于都官尚书。 ④ 世祖:齐武帝萧赜。 ⑤ 直阁将军:见《高帝纪》注。 ⑥ 禁旅:皇宫的禁卫军。 ⑦ 豫章王:萧道成次子萧嶷,时任太尉。参军:见《王敬则传》注。 ⑧ 安远护军:当时加给驻守在外地的武官的一种封号,与镇蛮护军平级。 ⑨ 武陵:郡名,治所在今湖南常德。内史:见《王僧虔传》注。 ⑩ 步兵校尉:见《刘瓛传》注。 ⑪ 羽林监:皇帝禁卫军统领。 ⑫ 名素:素来有名望的人。 ⑬ 衲衣:僧衣。锡杖:禅杖。 ⑭ 素琴:不加装饰的琴。 ⑮ 新林:苑名,故址在今江苏江宁西南。 ⑯ 制局监:南齐时杂内官名,掌管内宫器物制造。 ⑰ 清贯:清贵的官职,指侍从文翰之官。 ⑱ 正员郎:见《孔稚珪传》注。

永明八年①，出为镇军中兵参军②、南平内史③。巴东王子响杀僚佐④，上遣中庶子胡谐之西讨⑤，使欣泰为副。欣泰谓谐之曰："今太岁在西南⑥，逆岁行军，兵家深忌，不可见战，战必见危。今叚此行⑦，胜既无名，负诚可耻。彼凶狡相聚，所以为其用者，或利赏逼威，无由自溃。若且顿军夏口⑧，宣示祸福，可不战而禽也。"谐之不从，进屯江津⑨，尹略等见杀⑩。

事平，欣泰徙为随王子隆镇西中兵⑪，改领河东内史⑫。子隆深相爱纳，数与谈宴，州府职局，多使关领，意

① 永明：齐武帝萧赜年号。永明八年：490 年。 ② 镇军中兵参军：镇军将军府中的幕僚。 ③ 南平：郡名，治所在今湖北公安南。 ④ 巴东王子响：齐武帝第四子萧子响，封巴东王。时任荆州刺史，他私作锦袍。购置器杖，长史刘寅等人连名告发，被他杀死。 ⑤ 中庶子：即太子中庶子，见《王僧虔传》注。 ⑥ 太岁：古代天文学上的星名，自东向西运行，十二年一周天。古代方术家认为太岁所在为凶方。 ⑦ 今叚：当为"今段"，犹言"今者"、"这番"。 ⑧ 夏口：在今湖北武昌西。 ⑨ 江津：在今湖北江陵南。 ⑩ 尹略：当时任游击将军，亦奉命前往讨伐萧子响。 ⑪ 随王子隆：齐武帝萧赜第八子，萧子隆，封随王。镇西中兵：镇西将军的属官。 ⑫ 河东：郡名，治所在今湖北松滋西。

遇与谢朓相次[1]。典签密以启闻[2],世祖怒,召还都。屏居家巷,置宅南岗下,面接松山。欣泰负弩射雉,恣情闲放。众伎杂艺,颇多闲解。

明帝即位,为领军长史[3],迁咨议参军[4]。上书陈便宜二十条[5],其一条言宜毁废塔寺。帝并优诏报答。

建武二年[6],虏围钟离城[7]。欣泰为军主,随崔慧景救援[8]。欣泰移虏广陵侯曰[9]:"闻攻钟离,是子之深策,可无谬哉!《兵法》云'城有所不攻,地有所不争'。岂不闻之乎?我国家舟舸百万,覆江横海。所以案甲于今不至,欲以边城疲魏士卒。我且千里运粮,行留俱弊。一时霖雨,川谷涌溢,然后乘帆渡海,百万齐进,子复奚以御之?乃令魏主以万乘之重,攻此小城,是何谓欤?攻而不拔,谁之耻邪?假令能拔,子守之,我将连舟千里,

---

① 谢朓:字玄晖,齐朝著名文人。曾为随王萧子隆幕僚,深受赏爱,后被齐武帝召回(参见《南齐书·谢朓传》)。 ② 典签:诸王府和州府的属吏。南朝宋、齐时典签常由皇帝派亲信担任,用以监视诸王和各州刺史。 ③ 领军长史:领军将军府中的重要属官。 ④ 咨议参军:见《江祏传》注。 ⑤ 便宜:应办的事宜,特指对国家的政治的建议。⑥ 建武:齐明帝萧鸾年号。建武二年:495 年。 ⑦ 虏:指北魏军队。钟离城:在今安徽凤阳。 ⑧ 崔慧景:字君山,当时为豫州刺史、冠军将军。 ⑨ 移:用于责备别人错误行为的一种文体,即移文。这里用作动词。

舳舻相属，西过寿阳①，东接沧海，仗不再请，粮不更取，士卒偃卧，起而接战，乃鱼鳖不通，飞鸟断绝。偏师淮左，其不能守，皎可知矣。如其不拔，吾将假法于魏之有司，以请子之过。若挫兵夷众，攻不卒下；驱士填隍②，拔而不能守，则魏朝名士，其当别有深致乎，吾所未能量。昔魏之太武佛狸③，倾一国之众，攻十雉之城④，死亡太半，仅以身返。既智屈于金墉⑤，亦虽拔而不守。皆筭失所为⑥，至今为笑。前鉴未远，已忘之乎？和门邑邑⑦，戏载往意。”

虏既为徐州军所挫，更欲于邵阳洲筑城⑧。慧景虑为大患。欣泰曰：“虏所以筑城者，外示姱大，实惧我蹑其后耳。今若说之以彼此各愿罢兵，则其患自息。”慧景从之。遣欣泰至虏城下具述此意。及虏引退，而洲上余兵万人，求输五百匹马假道。慧景欲断路攻之。欣泰说慧景曰：“归师勿遏，古人畏之。死地之兵，不可轻也。胜之既不足为武，败则徒丧前功。不如许之。”慧景乃听

---

① 寿阳：今安徽寿县。 ② 隍：护城壕。 ③ 太武佛狸：即北魏太武帝拓跋焘。佛狸是其小字。 ④ 雉：古代计算城墙面积的单位，长三丈高一丈为一雉。 ⑤ 金墉：城名，在今河南洛阳东北。南北朝时为屯戍要塞。 ⑥ 筭（suàn 算）：计划，筹谋。 ⑦ 和门：军营之门。邑邑：森严的样子。 ⑧ 邵阳洲：在今安徽凤阳东北淮水中。

虏过。时领军萧坦之亦援钟离，还启明帝曰："邵阳洲有死贼万人，慧景、欣泰放而不取。"帝以此皆不加赏。

四年，出为永阳太守①。永元初②，还都。崔慧景围城③，欣泰入城内，领军守备。事宁，除辅国将军④、庐陵王安东司马⑤。义师起⑥，以欣泰为持节⑦，督雍、梁、南北秦四州，郢州之竟陵，司州之随郡军事⑧，雍州刺史，将军如故。时少帝昏乱⑨，人情咸伺事隙。欣泰与弟前始安内史欣时密谋结太子右率胡松⑩、前南谯太守王灵秀⑪、直阁将军鸿选⑫、含德主帅苟励⑬、直后刘灵运等

---

① 永阳：郡名，治所在今安徽滁县。 ② 永元：东昏侯萧宝卷年号，499—501 年。 ③ 指崔慧景于永元二年(500 年)欲废黜东昏侯，另立江夏王萧宝玄为帝，率兵包围京师。 ④ 辅国将军：见《高帝纪》注。 ⑤ 庐陵王：齐明帝第五子萧宝源，时为安东将军。 ⑥ 义师：指梁武帝萧衍率领的部队。 ⑦ 持节：见《高帝纪》注。 ⑧ 雍州：治所在今湖北襄阳。梁州：治所在今陕西南郑。南北秦：秦州原为晋武帝泰始五年(269 年)置，治所在今甘肃天水。南朝时又侨置南、北二秦州，南秦州寄治所于梁州，北秦州治所在氐池(今甘肃成县西北)。郢州：治所在今湖北武昌。竟陵：郡名，治所在今湖北天门西北。司州：治所在今湖北信阳。随郡：治所在今湖北随州。 ⑨ 少帝：即东昏侯萧宝卷。 ⑩ 右率：即太子右卫率，太子宫中的侍卫官。 ⑪ 南谯：郡名，治所在今安徽全椒西北。 ⑫ 直阁将军：见《高帝纪》注。 ⑬ 含德主帅：含德殿卫兵首领。南齐时杂内官名。

十余人①，并同契会。

帝遣中书舍人冯元嗣军救郢②，茹法珍、梅虫儿及太子右率李居士、制局监杨明泰等十余人相送中兴堂③。欣泰等使人怀刀于座斫元嗣，头坠果柈中④。又斫明泰，破其腹。虫儿伤刺数疮，手指皆堕。居士逾墙得出，茹法珍亦散走还台。灵秀仍往石头迎建安王宝夤，率文武数百，唱警跸⑤，至杜姥宅⑥。欣泰初闻事发，驰马入宫，冀法珍等在外，城内处分，必尽见委，表里相应，因行废立。既而法珍得反，处分闭门上仗，不配欣泰兵，鸿选在殿内亦不敢发。城外众寻散。少日事觉，诏收欣泰、胡松等，皆伏诛。

欣泰少时有人相其当得三公⑦，而年裁三十。后屋瓦堕伤额，又问相者，云："无复公相，年寿更增，亦可得方伯耳⑧。"死时年四十六。

---

① 直后：官名，从属于掌管宫廷禁卫的左右卫将军。
② 中书舍人：原为中书省主管文书的官吏。南朝时中书舍人实权较重，参与机密。郢：州名，治所在今湖北武昌。当时郢州为萧衍占据，萧衍已扶持南康王萧宝融（齐和帝）即皇帝位。 ③ 中兴堂：堂名，所在不详。 ④ 果柈：果盘。
⑤ 警跸：帝王出入时，侍卫警戒，禁止行人。 ⑥ 杜姥宅：在当时建康城宣阳门与宫门之间。原为晋成帝杜后母裴氏宅所在，故名。 ⑦ 三公：指太尉、司徒、司空，为最高官位的官员。
⑧ 方伯：原指一方诸侯之长。后用来指州郡长官。

【翻译】

张欣泰字义亨，是竟陵人。父亲张兴世，是宋朝的左卫将军。

欣泰少年时就有志向节操，不以武将之业自居，喜好隶书，阅读诸子和史传。年龄十多岁时，拜见吏部尚书褚渊，褚渊问他说："张郎的弓马武艺如何？"欣泰回答说："我天性怯懦害怕骑马，也没有力气拉弓。"褚渊感到十分惊异。

后被征用为州府的主簿，历任各王府的僚佐。宋元徽年间，其父张兴世闲居在家中，拥有从雍州任上退下时带回的资金，现钱三千万。苍梧王亲自带人去抢劫，一夜之间几乎被抢劫一空。张兴世忧虑恐惧感染疾病而死去。欣泰的哥哥张欣华当时正在安成郡做官，欣泰把剩下的钱财全部封藏好等待哥哥回来。

建元初年，历任宁朔将军，累官至尚书都官郎。齐世祖萧赜与张欣泰早年就有诚恳的交往，萧赜即位后，任用张欣泰为直阁将军，统领禁卫军。后又任命为豫章王太尉参军，出任安远护军、武陵内史。回京后复任直阁将军、步兵校尉，统领羽林监。欣泰与风雅之士流俗之人都有交往，结交的多为有名望的人。下了班就去游览园林池沼，头戴鹿皮帽，身穿僧衣，手执禅杖，携带一把素琴。有人把这个情况禀告齐世祖萧赜，萧赜说："将门的后代怎么敢作出这样的举动!"后来跟随皇帝的车驾出游新林苑,皇上命张欣泰督察侍卫队,欣泰中途停下卫队,到松树下去喝酒作诗。制局监吕文度经过那里看见了,就报告萧赜,萧赜大怒,把张欣泰赶出去。过了几天,皇上心情稍稍缓解,又把欣泰召回来,对他说:"你不乐意担任武官的差使,那就安排你一个清贵的官职吧。"于是他被任命为正员郎。

永明八年(490年),张欣泰出任镇军中兵参军、南平内史。巴东王萧子响杀害手下的僚佐,皇上派遣中庶子胡谐之前往西边去讨伐,任命张欣泰为副手。欣泰对胡谐之说:"如今太岁星在西南方向,迎着太岁星行军,是兵家深为忌讳的,不可以作战,作战则一定会遇到危难。如今这次行动,胜了没有名声,败了更是可耻。对方是凶狠狡猾的人相聚一处,手下的人之所以被他们利用,或许是施加利赏进行威逼所致,没有原由也会自己崩溃。如果我们把军队驻扎在夏口,向他们说明祸福利害,这样就可以不战而获胜。"胡谐之没有听从,进兵屯驻到江津,结果尹略等人战败被杀。

事件平息后,欣泰迁任为随王萧子隆的镇西中兵,又改为兼任河东内史。萧子隆对他深为喜爱亲近,多次与他交谈宴饮,州府里各项事务,大多让他处理,情意待遇与对待谢朓的情形相似。典签把这个情况暗中报告皇上，世祖大怒，将张欣泰召回京都。欣泰隐居在家里，在南岗下购置了住宅，面对着松山。他带着弓箭去射野鸡，纵情放任其闲适之情。与许多歌伎艺人为伴，非常安闲轻松。

齐明帝即位后，欣泰被任命为领军长史，迁任咨议参军。他上书陈述应办之事二十条，其中有一条是说应该拆毁那些破废的塔寺。皇上都特别下诏书给予答复。

建武二年(495年)，北魏的军队包围钟离城。张欣泰担任军队主将，跟随崔慧景前去救援。欣泰写了一篇移文给北魏的广陵侯说："听说攻打钟离城，是你深思的计策，这难道不荒谬吗？《兵法》上说：'城有的是不可攻的，地有的是不可争的。'难道没有听说过？我们朝廷有百万战船，可以覆盖长江大海。之所以至今按兵不动，没有前来，是想用这小小边城把魏国士卒拖垮。我们将要从千里之外运粮，行军驻留都不方便。但一等雨季到来，河谷水流充溢，然后我们乘船渡海，百万战船一齐进发，你还凭什么来抵挡？你却要叫魏国的君主以万乘之主的威重，来攻打这小小的城池，是何居心？攻打而不能拔取，又是谁的耻辱？即使能攻下此城，你来守卫，我将要连接舟船千里，船头船尾相接，西面经过寿阳，东边连接大海，不必再调人马，不须重取粮草，士卒们安然高卧，爬起来迎战，就能使鱼鳖不能逃脱，飞鸟断了退路。

你们一支孤军困于淮南，不能固守城池，这是明明白白可想而知的。如果不能攻拔，我将要借用魏国主管部门的法律，来治你的罪过。你损失大批士兵，却始终攻不下城池；驱赶士兵去填护城壕，攻拔下来也不能守卫，这样魏国朝中的名士们，大概就应当别有深远的考虑了吧，这就不是我所能预料的了。从前魏国的太武帝佛狸，率领一国的兵众，攻打十雉小城，结果死亡超过大半，只能保住自己一条命逃回。既使自己的智慧在金墉城下受挫，而且即使攻下城池也不能防守。这都是算计失误所造成的，至今被人们嘲笑。前车之鉴不远，难道你已经忘了？军门森严，戏把往事叙说。”

北魏军队既被徐州驻军挫败，又想在邵阳洲修筑城垒。崔慧景为此忧虑，以此为大患。张欣泰说：“敌军之所以在这里修筑城垒，是故意对外显示他们的强大，实际上是害怕我们切断他们的后退之路。现在如果跟他们谈判说双方各自都愿意罢兵而去，那么他们的忧虑就会平息。”崔慧景听从了他的意见，派欣泰到魏军城下，把这个意思都跟他们说了。到魏兵大部分撤退时，洲上还剩下一万士兵，他们要求交纳五百匹马借路撤退。崔慧景想断其后路进攻他们。张欣泰劝说崔慧景道：“撤退的军队不可阻拦，古人对此也很畏惧。困在绝境的士兵，不可轻视。胜了他们不足以说明你的勇武，败给他们则徒然使前功尽弃。不如答应他们的要求。”崔慧景于是就听任魏兵撤退了过去。当时领军萧坦之也前来援救钟离城，回去以后就禀告明帝说：“邵阳洲上有无路可逃的贼兵一万人，崔慧景、张欣泰将他们放走而不攻取。”皇帝因此对他们二人都不给奖赏。

建武四年(497 年)，张欣泰出任永阳太守。永元初年，回到都城。崔慧景率兵包围京城，张欣泰进入城内，统领军队防守戒备。事件平息后，欣泰被任命为辅国将军、庐陵王安东司马。萧衍发兵起事后，皇上任命张欣泰为持节，督察雍、梁、南北秦四州以及郢州的竟陵、司州的随郡的军事，并任雍州刺史，将军的官职依旧。当时少帝萧宝卷昏聩淫乱，人心都在等待时机以便行事。张欣泰与弟弟前始安内史张欣时密谋联合太子右率胡松，前南谯太守王灵秀、直阁将军鸿选、含德主帅苟励、直后刘灵运等十多人，共同结下密约。

皇上派中书舍人冯元嗣监督军队救援郢州，茹法珍、梅虫儿以及太子右率李居士、制局监杨明泰等十多人到中兴堂为他送行。张欣泰等派人藏了刀在宴席上砍死了冯元嗣，头落在果盘里。又砍死了杨明泰，破开了他的肚子。梅虫儿受了几处刀伤，手指都被砍落。李居士翻越墙头得以逃出，茹法珍也惊散而逃，跑回台城。王灵秀于是到石头城迎接建安王萧宝夤，率领文武大臣数百人，吆喝开路、阻挡行人，来到杜姥宅。张欣泰刚刚听到事情发生，就乘马驰往皇宫，他指望茹法珍等人在城外，城里的安排，必定都已交给他手下的人，里应外合，便可以废掉东昏侯萧宝卷另立萧宝夤为帝。但不久茹法珍返回宫中，安排关闭大门布兵防守，宫内并不配合张欣泰的兵马，鸿选在殿内也不敢行动。城外的兵众不久便散去了。几天后事情被发觉，皇上下诏收系张欣泰、胡松等人，都被诛杀。

张欣泰年幼时曾有人给他看相，说他将会做到三公，而年寿只有三十岁。后来屋顶上一块瓦掉下来砸伤了他的额头，他又去问看相的人，看相的人说："已经不再有做三公的面相，而年寿却增加了一些。但也还可以做到地方长官。"他死时年仅四十六岁。

卞彬传

卞彬（生卒年不详）字士蔚，济阴冤句（今山东菏泽西南）人。他有文才，好饮酒，是个放浪形骸、与世无争的人物。从传中所录其《蚤虱赋序》一文，可以大概看出他的日常生活情况和精神状态。但他对政治并不是漠不关心，萧道成废宋建齐之际，他屡次引民谣古诗加以讥刺。传中所引其《目禽兽》、《虾蟆赋》中文句，也是用比喻象征的手法，表达他对现实政治的批判。不过他又把政治上的事比作投掷五木子赌博，流露出一种看破一切的消极失望态度。他的文章当时流传于闾巷，除这篇传中所提到的以外，篇目可考的还有《枯鱼赋》、《蜗虫赋》等。他也能写诗，钟嵘《诗品（下）》评价他的诗“爱奇崭绝、慕袁彦伯之风。虽不宏绰，而文体剿净，去平美远矣”。

卞彬字士蔚，济阴冤句人也①。祖嗣之，中领军②。父延之，有刚气，为上虞令③。

彬才操不群，文多指刺。州辟西曹主簿④、奉朝请⑤、员外郎⑥。宋元徽末⑦，四贵辅政⑧。彬谓太祖曰：“外间有童谣云：‘可怜可念尸著服，孝子不在日代哭，列管暂鸣死灭族⑨。’公颇闻不？”时王蕴居父忧，与袁粲同死⑩，故云“尸著服”也⑪。褚字边衣也，孝除子，以日代者，谓褚渊也。列管，萧也。彬退，太祖笑曰：“彬自作

---

① 济阴冤句：在今山东菏泽西南。 ② 中领军：见《王敬则传》注。 ③ 上虞：县名，今属浙江。 ④ 西曹主簿：州府里的重要僚属。 ⑤ 奉朝请：见《刘瓛传》注。 ⑥ 员外郎：见《高帝纪》注。 ⑦ 元徽：宋后废帝刘昱年号，473—476 年。 ⑧ 四贵：指萧道成、袁粲、褚渊、刘秉四人，刘宋后废帝时共掌朝政。参见本书《高帝纪》。 ⑨ 暂（zàn 赞）：同暂，暂时。此童谣分别影射王蕴、褚渊、萧道成三人，详下文。 ⑩ 王蕴，袁粲被杀的情况，参见本书《高帝纪》。 ⑪ 服：指丧服。

此。”齐台初建，彬又曰：“谁谓宋远，跂予望之[①]。”太祖闻之，不加罪也[②]。除右军参军[③]。家贫，出为南康郡丞[④]。

彬颇饮酒，摈弃形骸。作《蚤虱赋序》曰：“余居贫，布衣十年不制。一袍之缊[⑤]，有生所托，资其寒暑，无与易之。为人多病，起居甚疏，萦寝败絮，不能自释。兼摄性懈惰，懒事皮肤，澡刷不谨，浣沐失时，四体𣯛𣯛[⑥]，加以臭秽。故苇席蓬缨之间，蚤虱猥流，淫痒渭濩，无时恕肉。探揣擭撮，日不替手。虱有谚言：‘朝生暮孙’。若吾之虱者，无汤沐之虑，绝相吊之忧，宴聚乎久襟烂布之裳，服无改换，掏啮不能加。脱略缓懒，复不勤于捕讨，孙孙息息，三十五岁焉。”其略言皆实录也。

除南海王国郎中令[⑦]、尚书比部郎[⑧]、安吉令[⑨]、车

---

① 谁谓宋远，跂予望之：《诗·卫风·河广》诗句。这里用诗中的“宋”暗指刘宋朝廷。意谓宋朝灭亡的教训不远，踮起脚即可望见。 ② 按《南史·卞彬传》记卞彬咏诗之事后云：“遂大忤旨，因此摈废数年不得仕。”与此传所说大不相同，从这里可以看出作者萧子显为其祖父萧道成隐恶的曲笔。 ③ 右军参军：右军将军府署中的幕僚。 ④ 南康：郡名，治所在今江西赣州西南。郡丞：郡太守的佐官。 ⑤ 缊（yùn运）：乱麻，旧絮。 ⑥ 𣯛（néng能）𣯛：毛多貌。 ⑦ 南海王：齐武帝第十一子萧子罕。郎中令：掌管宫室警卫的官。⑧ 尚书比部郎：尚书省管法制的郎官。 ⑨ 安吉：县名，今浙江安吉。

骑记室①。彬性好饮酒，以瓠壶瓢勺杬皮为肴②，著帛冠十二年不改易。以大瓠为火龙，什物多诸诡异。自称“卞田居”，妇为“傅蚕室”。或谏曰：“卿都不持操，名器何由得升③？”彬曰：“掷五木子④，十掷辄鞬⑤，岂复是掷子之拙？吾好掷，政极此耳。”永元中⑥，为平越长史⑦、绥建太守⑧，卒官。

彬又目禽兽云：“羊性淫而狠，猪性卑而率，鹅性顽而傲，狗性险而出⑨。”皆指斥贵势。其《虾蟆赋》云：“纡青拖紫，名为蛤鱼⑩。”世谓比令仆也⑪。又云：“科斗唯唯，群浮闇水。维朝继夕，聿役如鬼⑫。”比令史咨事也⑬。文章传于闾巷。

---

① 车骑记室：车骑将军府中的文书。 ② 杬（yuán 元）：木名，其皮可食用。 ③ 名器：等级称号和车服仪制，引申指官阶。 ④ 五木子：古代一种赌具，一套五只，以木制成。 ⑤ 鞬：藏匿。此处指投掷不中。 ⑥ 永元：齐东昏侯萧宝卷年号，499—501 年。 ⑦ 平越长史：平越将军府中的佐吏。 ⑧ 绥建：郡名，在今广东广宁西南。 ⑨《南史·卞彬传》云：“羊淫狠谓吕文显，猪卑率谓朱隆之，鹅顽傲谓潘敞，狗险出谓文度。” ⑩ 蛤鱼：即虾蟆。 ⑪ 令仆：尚书令和仆射。他们的绶带为紫色和青色。 ⑫ 聿役：昆虫蠕动的样子。 ⑬ 令史：掌文书的小官，职位次于郎。咨事：指咨议、录事等中小官吏。

【翻译】

卞彬，字士蔚，是济阴冤句人。祖父卞嗣之，曾任中领军。父亲卞延之，有刚直之气，曾任上虞令。

卞彬的才能品操不同寻常，他的文章经常讽刺时政。州府征辟他为西曹主簿、奉朝请、员外郎。刘宋元徽（473—477年）末期，萧道成等“四贵”辅佐朝政。卞彬对萧道成说：“外面流传有童谣，说‘可怜可念尸著服，孝子不在日代哭，列管蹔鸣死灭族。’您有没有听到？”当时王蕴正在为死去的父亲服丧，他与袁粲一起被杀，所以说“尸体穿丧服”。丧服是“衣”，“褚”字的偏旁是“衣”，“孝”字去掉“子”，以“日”代替，这就是说的褚渊。列管就是箫，（暗指萧道成）。卞彬退出去后，萧道成笑着说：“这是卞彬自己作的童谣。”齐朝初建立，卞彬又说：“谁说宋朝远，跕脚就可见。”萧道成听了，也没有加罪于他。后任命为右军参军，因家中贫穷，出任南康郡丞。

卞彬很能喝酒，放浪形骸不修边幅。他曾写作《蚤虱赋序》说：“我身处贫困，布衣已经十年未有新制。一件旧袍，是我毕生的依托，任凭寒暑，都无更换。我身体多病，起居非常疏懒，寝卧在破棉絮中，不能自拔。加上生性懒惰，懒得照顾自己的皮肤，洗刷不认真，沐浴不及时，四肤多毛发，又脏又臭。所以苇席蓬缨之中，跳蚤虱子聚集，奇痒潮湿，没有一刻饶恕我的肉体。探揣捕捉，每天不停手。虱子有谚语说：‘早晨生，晚抱孙。’要说我身上的虱子，则既没有汤水洗浴的顾虑，也没有死亡哀吊的忧惧，安然聚集在又旧又脏的烂衣破布之中，衣服没有改换，掏咬也不能加害。我疏脱懒散，又不能勤于捕捉讨伐，它们子子孙孙生生不息，已经有三十五年了。”这些话大概是真实的记录。

后任命为南海王国郎中令、尚书比部郎、安吉令、车骑记室。卞彬天性喜好饮酒，用壶芦瓢舀杬皮作菜肴，他戴的帛冠十二年没有更换。用大壶芦做灯笼，使用的杂物也多奇怪异常。他自称为“卞田居”，称妻子为“傅蚕室”。有人劝谏他说：“你一点也不修持自己的品操，官爵怎能得到提升？”卞彬说：“好比投掷五木子，十投都不中，难道还是因为掷子笨拙吗？我喜欢掷子赌博，政治上的道理也不过如此而已。”永元（499—501年）年间，任平越长史、绥建太守，在官任上逝世。

卞彬又曾评论禽兽说：“羊天性淫荡而乖戾，猪天性卑鄙而懒惰，鹅天性顽固而傲慢，狗本性凶险而直露。”这都是指斥当时的权贵。他的《虾蟆赋》说：“绕青拖紫，名叫蛤鱼。”世人认为这是比喻尚书令和仆射。赋中又说：“科斗唯唯诺诺，成群浮游浑水；每天从早到晚，蠕动好像小鬼。”这是比喻令史和咨事等官吏。他的文章流传于街巷之间。

文学传论

本篇是《南齐书·文学传》末尾作者萧子显的议论。文中简要介绍了汉代以来文学发展的情况和一些文学家的成就，评价了当时主要的文学流派，同时体现了作者自己的文学观点。作者认为文学应当表现出作家的性情和思想，语言形式应当适应抒发胸怀的需要；认为文学风格是朱蓝共妍，多种多样的，而人们的评论和鉴赏也可以表现出不同的见解；认为文学应当求新变，有创造，反对因循守旧。文章在评论当时盛行的三种文学风格时，对那种片面追求淫艳辞藻、滥用古语事典、缺少真情实感的不良风气作了批评。在论述中涉及到对近三十位文学家和文学批评家及其作品的评价，见解颇多精到之处。

文章者，盖情性之风标，神明之律吕也①。蕴思含毫，游心内运，放言落纸，气韵天成。莫不禀以生灵②，迁乎爱嗜。机见殊门，赏悟纷杂。若子桓之品藻人才③，仲治之区判文体④，陆机辨于《文赋》⑤，李充论于《翰林》⑥，张眎擿句褒贬⑦，颜延图写情兴⑧，各任怀抱，共为权衡。属文之道，事出神思，感召无象，变化不穷。俱五声之音响⑨，而出言异句；等万物之情状，而下笔殊形。吟咏规范，本之雅什；流分条散，各以言区。若陈思《代马》群

① 律吕：六律六吕，乐律的统称。 ② 生：通"性"。 ③ 子桓：即魏文帝曹丕，其《典论·论文》曾对建安七子的文才加以品评。 ④ 仲治：西晋文学家挚虞，字仲治，曾著《文章流别论》论述各种文体演变。 ⑤ 陆机：字士衡，西晋文学家。所作《文赋》是一篇关于文学创作理论的论著。 ⑥ 李充：字弘度，东晋文学家。著有《翰林论》一书，论述各种文体的产生及其利病。 ⑦ 张眎（古"视"字）：人名，生平不详。 ⑧ 颜延：颜延之，字延年，南朝宋诗人。 ⑨ 五声：指宫、商、角、徵、羽五个音阶，亦名五音。

章①，王粲《飞鸾》诸制②，四言之美，前超后绝。少卿离辞③，五言才骨，难与争鹜。桂林湘水，平子之华篇④；飞馆玉池，魏文之丽篆⑤。七言之作，非此谁先？卿、云巨丽⑥，升堂冠冕；张、左恢廓，登高不继⑦。赋贵披陈，未或加矣。显宗之述傅毅⑧，简文之摛彦伯⑨，分言制句，

① 陈思：即魏陈思王曹植（192—232 年），字子建，曹操第三子。代马群章，指曹植《朔风诗》等四言诗诸作。《朔风诗》其一云："愿骋代马，倏忽北徂。" ② 王粲（177—217 年）：字仲宣，东汉末人，"建安七子"之一。飞鸾诸制：指王粲《赠蔡子笃诗》等作品。《赠蔡子笃诗》首二句云："翼翼飞鸾，载飞载东。" ③ 少卿：李陵（？—前 74 年），字少卿，西汉人，曾出击匈奴，兵败投降。《文选》收录有李陵的五言《与苏武诗》三首，后人多疑为伪托。 ④ 桂林湘水：指东汉张衡（78—139 年）的《四愁诗》。诗中云："我所思兮在桂林，欲往从之湘水深。"平子，张衡的字。 ⑤ 飞馆玉池二句：出处不详，今所见曹丕诗文中无此语。 ⑥ 卿、云：指汉代文学家司马相如（前 179—前 117 年）（字长卿）、扬雄（前 53—后 18 年）（字子云）。 ⑦ 张、左：指西晋文学家张协（？—307 年）（字景阳）、左思（约 250—约 305 年）（字太冲）。登高：指作赋。《韩诗外传》七："君子登高必赋。" ⑧ 显宗：指东汉明帝刘庄。傅毅（？—约 90 年）：字武仲，东汉文学家。曾模拟《周颂·清庙》作《显宗颂》十篇。 ⑨ 简文：指东晋简文帝司马昱。摛（chī 吃）：铺写。彦伯：东晋文学家袁宏（328—376 年）的字。袁宏曾模仿傅毅《显宗颂》作颂九章，颂简文之德。

多得颂体。裴颜内侍[1]，元规凤池[2]，子章以来[3]，章表之选。孙绰之碑，嗣伯喈之后[4]；谢庄之诔，起安仁之尘[5]。颜延《杨瓒》，自比《马督》[6]，以多称贵，归庄为允。王褒《僮约》[7]，束晰《发蒙》[8]，滑稽之流，亦可奇玮。五言之制，独秀众品；习玩为理，事久则渎。在乎文章，弥患凡旧；若无新变，不能代雄。建安一体，《典论》短长互出[9]；潘、陆齐名[10]，机、岳之文永异。江左风味，盛道

---

① 裴颜（wěi 伟）：字逸民，西晋文学家，官至尚书左仆射。内侍：指在皇帝宫廷供职。 ② 元规：即庾亮（289—340 年），东晋文学家，官至中书令。凤池：中书省的代称。 ③ 子章：当作孔璋，东汉末文学家陈琳（？—217 年）的字。陈琳以章表书记见称。 ④ 孙绰（314—371 年）：字兴公，东晋文学家，善作碑诔。《文心雕龙·诔碑》云："孙绰为文，志在碑诔。"伯喈：东汉文学家蔡邕（132—192 年）的字。蔡邕擅长碑铭，《文心雕龙·铭箴》云："蔡邕铭思，独冠古今。" ⑤ 谢庄（421—466 年）：字希逸，南朝宋文学家。安仁：西晋文学家潘岳（247—300 年）的字。 ⑥《杨瓒》：指颜延之的《阳给事诔》。《马督》：指潘岳的《马汧督诔》。 ⑦ 王褒（？—前 61 年）：字子渊，西汉文学家。《僮约》一文，见《艺文类聚》卷三十五。 ⑧ 束晰：字广微，西晋文学家。所作有《发蒙记》，已亡佚。 ⑨ 典论：指曹丕《典论·论文》。 ⑩ 潘、陆：指西晋文学家潘岳、陆机。

家言①。郭璞举其灵变②，许询极其名理③。仲文玄气④，犹不尽除。谢混清新⑤，得名未盛。颜、谢并起⑥，乃各擅奇；休、鲍后出⑦，咸亦标世。朱蓝共妍，不相祖述。今之文章，作者虽众，总而为论，略有三体：一则启心闲绎，托辞华旷，虽存巧绮，终致迂回。宜登公宴，本非准的。而疏慢阐缓，膏肓之病。典正可采，酷不入情。此体之源，出灵运而成也⑧。次则缉事比类，非对不发；博物可嘉，职成拘制。或全借古语，用申今情，崎岖牵引，直为偶说。唯睹事例，顿失清采。此则傅咸五经⑨，应璩指事⑩，虽不全似，可以类从。次则发唱惊挺，操调险急，雕藻淫艳，倾炫心魂。亦犹五色之有红紫，八音之

---

① 江左：犹言江东。东晋建都于建康（今江苏南京），故称东晋为江左。 ② 郭璞（276—324 年）：字景纯，东晋文学家，代表作有《游仙诗》十四首。 ③ 许询：字玄度，东晋玄言诗的代表作家。 ④ 仲文：殷仲文（？—407 年），东晋诗人。 ⑤ 谢混（？—412 年）：字叔源，东晋诗人。他的诗开始改变东晋玄言诗风。 ⑥ 颜、谢：指南朝宋诗人颜延之、谢灵运。 ⑦ 休、鲍：指南朝宋诗人汤惠休、鲍照。 ⑧ 灵运：即谢灵运（385—433 年），南朝宋著名诗人，袭封康乐公，世称谢康乐。 ⑨ 傅咸（239—294 年）：字长虞，西晋文学家。五经：指傅咸所作《孝经诗》、《论语诗》、《毛诗诗》、《周易诗》、《周官诗》等作品。 ⑩ 应璩（190—252 年）：字休琏，三国魏文学家。

有郑、卫①。斯鲍照之遗烈也②。三体之外，请试妄谈：若夫委自天机，参之史传，应思悱来，勿先构聚。言尚易了，文憎过意；吐石含金，滋润婉切。杂以风谣，轻唇利吻。不雅不俗，独中胸怀。轮扁斲轮，言之未尽③。文人谈士，罕或兼工。非唯识有不周，道实相妨。谈家所习，理胜其辞；就此求文，终然翳夺。故兼之者鲜矣。

【翻译】

文章，是情性的表现，是精神的音乐。内在的思想藏于笔端，游荡的思绪在心中运动，发为言语落于纸上，气韵自然而形成。无不蕴含各人的性灵，符合各人的爱好。微妙的见解各不相同，鉴赏领悟也多种多样。像曹丕品评诗人的才能，挚虞区别文章的体式，陆机在《文赋》中的辨析，李充在《翰林论》中的评论，张眎挑取语句加以褒贬，颜延之用图画描写情趣兴致，各人根据自己的怀抱，共同作出权衡比较。写文章的原理，事情出于

① 郑、卫：即郑、卫之音，原指春秋时郑、卫两国的俗乐，后用以代指淫靡之音。 ② 鲍照（约 414—466 年）：字明远，南朝宋文学家。 ③ “轮扁”二句：《庄子·天道》篇载：工匠轮扁对齐桓公说，凿轮的经验“得之于手，而应之于心，口不能言，有数存焉于其间”。后世以轮扁凿轮比喻一种只可意会不可言传的经验。

精神思绪，感受没有具体形迹，变化无穷。都是五声的音响，而发出的语句却各有差异；同样是表现万物的情状，下笔却各有不同的形态。诗歌的规范，应以雅正之篇为本；但其支流分散变化，却各以不同的言词形成区别。至于曹植的《朔风诗》诸篇，王粲的《赠蔡子笃》等篇章，四言诗的精美，可谓超越前代，后世难继。李陵的离别之辞，五言诗的才气骨力，别人难以与他争先。“桂林”、“湘水”，是张衡华美的篇章；“飞馆”、“玉池”，是曹丕美丽的文句。七言诗的作品，除此之外谁更在前？司马相如、扬雄的文章宏大富丽，造诣精深堪称一流；张协、左思恢宏寥廓，登高作赋难以为继，赋贵在铺陈，没有人能超过他们了。作《显宗颂》的傅毅，作《简文颂》的袁宏，制作诗句，多得颂诗的体制。裴頠担任内侍，庾亮执笔于中书省，陈琳以后，此二人的章表可谓杰出。孙绰的碑铭，继承蔡邕的风格；谢庄的诔文，步潘岳的后尘。颜延之的《阳给事诔》，自谓可与潘岳的《马汧督诔》相比，以文辞繁多称贵，以归于严正为当。王褒的《僮约》，束晰的《发蒙记》，属于滑稽诙谐的一派，文章也奇特美好。五言诗的体制，在众多作品中一枝独秀；因循玩赏不断重复，时间长久则流于轻慢。在文章的创作中，最怕的是平庸守旧；如果没有新奇变化，就不能称雄一代。建安文章为一整体，《典论·论文》却评价出各人的短长；潘岳、陆机齐名，二人的文风却颇有差异。东晋的风尚趣味，盛行道家的言论。郭璞标举仙灵变化，许询极力阐发名理。殷仲文的玄言气习，还没有完全除去。谢混情采清新，但获得的名声不高。颜延之、谢灵运并起，各自拥有奇特的才能；汤惠休、鲍照后出，也都得名于当世。各种色彩争奇斗妍，不互相因袭模拟。如今的文章，作者虽然很多，总括地加以评论，大概有三种体式：一种是用心闲适安逸，用辞华美疏旷，虽然存有精巧之美，终究显得迂曲不直。适宜运用于王公的宴会，但并非文章的标准。而其疏慢松散，是致命的毛病。典雅平正有可取之处，但却不能触及真实的感情。这种体式的源头，出自谢灵运而形成。第二种是收罗事典排比分类，没有事对则不能写作；博取万物值得赞许，但却由此产生过于拘谨的毛病。有的完全借用古语，用来表达今人的感情，曲折地牵连引用，只为配合所要说的话。只看见众多事例，完全丧失了清新的色彩。这就是傅咸的《五经诗》，应璩的指称事典，虽然不完全相似，也可以归入这一类。第三类是起句惊险挺拔，用调险峻急促，雕饰辞藻淫靡艳丽，动人心魂。这好比五色当中有红色和紫色，八音当中有郑、卫之音。这是鲍照留下的传统。三种体式之外，请让我试着谈谈自己的见解：听任天机的发动，参考于史书传记，听从思绪的自然运集和到来，不事先作出构想聚集材料。言语以简易明了为上，憎恶文采超过内容；提炼语言犹如石中取金，修饰文辞使之滋润婉切。杂用土风民谣，出语轻快灵便。既不古雅也不粗俗，只以能抒发胸怀为标准。正如轮扁凿轮一样，文章之道也不能用语言完全表达。文人谈士，也很少有人能兼擅各体。并非只是见识有所不周全，不同的方法也确实互有干扰。谈论家所通晓的，往往是道理胜过言辞；据此来寻求文章，终究觉得隐晦欠缺。所以全面擅长的人很少了。

虞愿传

虞愿(426—479年)字士恭,他的一生主要是在刘宋时期度过的。宋明帝刘彧为湘东王时,虞愿任湘东王国常侍。刘彧即位后,虞愿因为与刘彧有旧恩,因而受到重用,官至中书郎、骁骑将军、廷尉。虞愿虽然因个人关系而得到皇帝的信用,但却敢于犯颜直谏,他当面指责皇帝建造寺院用的是"百姓卖儿贴妇钱"、"罪高佛图",又指斥皇帝爱好围棋是"非人主所宜好",这都是很大胆的。他在晋平郡任太守时,也能爱护民众,不经营私产。可见他是个比较耿介廉洁的人,故《南齐书》将他列入《良政传》。

虞愿字士恭，会稽余姚人也①。祖赉②，给事中③，监利侯④。父望之，早卒。赉中庭橘树冬熟，子孙竞来取之。愿年数岁，独不取，赉及家人皆异之。

元嘉末⑤，为国子生⑥，再迁湘东王国常侍⑦，转浔阳王府墨曹参军⑧。明帝立⑨，以愿儒吏学涉，兼蕃国旧恩，意遇甚厚。除太常丞⑩、尚书祠部郎⑪、通直散骑侍郎⑫，领五郡中正⑬，祠部郎如故。帝性猜忌，体肥憎风，夏月常著皮小衣，拜左右二人为司风令史，风起方面，辄先启闻。星文灾变，不信太史，不听外奏，敕灵台知星二人给愿⑭，常直内省，有异先启，以相检察。

帝以故宅起湘宫寺，费极奢侈。以孝武庄严刹七层，帝欲起十层。不可立，分为两刹，各五层。新安太守

① 会稽余姚：今浙江余姚。 ② 赉：音赖（lài）。 ③ 给事中：见《刘瓛传》注。 ④ 监利：县名，今属湖北。 ⑤ 元嘉：宋文帝刘义隆年号，424—453年。 ⑥ 国子生：国子学（皇家学校）的学生。 ⑦ 湘东王：宋明帝刘彧即位前，曾封为湘东王。国常侍：诸王身边的侍从官。 ⑧ 浔阳王：宋武帝第六子刘子房，封浔阳王。墨曹参军：州府中负责刑法的属官。 ⑨ 明帝：即宋明帝刘彧（yù 玉）。 ⑩ 太常丞：太常的佐官。太常是朝廷主管宗庙礼仪、文化教育的长官。 ⑪ 尚书祠部郎：见《刘瓛传》注。 ⑫ 通直散骑侍郎：皇帝的侍从。因与散骑侍郎同员值，故称通直散骑侍郎。 ⑬ 中正：见《孔稚珪传》注。 ⑭ 灵台：观测星象的地方。知星：负责观察天文的官吏。

巢尚之罢郡还[1]，见帝，曰："卿至湘宫寺未？我起此寺，是大功德。"愿在侧曰："陛下起此寺，皆是百姓卖儿贴妇钱[2]，佛若有知，当悲哭哀愍，罪高佛图[3]，有何功德？"尚书令袁粲在坐[4]，为之失色。帝乃怒，使人驱下殿。愿徐去无异容。以旧恩，少日中，已复召入。

帝好围棋，甚拙，去格七八道，物议共欺为第三品。与第一品王抗围棋，依品赌戏。抗每饶借之，曰："皇帝飞棋，臣抗不能断。"帝终不觉，以为信然，好之愈笃。愿又曰："尧以此教丹朱[5]，非人主所宜好也。"虽数忤旨，而蒙赏赐，犹异余人。迁兼中书郎[6]。

帝寝疾，愿常侍医药。帝素能食，尤好逐夷[7]，以银钵盛蜜渍之，一食数钵。谓扬州刺史王景文曰："此是奇味，卿颇足不？"景文曰："臣夙好此物，贫素致之甚难。"帝甚悦。食逐夷积多，胸腹痞胀[8]，气将绝。左右启饮数升酢酒[9]，乃消。疾大困，一食汁滓犹至三升。水患积久，药不复效。大渐日[10]，正坐，呼道人，合掌便绝。愿以

---

① 新安：治所在今浙江淳安西。 ② 贴：典当、抵押。 ③ 佛图：佛塔、佛寺。 ④ 尚书令：见《高帝纪》注。 ⑤ 丹朱：尧的儿子。尧认为他不肖，不足以授天下。据《博物志》载，尧制造了围棋来教他的儿子丹朱。 ⑥ 中书郎：见《刘瓛传》注。 ⑦ 逐夷：河豚鱼肉。一说指晒干的鹹鱼肠。 ⑧ 痞：胸腹闷塞郁结的病。 ⑨ 酢酒：醋。 ⑩ 大渐：病危。

侍疾久，转正员郎[1]。

出为晋平太守[2]，在郡不治生产[3]。前政与民交关[4]，质录其儿妇。愿遣人于道夺取将还。在郡立学堂教授。郡旧出髯蛇[5]，胆可为药。有饷愿蛇者，愿不忍杀，放二十里外山中，一夜蛇还床下。复送四十里外山，经宿，复还故处。愿更令远，乃不复归，论者以为仁心所致也。海边有越王石，常隐云雾，相传云："清廉太守乃得见。"愿往观视，清彻无隐蔽。后琅玡王秀之为郡，与朝士书曰："此郡承虞公之后，善政犹存，遗风易遵，差得无事。"以母老解职，除后军将军[6]。褚渊常诣愿[7]，不在，见其眠床上积尘埃，有书数袠[8]。渊叹曰："虞君之清，一至于此。"令人扫地拂床而去。

迁中书郎[9]，领东观祭酒[10]。兄季，为上虞令[11]，卒。愿从省步还家，不待诏便归东。除骁骑将军[12]，迁廷

---

① 正员郎：见《孔稚珪传》注。 ② 晋平：郡名。查《宋书》、《南齐书》的《州郡志》皆无晋平郡。疑当为晋安郡，治所在今福建福州。 ③ 生产：家庭谋生的产业。 ④ 交关：犹言"纠葛"。 ⑤ 髯蛇：大蛇。 ⑥ 后军将军：当时中央朝廷统兵将领有前军、后军、左军、右军四将军，号"四军"。 ⑦ 褚渊：字彦回，刘宋末年任尚书令、侍中等职。 ⑧ 袠：同"帙"，书套，书函。 ⑨ 中书郎：见《刘瓛传》注。 ⑩ 东观：皇家书院。祭酒：官名，为国子学的主管。 ⑪ 上虞：今浙江上虞。 ⑫ 骁骑将军：见《高帝纪》注。

尉[①]，祭酒如故。愿尝事宋明帝，齐初宋神主迁汝阴庙[②]，愿拜辞流涕。建元元年[③]，卒，年五十四。愿著《五经论问》，撰《会稽记》，文翰数十篇。

【翻译】

虞愿，字士恭，会稽余姚人。祖父虞赉，任给事中，封监利侯。父亲虞望之，很早就去世了。虞赉庭院中的橘树冬天果实成熟了，子孙辈都争着来摘取。虞愿年仅数岁，却独独不来摘取，虞赉和家里人都觉得他不寻常。

宋元嘉末年，虞愿为国子生，后又迁任湘东王的国常侍，又转任浔阳王府墨曹参军。宋明帝即位后，认为虞愿对儒学和吏治都有研究，再加上在封国时的往日恩情，所以对虞愿待遇十分优厚。任命他为太常丞、尚书祠部郎、通直散骑侍郎，兼任五郡中正，祠部郎的官职依旧。皇帝生性猜疑，身体肥胖憎恶吹风，夏季常穿皮小衣，任命左右二人为司风令史，风从某一面兴起，就预先禀告他。星象天文的灾异变化，不相信太史，不听外面大臣奏告，命令把灵台观察星象的两个人交给虞愿，常

① 廷尉：朝廷掌管司法刑狱的官。 ② 神主：宗庙内所设已故国君的牌位。萧道成建立齐朝后，封宋帝为汝阴王，故将宋宗庙神主迁往汝阴。汝阴：在今安徽合肥。 ③ 建元：齐高帝萧道成年号。建元元年：479 年。

年在内省当班，有灾异情况就预先禀告，用以检验审察。

皇帝用旧宅地皮建造湘宫寺，费用极其奢侈。由于宋孝武帝的庄严刹有七层，所以皇帝要建造十层。十层太高难以建立，便分为两座刹，每座五层。新安太守巢向之离任回京都，拜见皇帝，皇帝说："你去了湘宫寺没有？我建造这座寺，是一个大功德。"虞愿在一旁说："陛下建造此寺，用的都是老百姓出卖儿女典当老婆的钱，佛要是有知，就应当悲哭哀悯，罪孽比佛塔还高，还有什么功德？"尚书令袁粲当时也在坐，听了这话大惊失色。皇帝于是大怒，叫人把虞愿驱赶下殿。虞愿从容而去，神色不变。因为有旧日的恩情，所以几天之内，就又被召进去了。

皇帝喜欢下围棋，但棋艺很笨拙，离棋格还有七八道，人们评议时都骗他说他已经是第三品。他曾与第一品王抗下围棋，按照棋品赌博游戏。王抗经常让他，并说："皇帝下的飞棋，我无法抵挡。"皇帝始终不自觉，以为真是如此，喜好越来越深。虞愿又说："尧曾经用围棋来教他的不肖子丹朱，这不是人主所应该喜好的东西。"虞愿虽然多次触犯皇帝的意旨，但蒙受的赏赐，还是超过其他人。后迁职兼中书郎。

皇帝卧病在床，虞愿常在他身边伺候医药。皇帝平时很能吃，尤其喜欢吃河豚鱼肉，用银钵盛蜂蜜浸泡，一吃就是好几钵。皇帝对扬州刺史王景文说:“这是奇异之味,你吃得多吗?”王景文说:“臣历来喜欢吃这个东西,但因贫穷很难得到。”皇帝听了很高兴。吃河豚鱼肉越来越多,吃得胸腹膨胀,将要断气。左右的人启禀让皇帝饮下几升醋,膨胀才消退。皇帝疾病很重时,一次还能吃下三升汤汁渣滓。患水肿的日子长了,药也不再起作用。病危之日,端正而坐,呼唤道人,双手合掌便断了气。虞愿因为伺候皇帝疾病时间很久,转为正员郎。

后出任晋平太守,在郡中不经营家产。他的前任官与一平民有纠葛,将平民的儿媳妇抓去做抵押。虞愿派人在半道上将她夺下并放回家。在郡中还设立了学堂施行教育。郡中以前出产大蛇,蛇胆可以做药。有人赠送给虞愿一条蛇,虞愿不忍心杀它,就把它放回二十里外的山中,过了一夜蛇又回到他的床下。他又把蛇送到四十里外的山中,经过一个晚上,蛇又回到原来的地方。虞愿又把它送得更远,才不再回来。评论的人都认为这是他的仁爱之心所致。海边有一块越王石,常年隐藏在云雾中,相传说:“清廉的太守来才能看得见。”虞愿前去观看时,越王石清彻没有隐蔽。后来琅邪人王秀之担任郡太守,在写给朝中士人的信中说:“此郡承蒙虞公治理之后,善政仍然存在,遗风易于遵守,我几乎可以清静无事。”虞愿因母亲年老而辞去官职,后又任命为后军将军。褚渊曾去拜访虞愿，虞愿不在，只见他的卧床上积满了灰尘，堆有好几帙书籍。褚渊感叹道："虞君的清廉，到了这种地步。"他叫人为他扫地拂床，然后离去。

后迁任中书郎，兼任东观祭酒。他的哥哥虞季，任上虞县令，去世了。虞愿从台省步行回家，不等皇帝诏令便返回台省。后任命为骁骑将军，迁任廷尉，祭酒之职依旧。虞愿曾经事奉宋明帝。齐朝初年，宋朝祖庙的祖宗牌位迁移到汝阴庙中去，虞愿流着眼泪对之下拜告别。建元元年(479 年)，虞愿去世，终年五十四岁。虞愿著有《五经论问》，撰《会稽记》，有文章数十篇。

顾　欢　传

顾欢(420—482 年)字景怡,一字玄平。他出身贫寒,笃志好学,对儒、道、佛三家学说都有所研究。曾在天台山开馆授徒,前往受业的人很多。他隐居不仕,齐高帝、齐武帝都曾征召他去做官,他都没有接受。故《南齐书》将他列入《高逸传》。南朝时期佛教的影响日益扩大,佛教思想与中国固有的儒、道思想既互相争斗,又互相吸收融合。这篇传记收录了顾欢的《夷夏论》一文,评论了佛、道二教的异同优劣,对研究当时的思想文化发展具有史料价值。

顾欢字景怡，吴郡盐官人也①。祖赳，晋隆安末②，避乱徙居。欢年六七岁书甲子③，有简三篇，欢析计，遂知六甲④。家贫，父使驱田中雀，欢作《黄雀赋》而归，雀食过半。父怒，欲挞之，见赋乃止。乡中有学舍，欢贫无以受业，于舍壁后倚听，无遗忘者。八岁，诵《孝经》、《诗》、《论》。及长，笃志好学。母年老，躬耕诵书，夜则燃糠自照。同郡顾觊之临县⑤，见而异之，遣诸子与游，及孙宪之⑥，并受经句。欢年二十余，更从豫章雷次宗咨玄儒诸义⑦。母亡，水浆不入口六七日，庐于墓次，遂隐遁不仕。于剡天台山开馆聚徒⑧，受业者常近百人。欢早孤，每读《诗》至“哀哀父母”⑨，辄执书恸泣，学者由是废《蓼莪篇》不复讲。

---

① 吴郡盐官：在今浙江海宁西南。 ② 隆安：晋安帝司马德宗年号，397—401年。 ③ 甲子：指天干地支。 ④ 六甲：用天干地支相配计算时日，其中有甲子、甲戌、甲申、甲午、甲辰、甲寅，称为六甲。 ⑤ 顾觊之：字伟仁，南朝宋人，曾任山阴（今浙江绍兴）县令，官至散骑常侍，湖州（今属浙江）刺史。觊，（yǐ椅）。 ⑥ 宪之：顾觊之之孙，字士思，齐朝时累官至尚书吏部侍郎、豫章太守。 ⑦ 雷次宗：见《高帝纪》注。⑧ 剡：县名，故城在今浙江嵊州西南。 ⑨“哀哀父母”：《诗·小雅·蓼莪》篇诗句。

太祖辅政①，悦欢风教，征为扬州主簿②，遣中使迎欢③。及践阼④，乃至。欢称山谷臣顾欢上表曰："臣闻举网提纲，振裘持领。纲领既理，毛目自张。然则道德，纲也；物势，目也。上理其纲，则万机时序；下张其目，则庶官不旷。是以汤、武得势师道则祚延，秦、项忽道任势则身戮。夫天门开阖⑤，自古有之，四气相新，绨裘代进⑥。今火泽易位⑦，三灵改宪⑧，天树明德，对时育物，搜扬仄陋⑨，野无伏言。是以穷谷愚夫，敢露偏管⑩。谨删撰《老氏》⑪，献《治纲》一卷。伏愿稽古百王，斟酌时用，不以刍荛弃言⑫，不以人微废道，则率土之赐也⑬，微臣之幸也。幸赐一疏，则上下交泰⑭，虽不求民而民悦，

① 太祖：齐高帝萧道成。 ② 扬州：治所在今南京东。当时萧道成兼任扬州牧。主簿：见《刘瓛传》注。 ③ 中使：皇帝宫中派出的使者。 ④ 践阼：指皇帝即位。 ⑤ 天门：指皇帝宫殿之门。天门开阖：指改朝换代。 ⑥ 绨(chī 吃)：细葛布衣服，为夏季服装。裘：皮毛衣服，为冬季服装。 ⑦ 火泽易位：火和水改换了位置，指朝代更换。泽：水。 ⑧ 三灵：指日、月、星。三灵改宪：意谓天命转移，朝代更替。 ⑨ 仄陋：指地位卑微的人。 ⑩ 偏管：指片面的、不完全的见解。 ⑪ 老氏：指《老子》之书。 ⑫ 刍荛(chú ráo 除饶)：割草打柴的人，引申为草野之人。 ⑬ 率土：谓国境之内，代指国家。 ⑭ 上下交泰：指天地之气融和贯通，天下和顺。

不祈天而天应。应天悦民，则皇基固矣。臣志尽幽深①，无与荣势；自足云霞②，不须禄养。陛下既远见寻求，敢不尽言。言既尽矣，请从此退。”……

……欢东归③，上赐麈尾、素琴④。

永明元年⑤，诏征欢为太学博士⑥，同郡顾黯为散骑郎⑦。黯字长孺，有隐操，与欢俱不就征。

欢晚节服食⑧，不与人通。每旦出户，山鸟集其掌取食。事黄老道⑨，解阴阳书，为数术多效验⑩。初元嘉末⑪，出都寄住东府⑫，忽题柱云：“三十年二月二十一日。”因东归。后太初弑逆⑬，果是此年月。自知将终，赋诗言志云：“精气因天行，游魂随物化。”克死日，卒于剡

---

① 志尽幽深：意谓志在隐居。 ② 自足云霞：意谓满足于生活在大自然之中，不务世事。 ③ 东归：这里指返回其故乡。 ④ 麈（zhǔ 主）尾：用驼鹿尾巴制成的拂尘。当时的风气，学者讲学时往往手执麈尾。素琴：不加装饰的琴。 ⑤ 永明：齐武帝萧赜年号。永明元年：483 年。 ⑥ 太学博士：皇家学校里的教官。 ⑦ 散骑郎：即散骑侍郎，皇帝的侍从。 ⑧ 服食：道家养生法，指服食丹药。 ⑨ 黄老道：黄帝老子的学说。 ⑩ 数术：即术数，古代关于天文、历法、占卜的学问。 ⑪ 元嘉：宋文帝刘义隆年号，424—453 年。 ⑫ 东府：南朝时扬州刺史的治所，在今南京东。 ⑬ 太初弑逆：指元嘉三十年（453 年）宋文帝刘义隆之子刘劭弑父自立为帝，定年号为太初。

山[1]，身体柔软，时年六十四。还葬旧墓，木连理出墓侧。县令江山图表状。世祖诏欢诸子，撰欢《文议》三十卷。

佛道二家，立教既异，学者互相非毁。欢著《夷夏论》曰：

夫辨是与非，宜据圣典。寻二教之源，故两标经句。道经云："老子入关之天竺维卫国[2]。国王夫人名曰净妙，老子因其昼寝，乘日精入净妙口中[3]。后年四月八日夜半时，剖左腋而生，坠地即行七步。于是佛道兴焉。"此出《玄妙内篇》[4]，佛经云："释迦成佛[5]，有尘劫之数[6]。"出《法华》、《无量寿》[7]。或"为国师道士，儒林之宗"。出《瑞应本起》[8]。

欢论之曰：五帝、三皇，莫不有师。国师道士，无过老、庄；儒林之宗，孰出周、孔？若孔、老非佛，谁则当之？然二经所说，如合符契。道则佛也，佛则道也。其圣则符，其迹则反。或和光以明近，或曜灵以示远。道济天

① 剡山：在今浙江嵊州境内。 ② 天竺：印度的古称。维卫国：天竺古国名。 ③ 日精：太阳的精华。 ④ 玄妙内篇：道教经典名。 ⑤ 释迦：即释迦牟尼，佛教创始人。 ⑥ 尘劫：佛教称一世为一劫，无量无边劫为尘劫。 ⑦ 法华：指《妙法莲华经》。无量寿：指《无量寿经》。二者皆为佛教经典。 ⑧ 瑞应本起：即《太子瑞应本起经》，叙述释迦牟尼故事的佛经。

下，故无方而不入；智周万物，故无物而不为。其入不同，其为必异。各成其性，不易其事。是以端委搢绅①，诸华之容；翦发旷衣，群夷之服。擎跽磬折②，侯甸之恭③；狐蹲狗踞，荒流之肃。棺殡椁葬，中夏之制④；火焚水沈，西戎之俗。全形守礼，继善之教；毁貌易性，绝恶之学。岂伊同人，爰及异物。鸟王兽长，往往是佛。无穷世界，圣人代兴。或昭五典⑤，或布三乘⑥。在鸟而鸟鸣，在兽而兽吼；教华而华言，化夷而夷语耳。虽舟车均于致远，而有川陆之节；佛道齐乎达化，而有夷夏之别。若谓其致既均，其法可换者，而车可涉川，舟可行陆乎？今以中夏之性，效西戎之法，既不全同，又不全异。下弃妻孥，上废宗祀。嗜欲之物，皆以礼伸；孝敬之典，独以法屈。悖礼犯顺，曾莫之觉；弱丧忘归⑦，孰识其旧？且理之可贵者，道也；事之可贱者，俗也。舍华效夷，义将安取？若以道邪？道固符合矣。若以俗邪？俗则大乖矣。

---

① 端委：端正而宽长的朝服。搢绅：插笏版于腰带间。② 擎跽：举手长跪。磬折：弯腰站立。③ 侯甸：侯服与甸服，古代指天子王城以外的附近地区。④ 中夏：中国。⑤ 五典：即五常，指父义、母慈、兄友、弟恭、子孝等五种伦理道德。⑥ 三乘：指佛教所谓声闻乘、缘觉乘、菩萨乘。⑦ 弱丧忘归：指幼年离开故居，后来忘记返回。语出《庄子·齐物论》。

屡见刻舷沙门①，守株道士②，交诤小大，互相弹射。或域道以为两，或混俗以为一。是牵异以为同，破同以为异。则乖争之由，淆乱之本也。寻圣道虽同，而法有左右。始乎无端，终乎无末。泥洹仙化③，各是一术。佛号正真④，道称正一⑤。一归无死，真会无生。在名则反，在实则合。但无生之教赊⑥，无死之化切。切法可以进谦弱，赊法可以退夸强。佛教文而博，道教质而精。精非粗人所信，博非精人所能。佛言华而引，道言实而抑。抑则明者独进，引则昧者竟前。佛经繁而显，道经简而幽。幽则妙门难见，显则正路易遵。此二法之辨也。

圣匠无心⑦，方圆有体，器既殊用，教亦异施。佛是破恶之方，道是兴善之术。兴善则自然为高，破恶则勇猛为贵。佛迹广大，宜以化物；道迹密微，利用为己。优

① 刻舷：即刻舟求剑，典出《吕氏春秋·察今》。沙门：佛教僧侣。 ② 守株：即守株待兔，典出《韩非子·五蠹》。 ③ 泥洹(huán 还)：即涅槃，佛教术语，指脱离一切烦恼，进入自由无碍的境界。亦指僧人的死。仙化：道教术语，指得道成为仙人。 ④ 正真：佛教术语，即"真如"、"法身"，指佛教的绝对不变的本体。 ⑤ 正一：道教术语，指永恒不变的世界万物之本。 ⑥ 赊：长久、遥远。 ⑦ 圣匠：神圣的大匠，指造物主。

劣之分，大略在兹。

夫蹲夷之仪①，娄罗之辩②，各出彼俗，自相聆解。犹虫嚾鸟聒③，何足述效。

……（节录）

【翻译】

顾欢字景怡，吴郡盐官人。祖父顾赳，在晋朝隆安末年因躲避战乱而移居别处。顾欢六七岁时，书写天干地支，有书简三篇，顾欢分析推算，便懂得了计算“六甲”之术。家中贫穷，父亲叫他去驱赶田里的雀子，顾欢却作了一篇《黄雀赋》回来，而雀子则把田里的粮食吃掉一大半。父亲发怒，想要打他，看了他写的赋才罢手。家乡有一个学堂，顾欢因为贫穷无法前去接受学业，就在学堂墙壁后面靠着墙旁听，听到的东西没有再遗忘的。八岁时，诵读《孝经》、《诗经》和《论语》。长大后更加笃志好学。母亲年老，他一边亲自耕田养家一边读书，夜里点燃秕糠来照明。同郡的顾觊之到县里来，看见顾欢十分奇异，就让自己的几个儿子跟他游学，和孙子顾宪之，一起接受经书句读。顾欢年龄二十多岁时，又跟随

① 蹲夷：蹲踞而坐，即上文所谓“狐蹲狗踞”。 ② 娄罗：形容语音含混嘈杂。 ③ 嚾（huān 欢）：叫。聒：声音嘈杂。

豫章人雷次宗研究玄学儒学各种教义。母亲去世后，他一连六七天水浆不进口，在墓旁筑庐守墓，从此便隐居不做官。他在剡县的天台山开设学馆招集学生，前去接受学业的通常有近百人。顾欢幼年失去父亲，每次读《诗经》读到"哀哀父母"的诗句，就拿着书恸哭悲泣，跟他学习的人从此就废除《蓼莪篇》不再讲习。

齐太祖萧道成辅佐朝政时，喜好顾欢的风雅教化，就委任他为扬州的主簿，派了朝廷使者去迎接他。等到萧道成登上帝位，顾欢才到达。顾欢自称"山谷臣顾欢"，上表给皇帝说："臣听说要举起大网必须先提起纲绳，要整理裘皮衣必须先持住衣领。纲领已经理好，毛目自然就会张开。若是如此，那么道德，就是纲；事务和势位则是目。皇上理清纲领，那么万事都会有秩序；臣下张开细目，那么众官就不会失职。所以商汤、周武得到权势同时又以道德为师，因而能延长国统；秦王、项羽忽视道德而依赖权势，因而身遭杀戮。天门的开闭，自古以来就有，四季相继更新，夏衣和冬衣不断替换。如今火和水交换了位置，三灵改变了旧法，老天树立了有圣明道德的人，适应时节化育万物，搜寻张扬偏僻卑微的人，民间没有隐藏不发的言论。因此穷僻山谷里的愚夫，也敢显露自己偏狭的意见。我慎重地删定编撰了《老氏》，献上《治纲》一卷。希望皇上能考察古代百王的治理之道，时时斟酌加以运用，不因为我是草野之人而舍弃我的言论，不因为我地位微贱而废弃我献上的道理，那就是对全国的恩赐了，也是我微贱之臣的幸运了。希望皇上能赐恩浏览一下，那就能使上下之气和顺贯通，即使不祈求民众，民众也会喜悦；不祈求老天，老天也会呼应。能使老天呼应民众喜悦，皇上的根基就牢固了。我的志向在于幽隐深处，不想得到荣华势位；自能满足于山中云霞，不需要俸禄供养。陛下既然远远地来寻求我，我岂敢不尽胸中之言。言论已经全部说出，请让我从此隐退。”……

……顾欢离开京城返回故乡，皇上赐给他鹿尾拂尘和素琴。

永明元年(483 年)，齐武帝又下令征召顾欢为太学博士，同时征召同郡的顾黯为散骑侍郎。顾黯字长孺，有隐逸的操守，他与顾欢都没有接受征召。

顾欢晚年服食丹药，不与人交往。每天早晨出门，山中的鸟儿栖息在他的手掌上获取食物。他研究黄老之道，精通阴阳家书，进行占卜验算大多能得到验证。早在宋元嘉末年，他出都城寄住在东府，忽有一天在柱子上题字道：“三十年二月二十一日。”然后便返回故乡。后来刘劭弑君篡立，果然是这个日期。他自己知道寿命将要终了，作了诗表达心志说：“精气顺着天道运行，游魂随着万物迁化。”在定下的死亡日期，他在剡山去世，死后身体柔软，终年六十四岁。后被送回安葬到家中旧墓，枝干相连的异根树木从墓旁长出。县令江山图上表记录其行状。齐武帝下诏令顾欢的儿子们编撰了顾欢的《文议》三十卷。

佛教道教两家，所立的教义既不同，学者们互相攻击诋毁。顾欢写了《夷夏论》说：

要辨明是与非，应当依据圣人的经典。欲探寻二教的源头，所以标举出两者的经句。道教经典中说：“老子入关到了天竺的维卫国。国王的夫人名叫净妙，老子在净妙白天睡觉的时候，乘着日神之精进入净妙的口中。后年四月八日半夜时分，剖开净妙的左腋而再生，落地之后就能行走七步。于是佛家之道就兴起了。”这一记载出自《玄妙内篇》。佛教经典说：“释迦牟尼成佛之前，有‘尘劫’的定数。”这一记载出自《法华经》和《无量寿经》。又有的说“佛是国家之师、有道之士，是儒林的宗师”。这出自《瑞应本起经》。

顾欢评论认为：五帝、三皇，无不有老师。要说国家之师、有道之士，没有能超过老子、庄子的。要说儒林宗师，又有谁能先于周公、孔子？如果孔子、老子不是佛，谁又能当得起佛的名称？这样说来两家经典的说法，是完全符合的。道就是佛，佛也就是道。他们的圣明是相符合的，而其具体行迹却相反。有的是收敛光华以明察近处，有的是放射灵光以照示远方。大道普济天下，所以没有什么地方不可进入；智慧周备万物，所以没有什么事物不可作为。其进入的地方不同，其作为的事情也就一定有差异。各自形成自己的特性，不变换各自的事情。所以穿着端庄的朝服，腰带上插着笏版，这是华夏各族的容仪；剪去头发，穿着宽松的衣衫，这是蛮夷各族的服饰。举手长跪，弯腰站立，是王城附近的人表示恭敬的礼仪；而像狐、狗一样蹲踞，却是荒远地区的人表示庄重的姿态。用棺椁埋葬死者，是中国的制度；而用火焚烧或沉入水中，却是西戎的风俗。保全形体遵守礼仪，是继承善德的教育；毁坏容貌改变本性，则是戒绝恶习的学问。岂只是人如此，动物也是一样。鸟中之王兽中之长，往往也是佛。无穷无尽的世界，圣人一代代产生。或者昭示于五典，或者宣布于三乘。在鸟群中就作鸟鸣，在兽群中就作兽吼；施教于中华就说华言，施化于夷族就说夷语罢了。虽然舟和车都是用来到达远方，却有水中和陆地的界限；佛教道教都是施行教化，却有夷和夏的区别。如果说它们的目的既然一样，其方法也就可以调换，那么难道车子可以渡河，舟船可以在陆地上行走吗？如今用中国的特性，仿效西戎的方法，既不完全相同，也不完全相异。对下抛弃妻子儿女，对上废除祖宗祭祀。满足嗜欲的事物，都按照礼仪引伸；表示孝敬的制度，却运用法规加以委屈。违背礼节冒犯人情，却不曾觉悟；好比幼年离乡忘了归去，谁还记得他的根本？再说原理中可珍贵的，是大道；事情中可轻贱的，是风俗。舍弃中国的一套来效法蛮夷，将按照什么原则来取舍？是取其大道吗？那么大道本来就是符合的。是取其风俗吗？那么风俗则是大相径庭了。

常常看到那些刻舟求剑的僧徒，守株待兔的道士，争论大小，互相攻击。有的把大道区分为二，有的把风俗混同为一。这是把本不相同的东西牵连为同，把本来相同的东西分割为不同。这就是相背的争执产生的原由，是造成混淆紊乱的根本。推寻圣人的大道虽然相同，而方法却有差异。在没有发端的地方开始，在没有末尾的地方结束。涅槃和仙化，各是一种方法。佛教叫做“正真”，道教称为“正一”。正一归结为没有死，正真相应于没有生。在名称上虽然相反，在实质上却是相合的。只是没有生的教义高远，没有死的教义切近。切近的方法可以促进那些谦让软弱的人，高远的方法可以抑制那些夸傲强悍的人。佛教文饰而广博，道教质朴而精约。精约就不是粗犷的人所能相信，广博就并非精细的人所能做到。佛教的言论华丽而有所引伸，道教的言论朴实而有所控制。有所控制就只有聪明的人独自进入其境界，有所引伸则连糊涂的人也都争着前来实行。佛经丰富而明显，道经简练而隐晦。隐晦就使得玄妙的门径难以看见，明显就使得正确的道路容易遵循。这是两家方法的区别。

造物主无所用心，而万物却自有方圆形体，器物既有不同的用途，教化也有不同的施行。佛教是破除邪恶的方法，道教是提倡善德的学术。提倡善德就须以自然为高，破除邪恶则应以勇猛为贵。佛的行迹宽广宏大，适宜用来化育外物；道的行迹细密幽微，利于用来修养自身。两者优劣的区分，大概在此。

至于蹲踞的礼仪，嘈杂的言谈，各自出于那里的风俗，他们自己能够相互理解，就好像虫儿之间的鸣叫，鸟儿之间的聒嘈一样，又哪里值得去传述仿效。

……

朱谦之传

本文选自《南齐书·孝义传》。朱谦之这个人物并不重要，但文中涉及的一桩复仇杀人案对研究古代伦理和法制观念的关系却有一定的意义。朱谦之杀了自己的仇人，然后去投案，后来自己又被仇人的儿子杀死。因为双方都是为了给亲人复仇，符合封建统治阶级所宣扬的孝悌精神，所以齐武帝最后决定对当事人全部赦免。从这件事可以看出古代伦理道德观念在人们社会行为中的主导作用，及其对于法制精神的巨大干扰和冲击。

朱谦之字处光，吴郡钱唐人也①。父昭之，以学解称于乡里。谦之年数岁，所生母亡，昭之假葬田侧②，为族人朱幼方燎火所焚③。同产姊密语之④，谦之虽小，便哀戚如持丧。年长不婚娶。永明中⑤，手刃杀幼方，诣狱自系。县令申灵勖表上，别驾孔稚珪、兼记室刘琎、司徒左西掾张融笺与刺史豫章王曰⑥："礼开报仇之典，以申孝义之情；法断相杀之条，以表权时之制⑦。谦之挥刃斩冤，既申私礼；系颈就死，又明公法。今仍杀之，则成当世罪人；宥而活之，即为盛朝孝子。杀一罪人，未足弘宪；活一孝子，实广风德。张绪、陆澄，是其乡旧⑧，应具来由。融等与谦之并不相识，区区短见，深有恨然。"豫章王言之世祖。时吴郡太守王慈⑨，太常张绪⑩、尚书陆澄并表论其事⑪。世祖嘉其义，虑相复报，乃遣谦之随曹

---

① 吴郡钱唐：今浙江杭州。 ② 假葬：暂时安葬。 ③ 燎火：为除去田里野草而烧的火。 ④ 同产姊：同母所生的姐姐。 ⑤ 永明：齐武帝萧赜年号（483—493 年）。 ⑥ 别驾：州刺史的副官。记室：即记室参军，将军府中的幕僚。司徒左西掾：司徒府中的僚佐。笺：给上级或尊长者的书札。豫章王：齐高帝萧道成之次子萧嶷，封豫章王。 ⑦ 权时：暂时。 ⑧ 乡旧：同乡人。 ⑨ 吴郡：治所在今江苏吴县。 ⑩ 太常：朝廷掌管宗庙礼仪、文化教育的官。 ⑪ 尚书：尚书省分曹办事的官。陆澄（字彦渊）当时任度支尚书（掌管国家财务）。

虎西行。将发，幼方子恽于津阳门伺杀谦之①。谦之之兄选之又刺杀恽。有司以闻。世祖曰："此皆是义事，不可问。"悉赦之。吴兴沈𫖮闻而叹曰："弟死于孝，兄殉于义。孝友之节②，萃此一门。"选之字处林，有志节，著《辩相论》。幼时顾欢见而异之，以女妻焉。官至江夏王参军③。

【翻译】

朱谦之字处光，吴郡钱唐人。父亲朱昭之，因学识通达而受到乡里人的称道。朱谦之年方数岁时，他的生身母亲去世了，朱昭之将她暂时殡葬在田亩旁边，被同族人朱幼方放的燎火焚毁了。朱谦之的胞姊把这件事暗中告诉他，谦之年龄虽然很小，却非常哀伤悲戚好像在服丧一样。长大以后他不结婚娶妻。永明年间，他亲手用刀杀死了朱幼方，然后到官府狱中投案自首。县令申灵勖将此案上表报告，州府的别驾孔稚珪、兼记室刘琎、司徒左西掾张融写了书札给刺史豫章王萧嶷说："礼仪开启报仇的典范，用来申明孝义的感情；法律断绝杀

---

① 津阳门：当时建康城外城的南门，在宣阳门东侧。② 孝友：孝顺父母、友爱兄弟。 ③ 江夏王：齐高帝萧道成第十二子萧锋。参军：见《王敬则传》注。

人的条款，用来表明暂时的制裁。朱谦之挥刀斩杀冤仇之人，已经报了自己的私仇；然后投案自首，又申明了国家的法律。如今仍然将他处死，就使他成了当代的罪人；如果赦免他让他活命，他就成了太平盛世里的一名孝子。杀死一个有罪的人，不足以弘大宪法；而留下一个孝子，则确实可以推广风化道德。张绪、陆澄，都是他的同乡故人，应当说明事情发生的来由。我们几人与朱谦之并不相识，只是觉得他这样心胸狭隘采取缺少远见的举动，一定是有深深的冤恨。”豫章王将此事告诉齐世祖萧赜。当时吴郡太守王慈、太常张绪、尚书陆澄等人都上表议论这件事。世祖赞赏朱谦之的义气，但又顾虑他们互相再进行报复，就派遣朱谦之跟随曹虎出发到西面去。将要出发时，朱幼方的儿子朱恽，在津阳门伺机将朱谦之杀了。朱谦之的哥哥朱选之，又刺杀了朱恽。主管部门把这件事报告皇上。世祖说：“这都是有节义的事情，可以不加追查。”于是将他们都赦免了。吴兴人沈颢听了此事感叹道：“弟弟因为孝顺而死，哥哥又为节义而殉难。孝顺友爱的节操，都聚集到这一家来了。”朱选之字处林，有志气节操，著有《辩相论》。幼年时顾欢见到他，对他很看重，就把女儿嫁给了他。后来他官至江夏王的参军。

纪僧真传

本文选自《南齐书·倖臣传》。纪僧真出身寒门，由于追随萧道成，得到赏识，在齐朝高帝、武帝、明帝时代，都受恩遇和重用。他有一定的才干，在萧道成登基以前，纪僧真给予谋划和协助，可见其善于审时度势、随机应变。像他这样出身低微而有一定的才干，因而得到重用的人，在南朝时不乏其人，《倖臣传》中的人物大多属于此类。南朝几个开国皇帝自己也是出身寒门，因而也能任用一些出身寒门的人做官，使魏晋以来严重的门阀制度稍有改变。但作者萧子显将这一类人贬称为“倖臣”，则反映了他站在门阀观念立场上的某种偏见。

纪僧真，丹阳建康人也①。僧真少随逐征西将军萧思话及子惠开②，皆被赏遇。惠开性苛，僧真以微过见罚，既而委任如旧。及罢益州还都③，不得志，僧真事之愈谨。惠开临终叹曰："纪僧真方当富贵，我不见也。"乃以僧真托刘秉、周颙。初，惠开在益州，土反，被围危急，有道人谓之曰："城围寻解。檀越贵门后方大兴④，无忧外贼也。"惠开密谓僧真曰："我子弟见在者，并无异才。政是道成耳。"僧真忆其言，乃请事太祖。随从在淮阴⑤，以闲书题⑥，令答远近书疏。自寒官历至太祖冠军府参军⑦、主簿⑧。僧真梦蒿艾生满江，惊而白之。太祖曰："诗人采萧，萧即艾也⑨。萧生断流，卿勿广言。"其见亲如此。

元徽初⑩，从太祖顿新亭⑪，拒桂阳贼⑫。萧惠朗突入东门，僧真与左右共拒战。贼退，太祖命僧真领亲兵，

---

① 丹阳建康：今江苏南京。 ② 征西将军：见《王敬则传》注。 ③ 益州：治所在今四川成都。 ④ 檀越：梵语的音译，意为"施主"。 ⑤ 淮阴：郡名，治所在今江苏淮阴东南。 ⑥ 闲：同"娴"，熟练。 ⑦ 冠军府参军：冠军将军府中的僚属。 ⑧ 主簿：见《刘瓛传》注。 ⑨《诗·王风·采葛》："彼采萧兮。"《说文》："萧，艾蒿也。" ⑩ 元徽：宋后废帝刘昱年号(473—477年)。 ⑪ 新亭：在今江苏南京西南。 ⑫ 桂阳贼：指桂阳王刘休范，元徽二年(474年)举兵反叛。参见《高帝纪》。

游逻城中。事宁，除南台御史①、太祖领军功曹②。上将废立，谋之袁粲、褚渊。僧真启上曰："今朝廷猖狂，人不自保。天下之望，不在袁、褚。明公岂得默己，坐受夷灭？存亡之机，仰希熟虑。"太祖纳之。

太祖欲度广陵起兵③，僧真又启曰："主上虽复狂衅，虐加万民，而累世皇基，犹固盘石。今百口北度，何必得俱？纵得广陵城，天子居深宫施号令，目明公为逆，何人避此？如其不胜，则应北走胡中。窃谓此非万全策也。"上曰："卿顾家，岂能逐我行耶？"僧真顿首称无贰。升明元年④，除员外郎⑤，带东武城令⑥。寻除给事中⑦、邵陵王参军⑧。

太祖坐东府高楼⑨，望石头城⑩，僧真在侧。上曰："诸将劝我诛袁、刘，我意不欲便尔。"及沈攸之事起⑪，从

---

① 南台御史：即御史中丞，朝廷中央监察官。南台：即御史台。 ② 领军功曹：领军将军府中掌考察记录功劳的官吏。 ③ 广陵：今江苏扬州。 ④ 升明：宋顺帝刘凖年号。升明元年：477 年。 ⑤ 员外郎：见《高帝纪》注。 ⑥ 东武城：县名。刘宋时东武城治所当在今江苏境内，具体地扯不详。 ⑦ 给事中：见《刘瓛传》注。 ⑧ 邵陵王：齐武帝第十四子萧子贞，封邵陵王。参军：见《王敬则传》注。 ⑨ 东府：在今江苏南京东南，当时为扬州刺史的治所。 ⑩ 石头城：在今南京西南。当时司徒袁粲、尚书令刘秉率兵在石头城据守。 ⑪ 沈攸之事：参见《高帝纪》。

大祖入朝堂①。石头反夜②,太祖造众军掩讨。宫城中望石头火光及叫声甚盛,人怀不测。僧真谓众曰:“叫声不绝,是必官军所攻。火光起者,贼不容自烧其城,此必官军胜也。”寻而启石头平。上出顿新亭,使僧真领千人在帐内。初,上在领军府,令僧真学上手迹下名,至是报答书疏,皆付僧真。上观之,笑曰:“我亦不复能别也。”初,上在淮阴治城,得一锡趺③,大数尺,下有篆文,莫能识者。僧真曰:“何须辨此文字,此自久远之物,九锡之徵也④。”太祖曰:“卿勿妄言。”及上将拜齐公,已克日,有杨祖之谋于临轩作难⑤。僧真更请上选吉辰,寻而祖之事觉。上曰:“无卿言,亦当致小狼狈。此亦何异呼沲之冰⑥。”转齐国中书舍人⑦。

---

① 朝堂:百官议事的地方。 ② 石头反:指袁粲、刘秉等人在石头城起兵反叛。 ③ 锡趺(fū 夫):用锡制成的碑石或钟磬等乐器下面的座基。 ④ 九锡:传说为古代帝王尊礼大臣所赐的九种器物。自西汉王莽以来,凡掌政大臣夺取政权,建立新王朝前,都先加九锡。 ⑤ 临轩:皇帝来到殿堂前堂陛之间轩槛处。这里指宋帝将举行拜萧道成为齐公的礼仪时。 ⑥ 呼沲:即滹沱河。呼沲之冰:《后汉书·光武帝纪》载,更始二年,刘秀至呼沲河,无船,适遇冰合,得以渡过。后以“呼沲之冰”比喻危急关头得到帮助。 ⑦ 齐国:宋顺帝给萧道成的封国。中书舍人:见《高帝纪》注。

建元初[1]，带东燕令[2]，封新阳县男，三百户。转羽林监[3]，加建威将军[4]，迁尚书主客郎[5]、太尉中兵参军[6]，令如故。复以本官兼中书舍人。太祖疾甚，令僧真典遗诏。永明元年[7]，宁丧[8]，起为建威将军，寻除南泰山太守[9]，又为舍人，本官如故，领诸王第事。

僧真容貌言吐，雅有士风。世祖尝目送之，笑曰："人何必计门户，纪僧真常贵人所不及。"诸权要中，最被眄遇[10]。除越骑校尉[11]，余官如故。出为建武将军[12]、建康令[13]。还除左右郎将[14]、泰山太守[15]。加先驱使[16]。寻除前军将军[17]。遭母丧，开冢得五色两头蛇。世祖崩，僧真号泣思慕。明帝以僧真历朝驱使，建武元年[18]，除游击

---

① 建元：齐高帝萧道成年号，479—482 年。 ② 东燕：县名，治所当在今江苏境内，具体地扯不详。 ③ 羽林监：皇宫禁卫军首领。 ④ 建威将军：当时设置的各种杂号将军之一。⑤ 主客郎：尚书省负责接待外宾的郎官。 ⑥ 太尉中兵参军：太尉府中的僚属。 ⑦ 永明：齐武帝萧赜年号。永明元年，483 年。 ⑧ 宁丧：为父母服丧。《南史》作"丁父丧"。 ⑨ 南泰山：郡名，治所在今江苏灌云北。 ⑩ 眄（xì 戏）遇：重视、赏识。 ⑪ 越骑校尉：见《王敬则传》注。 ⑫ 建武将军：当时各种杂号将军之一。 ⑬ 建康：今江苏南京，当时为南齐都城。⑭ 左右郎将：朝廷统兵的武官，级别略次于将军。 ⑮ 泰山：郡名，治所在今山东泰安东南。 ⑯ 先驱使：杂内官名，皇帝出行时力先导。 ⑰ 前军将军：中央朝廷统兵将军之一。⑱ 建武：齐明帝萧鸾年号。建武元年：494 年。

将军①,兼司农②,待之如旧。欲令僧真治郡,僧真启进其弟僧猛为镇蛮护军③、晋熙太守④。永泰元年⑤,除司农卿⑥。明帝崩,掌山陵事⑦。出为庐陵内史⑧,年五十五,卒。

【翻译】

纪僧真,丹阳建康人。纪僧真年轻时跟随征西将军萧思话和他的儿子萧惠开,得到他们父子二人的赏识。萧惠开性情苛刻,僧真因为犯了很小的过错就遭到他的惩罚,但不久就又对他委以信任同往常一样了。到了萧惠开从益州离任回到都城,很不得志,而纪僧真对他的事奉却更加恭敬。萧惠开临终时感叹说:“僧真将要得到富贵,可惜我看不见了。”于是他把纪僧真托咐给刘秉、周颙。当初,萧惠开在益州时,当地人造反,他被围困,十分危急。有一个道士却对他说:“城外的包围不久就会解除。施主的贵门以后将要大大的兴盛,不必忧虑

① 游击将军:见《高帝纪》注。 ② 司农:朝廷主管钱粮和农业的官。 ③ 镇蛮护军:当时镇守边境的将军的一种官号。 ④ 晋熙:郡名,治所在今安徽潜山。 ⑤ 永泰:东昏侯萧宝卷年号。永泰元年:498 年。 ⑥ 司农卿:即大司农,为九卿之一。 ⑦ 山陵事:指管理帝王陵墓的事。 ⑧ 庐陵:郡名,治所在今江西吉水。内史:见《王僧虔传》注。

外面的贼兵。”萧惠开私下对纪僧真说：“我姓萧的子弟们现在还活着的，都没有什么奇异才能。道人所说的恐怕正是萧道成。”纪僧真记着这句话，于是后来就请求事奉齐太祖萧道成。他跟随萧道成在淮阴，因为善于起草书写文书，萧道成命令他答复远近之人的书信奏疏。纪僧真从卑下的官职一直升任为萧道成冠军府中的参军、主簿。有一次纪僧真梦见长江里长满了蒿艾，惊醒后就告诉萧道成，萧道成说：“诗人采萧，萧就是蒿艾。萧长出来阻断了江流，你不要对外人多说。”他被亲信到如此地步。

元徽初年，纪僧真跟随萧道成驻守新亭，抵挡桂阳王刘休范的反叛。萧惠朗冲入东门，僧真与左右的人共同抵抗。贼兵退后，萧道成命令纪僧真率领亲兵，在城中巡逻。事情平息后，他被任命为南台御史、萧道成领军府的功曹。萧道成准备废黜宋帝另立，与袁粲、褚渊谋划。纪僧真启禀萧道成说：“如今朝廷肆意妄行，人人不能自保。天下人的希望，并不寄托在袁、褚二人身上。圣明的主公岂能保持自己的沉默，坐等灭亡之灾呢？生死存亡的关键时刻，希望您深思熟虑。”萧道成采纳了他的意见。

萧道成打算渡江到广陵去起兵，纪僧真又启禀说：“皇上虽然又举动狂妄，虐害万民，但几代积累起来的皇朝根基,仍然像盘石一样坚固。如今您率领众人北渡长江,如何一定能使众人都跟您去?纵使得到了广陵城,天子却可以在深宫里发号施令,把圣明的主公您看成是逆贼,您如何才能逃脱?如果不能获胜,大概只能向北逃到胡人那里去了。我认为这不是确保万全的计策。”萧道成说:“你顾念自己的家,哪里会跟随我行动?”纪僧真叩着头声称自己没有二心。升明元年(477 年),任命为员外郎,兼领东武城令。不久又任命为给事中、邵陵王府的参军。

萧道成坐在东府高楼上,眺望石头城,纪僧真在一旁。萧道成说:“各位将领劝说我诛杀袁粲、刘秉,我觉得现在还不便动手。”到沈攸之谋反的事情发生后,纪僧真跟随太祖进入朝堂。石头城反叛的那天夜里,萧道成派众军去讨伐。宫城里望见石头城一片火光,叫喊声很高。人们不知情况,心意不定。僧真对众人说:“叫声不绝,这一定是官军在进攻。火光生起,贼兵是不会自己烧毁其城池,这一定是官军胜利了。”不久就有人来启奏,说石头城的叛乱已被平息。萧道成出去驻守新亭,让纪僧真带领一千人在营帐内。当初,萧道成在领军府时,叫纪僧真模仿他的手迹签名,到这时凡是答复的书札文件,都交给纪僧真处理。萧道成看了他的签名,笑着说:“连我自己也不再能辨别其真假了。”当初,萧道成在淮阴修整城墙，得到一个锡制的碑座，有好几尺大，下面刻有篆文，没有人能认识。纪僧真说：“何必辨认这些文字，这是很久以前的古物，是将要得到九锡的征兆。”萧道成说：“你不要乱说。”到后来萧道成将要被封为齐公，已经定下了日期，有一个叫杨祖之的阴谋在皇上临轩时发难。纪僧真又请求萧道成另选一个吉祥的日子。不久杨祖之的事被发觉。萧道成说：“如果没有你事前说的话，我就要遇到小麻烦了。这与当初汉光武帝渡滹沱河时巧遇河上结冰有什么两样?”后来纪僧真便转任齐国中书舍人。

建元初年，纪僧真兼领东燕令，封为新阳县男爵，食邑三百户。后转任羽林监，加封为建威将军，迁任尚书主客郎、太尉中兵参军，县令之职依旧。后又以本身官职兼任中书舍人。太祖萧道成病重时，令纪僧真主持写下遗诏。永明元年(483 年)，纪僧真因父亲去世而离任服丧，除丧后又任建威将军，不久任命为南泰山太守，又任中书舍人，本身的官职依旧。并兼管诸王府第之事。

纪僧真的容貌和谈吐，儒雅而有士人的风度。齐世祖萧赜曾经目送着纪僧真，笑着说：“人何必要计较门第，纪僧真是那些出身高贵的人也往往比不上的。”在各位掌握要害大权的人当中，纪僧真最受赏识和信任。后被任命为越骑校尉，其它官职依旧。又出任建武将军、建康令。回都城后任命为左右郎将、泰山太守。加任先驱使。不久任命为前军将军。遇到母亲去世，挖开坟墓得到有五种颜色的两头蛇。齐世祖萧赜驾崩，纪僧真号哭思念。齐明帝萧鸾因为纪僧真受到前面几代皇帝的任用，在建武元年(494 年)，任命他为游击将军，兼任司农，对待他与前代皇帝一样。明帝又想叫纪僧真治理郡邑，僧真启奏推荐他的弟弟纪僧猛为镇蛮护军、晋熙太守。永泰元年(498 年)，任命为司农卿。明帝驾崩后，他负责管理皇帝陵墓。出任庐陵内史。五十五岁时去世。

东南夷传

《南齐书》有外国传三卷，记录了当时南齐朝廷版图周边一些政权和民族的有关情况，对研究南齐时期的民族关系和中外交流具有重要参考价值。这里节录的是《东南夷传》中有关扶南国的一段记载。扶南国的所在地大致相当于今天的柬埔寨。文中记录了齐武帝永明年间扶南国王侨陈如阇耶跋摩派遣天竺道人释那伽仙为使者出使南齐，并请求齐武帝派兵联合讨伐林邑国的一段史实，同时还简要介绍了扶南国的历史和风土人情。

扶南国[1]，在日南之南大海西湾中[2]，广袤三千余里，有大江水西流入海。其先有女人为王，名柳叶。又有激国人混填[3]，梦神赐弓一张，教乘舶入海。混填晨起于神庙树下得弓，即乘舶向扶南。柳叶见舶，率众欲御之。混填举弓遥射，贯船一面通中人[4]。柳叶怖，遂降。混填娶以为妻。恶其裸露形体，乃穿叠布贯其首。遂治其国。子孙相传。

至王槃况死，国人立其大将范师蔓。蔓病，姊子旃篡立，杀蔓子金生。十余年，蔓少子长袭杀旃，以刃镵旃腹曰[5]："汝昔杀我兄，今为父兄报汝。"旃大将范寻又杀长，国人立以为王。是吴、晋时也。晋、宋世通职贡[6]。

宋末，扶南王姓侨陈如，名阇耶跋摩，遣商货至广州。天竺道人那伽仙附载欲归国[7]，遭风至林邑[8]，掠其财物皆尽。那伽仙间道得达扶南，具说中国有圣主受命。

---

① 扶南国：南海古国名，一名跋南，位于今天的柬埔寨及湄公河三角洲一带。 ② 日南：东晋郡名，治所在今越南广溪。 ③ 激国：古国名，所在不详。 ④ 中人：指王宫侍者。 ⑤ 镵（chán 蝉）：刺。 ⑥ 职贡：进贡物品。 ⑦ 天竺：印度的古称。 ⑧ 林邑：南海古国，一名占城，位于今越南中部。

永明二年，阇耶跋摩遣天竺道人释那伽仙上表①，称扶南国王臣侨陈如阇耶跋摩叩头启曰："天化抚育，感动灵祇，四气调适。伏愿圣主尊体起居康豫②，皇太子万福，六宫清休③，诸王妃主内外朝臣普同和睦，邻境士庶万国归心，五谷丰熟，灾害不生，土清民泰，一切安稳。臣及人民，国土丰乐，四气调和，道俗济济，并蒙陛下光化所被，咸荷安泰。"又曰："臣前遣使赍杂物行广州货易④，天竺道人释那伽仙于广州因附臣舶欲来扶南。海中风漂到林邑，国王夺臣货易，并那伽仙私财。具陈其从中国来此，仰序陛下圣德仁治，详议风化，佛法兴显，众僧殷集，法事日盛，王威严整，朝望国轨，慈愍苍生，八方六合，莫不归伏。如听其所说，则化邻诸天，非可为喻。臣闻之，下情踊悦，若蹔奉见尊足⑤，仰慕慈恩，泽流小国，天垂所感，率土之民，并得皆蒙恩祐。是以臣今遣此道人释那伽仙为使，上表问讯奉贡，微献呈臣等赤心，并别陈下情。但所献轻陋，愧惧唯深。伏愿天慈曲照，鉴其丹款⑥，赐不垂责。"又曰："臣有奴名鸠酬罗，委臣逸走，别在余处，构结凶逆，遂破林邑，仍自立为王，永

---

① 释：东晋高僧道安决定僧人以"释"为姓，故后世僧人名字前常冠以"释"字。 ② 唐豫：安康快乐。 ③ 清休：清静和美。 ④ 赍(jī 基)：携带。 ⑤ 蹔：同"暂"，一时，谓时间短。尊足：犹言"足下"。 ⑥ 丹款：赤诚的心。

不恭从。违恩负义，叛主之僁①，天不容载。伏寻林邑昔为檀和之所破②，久已归化。天威所破，四海弥伏。而今鸠酬罗守执奴凶，自专很强。且林邑扶南邻界相接，亲又是臣奴，犹尚逆去。朝廷遥远，岂复遵奉？此国属陛下，故谨具上启。伏闻林邑顷年表献简绝，便欲永隔朝廷，岂有师子坐而安大鼠③？伏愿遣军将伐凶逆，臣亦自效微诚，助朝廷剪扑，使边海诸国，一时归伏。陛下若欲别立余人为彼王者，伏听敕旨。脱未欲灼然兴兵伐林邑者④，伏愿特赐敕在所，随宜以少军助臣，乘天之威，殄灭小贼，伐恶从善。平荡之日，上表献金五婆罗⑤。今轻此使送臣丹诚，表所陈启，不尽下情，谨附那伽仙并其伴口具启闻。伏愿愍所启。并献金镂龙王坐像一躯，白檀像一躯，牙塔二躯，古贝二双，琉璃苏钰二口⑥，瑇瑁槟榔柈一枚⑦。”

---

① 僁(qiān 千)：同“愆”，罪过。 ② 檀和之：南朝宋代大臣，曾任交州刺史，宋元嘉二十三年(446 年)曾率兵攻破林邑。 ③ 师子：即狮子。 ④ 脱：倘若。灼然：明显的样子。⑤ 婆罗：一作“婆兰”，古代重量单位。 ⑥ 琉璃：一种宝石。苏钰：未详。 ⑦ 瑇瑁(dài mào 代冒)：一种海龟，甲壳可制成工艺品。柈：盘子。

那伽仙诣京师，言其国俗事摩醯首罗天神①，神常降于摩躭山。土气恒暖，草木不落。……

诏报曰："具摩醯降灵，流施彼土，虽殊俗异化，遥深欣赞。知鸠酬罗于彼背叛，窃据林邑，聚凶肆掠，殊宜剪讨。彼虽介遐陬②，旧修蕃贡③。自宋季多难，海译致壅。皇化惟新，习迷未革。朕方以文德来远人，未欲便兴干戈。王既款列忠到，远请军威，今诏交部随宜应接④。伐叛柔服，寔惟国典；勉立殊效，以副所期。那伽仙屡衔边译，颇悉中土阔狭，令其具宣。"上报以绛紫地黄碧绿纹绫各五匹。

扶南人黠惠知巧，攻略傍邑不宾之民为奴婢，货易金银彩帛。大家男子截锦为横幅⑤，女为贯头，贫者以布自蔽。锻金镮镆⑥，银食器。伐木起屋，国王居重阁，以木栅为城。海边生长大箬叶⑦，长八九尺，编其叶以覆屋。人民亦为阁居。为船八九丈，广裁六七尺，头尾似鱼。国王行乘象，妇人亦能乘象。斗鸡及狶为乐⑧。无

---

① 摩醯首罗天神：佛教天神名，又名莫醯伊湿伐罗或湿婆天、自在天。其形象为八臂三眼，骑白牛。 ② 遐陬：边远的角落。 ③ 蕃贡：指外国向中国进贡。 ④ 交：指交州，治所在今越南河内东北。 ⑤ 横幅：遮覆下身的腰裙。 ⑥ 镮镆：套在臂上作装饰的圈。 ⑦ 箬（ruò 若）叶：芭蕉叶。 ⑧ 狶（xí 习）：大猪。

牢狱。有讼者，则以金指镮若鸡子投沸汤中，令探之。又烧锁令赤，著手上捧行七步，有罪者手皆燋烂，无罪者不伤。又令没水，直者入即不沉，不直者即沉也。有甘蔗、诸蔗、安石榴及橘①，多槟榔，鸟兽如中国。人性善，不便战，常为林邑所侵击。不得与交州通，故其使罕至。（节录）

【翻译】

扶南国，在日南的南边大海的西海湾中，纵横有三千多里，有大江水向西流入海中。早先有女人在那里为王，名叫柳叶。后来又有激国人混填，梦见神灵赐给他一张弓，教他乘船入海。混填早晨起来在神庙的树下得到了弓，就乘了船到扶南国去。柳叶看见船来，率领众人想要抵抗。混填举起弓箭远远射去，箭穿过一面船舷射中柳叶的侍者。柳叶害怕，就投降了。混填就娶了柳叶为妻。他讨厌柳叶赤身裸体，便把布折叠起来让她穿在身上，包在头上。于是便治理了这个国家，子孙代代相传。

到了国王槃况死时，国人立了大将范师蔓为王。蔓

① 诸蔗：甘蔗的一种。一说“诸蔗”当为“甘藷”，即红薯。安石榴：石榴的别名。

得了病，他姊姊的儿子旃就篡夺了王位，杀了蔓的儿子金生。十多年后，蔓的小儿子长又袭击杀死了旃，他用刀刺着旃的肚子说："你昔日杀了我的哥哥，如今我要为父兄向你报仇。"旃的大将范寻又杀了长，国人就立他为王。这是三国吴和西晋时候的事。晋、宋两代，他们与中国交往并进贡物品。

宋朝末年，扶南国王姓侨陈如，名叫阇耶跋摩，他派商人到广州做买卖。天竺的道人那伽仙搭乘他们的船打算回国，遇上大风来到林邑国，林邑人把他们的财物全部掠夺去了。那伽仙从小路得以到达扶南国，他详细叙述了中国有圣明君主接受了天命的事。

齐永明二年(484 年)，阇耶跋摩派遣天竺道人释那伽仙上表给齐武帝，自称为扶南国王臣侨陈如阇耶跋摩，叩头启禀道："天朝教化抚育万物，感动了神灵，四季气候调和。我祝愿圣明的君主尊贵的身体起居安宁快乐，皇太子万福，六宫嫔妃清静和美，诸王和王妃以及内外朝廷大臣全都和睦，相邻所有国家士人庶民都诚心归顺，五谷丰收，灾害不生，土地清净，人民太平，一切安稳。我和我的人民，国土丰硕欢乐，四时气候调和，僧徒和俗人济济一国，都承蒙陛下光辉教化的照耀，一起得到安乐太平。"又说："我以前曾派遣使者带着各种物品到广州进行贸易，天竺道人释那伽仙在广州乘便搭我的船要来扶南。在海上遇风漂泊到林邑国，林邑国王抢夺了我的货物，以及那伽仙的私人财产。那伽仙详细陈述了他从中国到这里来的经过，仰慕地叙述了陛下的圣明道德和仁慈治理，详细评议那里的风俗教化，佛教兴盛显赫，众多僧徒聚集，法事日益盛大，天子威仪严整，朝廷有声望，国家上正轨，慈悲怜爱广大民众，四面八方的人，无不归顺。如果听他所说，那真是教化与天相齐，也不足以比喻。我听到这些，情绪激动欣喜，若能得一时拜见足下，仰慕仁慈的恩德，让您的恩泽流到我们小国，使一切天威垂照的地方，所有土地上的人民，都能承受到恩泽和福祐。所以我今天派遣这位道人释那伽仙为使者，上表问候并奉献贡品，微薄的奉献表达我等一片赤心，并另行陈述我们的心意。只是所献的物品轻贱简陋，内心深为愧惧。希望天子慈祥的光芒普照一切，明察我等的赤诚之心，赐恩不加责备。”又说：“我有一名臣奴名叫鸠酬罗，抛弃了我逃走，到别的地方去，勾结了凶邪叛逆的人，攻破了林邑国，于是便自立为王，永远不再顺从。忘恩负义，背叛君主的罪行，上天不能容忍。我推究林邑国从前已被檀和之攻破，很久以来已经归顺教化。天子的声威影响的地方，四海之内无不顺服。而如今鸠酬罗据守一批凶恶的奴仆，专横倔犟不顺服。再说林邑与扶南边界相接，他还曾经是我的奴仆，关系亲近，然而他还是叛逆而去。天子朝廷那么遥远，他哪里还会遵奉？此国属于陛下，所以我谨向您详细禀告。听说林邑国近年来给朝廷的奏表和贡献已经减少殆尽，就要与朝廷永远隔绝，哪有狮子坐上位而安心让大老鼠在一旁捣乱的？希望朝廷派军将来讨伐凶逆，我也献上自己一点诚心，帮助朝廷一道出击，使边海各国，一时全部归顺。陛下如果想另立其他人在那里为王，则完全听从陛下的圣旨。如果不愿公然兴兵讨伐林邑，则希望陛下特别下达旨令给此间部属，请他们根据情况以少量军队帮助我，乘着天子的声威，消灭小小叛贼，讨伐恶人使他从新归善。平定叛贼的日子，我将上表奉献黄金五婆罗。如今先派此轻微的使者送上我一片诚心，表文中所陈述启禀的，不足以全部表达我的情意，谨嘱托那伽仙及其同伴亲口具体启告。窃自希望陛下怜悯我们的请求。同时献上金镂龙王坐像一尊，白色檀木雕像一尊，象牙佛塔两座，古贝壳两双，琉璃苏钕两个，瑇瑁槟榔盘一只。”

那伽仙来到京城，说他们国家民间风俗事奉摩醯首罗天神，神常降临于摩躭山。国土气候常年温暖，草木经冬不凋落。……

皇帝诏书答复说：“具悉摩醯首罗天神降灵，施惠于彼方国土，虽然风俗不同教化各异，但朕远远地深表欣赏赞叹。得知鸠酬罗在那里背叛，窃据了林邑国，聚集凶徒肆行掠夺，的确应当剪除讨伐。彼国虽然处于远方一角，过去也曾向中国称臣纳贡。自宋末以来国家多难，海外的沟通翻译出现阻塞。我皇朝大化惟新，但多年的失误尚未全部革除。朕将要用文德来感召远方之人，不想动用干戈。大王既然诚恳地陈述了一片忠心，远远地请求我军的声威，朕今下诏命令交州的部属根据情况给予接应。讨伐叛逆，怀柔远人，实是国家法典；请努力建立功效，以符合朕的期望。那伽仙多次担任边国的翻译，很熟悉中国的情况，朕令他具体宣布旨意。”皇上用绛紫、地黄、碧绿三种颜色的纹绫各五匹作为报答的礼品。

扶南人狡黠聪明灵巧，攻夺附近城邑不肯臣服的民众当作奴婢，经营金银彩帛的贸易。大家族的男子裁截锦缎制作腰裙，女子用锦缎包头。贫穷的人用布遮覆自己。锻造金的臂圈，银的饮食器皿。砍伐树木造房屋，国王居住在重叠的阁楼上，用木栅栏作为城墙。海边生长大芭蕉叶，有八九尺长。他们把叶子编结起来覆盖屋顶。人民也居住在阁楼上。制造船艘有八九丈长，宽只有六七尺，头尾好像鱼一样。国王出行乘坐大象，妇女也能乘坐大象。斗鸡斗猪作为娱乐。没有监牢和狱吏。如有争讼的人，就将金指环像鸡蛋一样投入沸水中，让他们伸手去捞取。又把铁锁烧红，放在手上捧着走七步，有罪的人手都会烧烂，无罪的人则不会受伤。又让他们沉到水里，理直的人入水不会沉，理曲的人就会沉下去。出产有甘蔗、红薯、石榴和橘子，多产槟榔，鸟兽和中国一样。人民性情善良，不善于作战，经常被林邑国侵略袭击。不得与交州交通，所以他们的使者很少到来。

《古代文史名著选译丛书》编纂始末①

马樟根　安平秋

今年1月，《古代文史名著选译丛书》已经出到100种101册（其中《史记》为2册）。4月份，最后的33种也已交稿。这样，全书133种即将呈献在读者面前。② 一项服务当前、造福子孙的普及优秀古代文化、进行爱国教育的大工程将宣告完工了。回想

①《古代文史名著选译丛书》由全国高校古籍整理研究工作委员会主持，古委会直接联系的18个古籍整理研究所为主要承担机构，章培恒、安平秋、马樟根任主编。本文于1992年4月，在《中国典籍与文化》杂志发表时题目是《衣带渐宽终不悔——〈古代文史名著选译丛书〉编纂始末》。这次将此文作为2011年修订版附录时，去掉原正标题，以原副标题为正式题目。 ② 至1994年4月最后定稿时，全书为135部。2011年修订版出版时，全书为134部。

这一套丛书动员18所院校，投入100余人，从1985年筹划，1986年起步，到今天已度过了六七年的岁月，个中甘辛令人难以忘怀。

一、北大·苏州·北大

——酝酿与筹划

编纂这样一套丛书，起因于1981年7月。当时陈云同志派人到北京大学召开了小型座谈会。来人告诉与会人员陈云同志最近在考虑两个问题：一个是粮食，一个是古籍整理。对古籍整理，特别讲到陈云同志说："整理古籍，为了让更多的人看得懂，仅作标点、注释、校勘、训诂还不够，要有今译，争取做到能读报纸的人多数都能看懂。有了今译，年轻人看得懂，觉得有意思，才会有兴趣去阅读。今译要经过选择，要列出一个精选的古籍今译的目录，不要贪多。"这就是后来收入《陈云文选》的那段话。1981年9月，中共中央关于整理我国古籍的文件中一字不差地强调了这段话。1983年，教育部成立了全国高校古籍整理研究工作委员会（简称古委会）。古委会主任周林同志根据中央和陈云同志意见，提出了组织力量今译古籍。但在当时，经过"文革”后的古籍整理工作百废待兴，加之一些学者对今译重要性的认识远非今日之深，这一工作一拖便是两年。

1985年5月，全国高校古委会在苏州召开了一届二次会议。周林同志在会上作了“人才培养和古代文化遗产普及问题”的专题发言，他分析了“解放三十多年来，由于‘左’的路线干扰，特别是‘文化大革命’，几乎使我们的民族文化到了中断的边缘，出现了对古代文化知之不多，或知之甚少的状况”，要教育界的同志“做好普及古代文化知识的工作”，搞好古籍的今注今译就是其中的一项重要任务，“高校古委会要在这方面多下功夫”，“高校古籍研究所无疑应担负起这个任务”。他针对当时一些人轻视古籍的今注今译思想，呼吁“我们对于选本、今译等有利于教育普及的东西，应承认它的学术价值”，“《昭明文选》、《唐诗三百首》、《古文观止》等是地道的选本，流传几百年，发生那么大的影响，能说没有水平？”“专家们深入浅出的在对古文献研究基础上的译注，对普及古代优秀文化作出重大贡献，算不算高水平的成果呢？”“古文既要译得恰当、准确，又要通畅易懂，难度是很大的”，“为了社会主义精神文明建设，古籍整理这方面也要作出应有的贡献”。一石激浪，沉寂了几年的今译古籍的话题又重新活跃起来。会上作了一番认真讨论。

经过这样的酝酿，1985 年 7 月，全国高校古委会科研项目评审组的专家们聚集在北京大学勺园，筹划编纂一套古籍今译的精选本。初步定名为《古籍今译丛书》，议定了收书范围、内容，开列了 65 种书的选目。并决定由科研项目专家评审组召集人、复旦大学古籍所所长章培恒教授和参加过陈云同志在北大召开座谈会、当时古委会主管科研工作的副秘书长安平秋同志共同负责，与秘书处同志一起具体筹划。经几个月的筹备，决定由古委会直接联系的 18 个高校古籍研究所承担这一工作，组成编委会，并开列出 89 种书的选目，对选译的进度、规划亦作了设计。此时，几家出版社闻讯而至，表示愿意出版这套丛书。最早与我们联系的巴蜀书社的段文桂社长以其强烈的事业心和对古籍今译的高度重视感动了我们，于是决定邀请巴蜀书社编辑参加第一次编委会议。

二、从柳浪闻莺到桂子山上

——第一批书稿的产生

第一次编委会于 1986 年 5 月在杭州柳莺宾馆

召开。宾馆因位于西湖十景之一的柳浪闻莺而得名。全国高校18个研究所的24名学者和有关人员聚集在这风景胜地，无心观柳，亦无从闻莺，紧张地工作了三天。会上确定了这套普及读物的读者对象是具有中等以上文化程度的广大群众，收书范围是中国历代文史名著，在名著之中选精。所选书目，在原拟89种基础上，调整为116种，以形成系统性。书中选篇之下分提示、原文、今译、注释四部分，以译文为主，书前有一前言，书中加入必要的插图。每一种书约10—15万字。书名确定为《古代文史名著选译丛书》。即由到会的24位学者组成丛书编委会①，由章培恒、马樟根、安平秋三人任主编。于是，编委会立即分成三个工作小组，在会上分头拟出丛书《凡例》、《编写、审稿要求》和《文稿书写格式》，经讨论修改而形成了正式文字以供遵循。在

① 编委会成员按姓氏笔划排列为：
马樟根　平慧善　安平秋　刘烈茂　许嘉璐　李国祥
金开诚　周勋初　宗福邦　段文桂　董治安　倪其心
黄永年　章培恒　曾枣庄(以上为常务编委)
王达津　吕绍纲　刘仁清　刘乾先　李运益　杨金鼎
曹亦冰　常绍温　裴汝诚(以上为编委)

自报的前提下，会上确定了由 18 个研究所承担前 40 部书的今译任务，要求当年年底完成。古委会主任、丛书顾问周林同志对编委会的认真精神、紧张工作和显著效率十分赞赏，他说："有这样一个编委会，有这样一个阵容来做选译，使中国历史文化不成为专属于少数人的知识，使能看报纸的人都读懂自己民族的名著，从而树立爱国主义、建设有民族特色的精神文明，其意义之深远将会在今后愈益显露出来。"于是，有 1000 余万字的大工程便从这里开始了。

当年年底各研究所的今译书稿经作者完成后，由在该所的编委审改，到 1987 年 5 月和 7 月，先后在复旦大学、北京大学两次召开编委审稿会。这种审稿会，说是审稿，实际上是边审边改，字斟句酌，每部书稿必须经一位编委、一位常务编委审改把关，经过这样两道工序，汇总到主编手中，40 部书稿通过了 25 部。其中部分书稿赶印了样稿征求意见。于是周林同志于 7 月 6 日在北大临湖轩邀请了在京十几位专家与正在审稿的编委一起研究样稿，探讨如何提高这套今译丛书的质量。

根据编委审稿发现的问题和在京专家们的意

见，从书亟需在已定体例的框架中条列细则；而出版单位巴蜀书社又希望所出版的第一批书为50种以便形成格局，需要布置各研究所承担新的今译任务。这样，1987年10月在华中师范大学再次召开了编委会，又请了詹锳、周振甫、刘乃和、郭预衡等先生到会指导。

这次编委会是在审看了40部书稿后，发现了一大批问题亟待解决，又是在需要布置下一步任务的状况下召开的，是一次承上启下的编委会。会议初期人们的心情和会上的气氛都带有一股子严峻与急切。会议从5日到8日开了三天半。但是在4日晚上开预备会的时候，主编章培恒先生尚未到会，亦无他是否已从上海出发的信息。5日上午就要开会了，主编不到怎么行呢？5日一早，我们还在沉睡之中，忽听有人敲门，进来的竟是章培恒！一向风神儒雅、衣装考究的章培恒先生，此时却是一身尘灰、满脸疲惫地站在我们面前。原来他从上海出发前，未能买到机票或船票，而上海到武汉又没有直达火车，只好先从上海坐火车到长沙，为了不误5日上午开会，他只好买了一张无座票，夜间从长沙出发一直站到武昌。一向走路辨不清方向的章培恒竟然在夜色未退之前一人从车站摸到了华中师大专家楼，也算是奇迹。

这次编委会，从体例的具体要求、书中选篇是否合适、每篇中的提示如何写、注释的繁简和语言的通俗性，到今译的信达雅如何把握，例如李白的“床前明月光，疑是地上霜，举头望明月，低头思故乡”这样通俗的诗是否要翻译，在在都有热烈的争论。感谢编委们的努力和学术判断力，最后终于形成了一个《细则》，一切争论都统一在这个《细则》之上。编委们在思想明确、分得新的任务之后，显出了少有的轻松与喜悦。会议结束正逢中秋节，华中师大的专家楼坐落在武昌桂子山上。入夜，桂子山上举行了赏月茶会，几张方桌，围坐着全体编委和特邀到会专家。天上明月如盘，清辉洒地，眼前桂树葱茏，桂花飘香，华中师大古籍研究所的青年们活跃席间，引得王达津先生即席赋诗，刘乃和先生清唱京戏。这气氛预示着《古代文史名著选译丛书》克服了当前的困难，第一批50种书稿有如母腹中的胎儿，快要降生了。

三、华清池畔的愁云与人民大会堂的欢欣

——第一批书出版的柳暗花明

1988年10月，编委们再一次聚会，审定第一批

50种中的最后十几部书稿、修改第二批50种中的大量书稿。这次审稿是在“东枕华山、西拒咸阳”的骊山脚下、华清池滨的一家招待所。这里古朴而不豪华，食宿低廉却又实惠，审稿之余，左近有风景可观，有古迹可寻，房内有43℃的温汤沐浴，编委们平日在校教学、科研工作劳累而生活清苦，如今有这样的环境与条件，感到少有的惬意。我们作为主编觉得这也是对编委们两年来辛勤编书的一点补偿。但这种适意之感很快就被两件事所驱散。一件事是书稿的质量。几十部书稿交来，一经审看，从注译到体例完全合格的只有寥寥可数的三四部，余下的，或需小改，或需大改，或根本不合格需退回重作。另一件事是出版发行成了问题。到会的巴蜀书社副社长黄葵同志向大家通报了即将印出的16本书征订情况，最多的为2000册，且只有一种，其他的只有800册、600册，甚至还有200余册。征订不佳，销路不畅，出书要赔钱，出版社为难，编委们又无计可施。此时哪还有心思去观赏“骊山云树郁苍苍，历尽周秦与汉唐”？也无心绪登上骊山，在烽火台前怀古。且正值“楼台八月凉”的节令，只有华清池畔秋雨飘零，秋风瑟瑟，落叶满地，不禁愁从中来。

愁则愁，还得面对现实。书稿质量不高，靠到会近20位编委十余天的逐字逐句修改，终于改定合格17部。至于出版发行问题，巴蜀书社的朋友费心经营，重新设计了封面，改进装帧，将第一批50种装成一个大礼品盒，成盒出售。从中又得到了国家新闻出版署、四川省出版局、国家教委有关司局和各省市教委的大力支持与帮助，发行面得以扩大，到了1990年下半年，首印的17000套书销售已尽，而问讯、索购者不绝，出版社决定再印30000套以供读者需要。中央领导了解到这套丛书受到读者欢迎，欣然为丛书题辞，江泽民总书记的题辞是“做好我国古代文史名著的传播普及工作，使其古为今用，以发扬爱国主义精神”，李鹏总理的题辞是“弘扬民族优秀文化，激励爱国主义精神”。李瑞环同志也为丛书题了辞。

1990年8月22日在北京人民大会堂召开了《古代文史名著选译丛书》出版座谈会。国家领导人李铁映、胡乔木、李德生、陈丕显、廖汉生、王汉斌、王光英出席，古委会主任周林同志主持会议，到会各阶层代表在发言中从不同角度肯定了这套书对促进青少年了解历史、了解国情、了解中华民族优秀传统文化、进行爱国主义教育的作用。时值盛夏，却逢喜雨，洗却了编委和出版社同志心中的忧虑，参加大会堂座谈会的13名常务编委会后又聚集在北京大学讨论深入认识编纂这套丛书的重大意义，研究审改好第二批书稿的具体措施。

四、从舜耕山庄耕作到乐山脚下

——第二批书稿审定之艰辛

第二批书稿50种50册，是1987年10月布置的。1988年10月在西安审改合格的17部书稿都已放入第一批中以替换原已通过的第一批中质量较差的书稿。这样，第二批书稿当时余下的已完成的有20余部，却都不合格，只能要求译注者和编委再行修改。一年之后，编委会汇总来重新改好和新译注交来的第二批书稿44部，1989年10月于济南千佛山下的舜耕山庄召开了常务编委审稿会。

这次审稿，发现的问题较多。有的选目不当，如有的史书重要人物的传不选却选入无关紧要而又无学习价值的人物传，有的名家的文章名篇不选却选入既无文学价值又无借鉴意义的篇章。有的选译所依据的底本不当，舍弃现有的精校本却用校勘不善的本子。有的虽有根据地改动正文却只在注释中说“原作……据别本改”，而不指明据何本改。有的注释过繁，不利于一般读者阅读；有的注释极简，该注释的地方不注，使广大读者看了译文仍无法理解全文的精妙；而更多的是注释不准确，对一字一词增字为训而歪曲了原意的毛病也较普遍。译文问题更多，有的语义不清，佶屈聱牙，把“三顾频烦天下计，两朝开济老臣心”译为“三顾茅庐频烦为天下大计，两朝事业开济尽老臣忠心”，有的为追求通俗生动把“君何往”中的“君”译为“老兄”。每篇的提示，有的写得很长变成了文章赏析，有的虽短却不中肯綮，用了类似“文革”期间的语言扣几顶大帽子了事。看这样的稿子都觉头痛，改这样的稿子更感艰难。审稿历时 12 天，参加审稿、当时 63 岁的黄永年先生向我们诉苦：“头发掉了一把！”有的编委说，千佛山古称历山，传说舜在这里开垦耕耘，十分艰辛，我们住在舜耕山庄，预示着我们为这套丛书垦荒笔耕，也要历尽千辛。这次审稿，经过审改之后，有 10 部书稿合格，有 11 部需会后再作小的修改方能通过，余下的均需作大的改动或另请人译注。

这次审稿还研究了所选戏曲部分的曲辞如何今译问题，如规定了念白中出现的诗句只注不译，上、下场诗只注不译，注而不译的文字在译文中应予保留以便参读。

到1990年12月，丛书常务编委在广州研究丛书如何体现批判继承精神、如何提高第二批书稿质量时，又有18部书稿完成交来。为了保证书稿质量，使1991年上半年召开的常务编委审稿会得以顺利进行，我们三个主编从广州匆匆赶到北京，用了一周时间审看了这18部书稿，通过了7部，11部退改。当我们看完最后一部书稿碰头研究时，已是12月31日。在1990年一年内，我们仅仅通过了这7部书稿。加上1989年在舜耕山庄通过的10部，也仅有17部，尚差33部方足第二批的50部。

1991年5月，常务编委来到古称嘉州的乐山市，在乐山山腰的八仙洞宾馆继续审改第二批书稿。改稿时间只有十天，要力争将50部推出，其繁重可知。我们在改稿过程中，不禁想到明万历年间嘉州知州袁子让的诗句“登临始觉浮生苦”，想到这套丛书从起步到这次审改已历时5年，当初怎么也没有想到完成这套丛书会是如此的艰辛，真是登临始觉笔耕苦啊！

这次乐山审稿，通过了13部书稿。好在余下的20部书稿只须小改即可在会后交稿，终于在1991年8月将这20部书稿全部改定交巴蜀书社。第二批50部历时近四年终于定稿了。

五、在金陵古都作光辉的一结

——第三批书稿的完成

1990年12月据出版社的要求，这套丛书出齐当为150种，到乐山会上又修正为110种至125种，最后数字的确定根据最后一次审稿结果而定，合格的即入选，不合格的不再修改选入。根据这一共识，今年4月中旬，我们一部分常务编委聚集到六朝古都南京，从已经交来的35部书稿中选择经小改合格的书稿。经过十一天的劳作，选择、改定33部，由到会的常务编委、巴蜀书社的段文桂总编和编委、巴蜀书社的刘仁清副编审带回成都，将经由他们的继续辛苦而使《古代文史名著选译丛书》以133部、1500万字之数呈献给热爱中华文化的读者。

这套丛书从1986年5月起步，历时整整六年，平日繁细工作不计，仅编委大小审稿会就开了12次之多。丛书的发起人、顾问、古委会主任周林同志先后参加了8次审稿会，每次都自始至终和大家在一起，听取审稿情况，了解遇到的问题；当我们遇到困难的时候他为我们鼓劲，当我们感到欣喜的时候他提醒我们不可大意。这次他又和我们一起来到虎踞龙蟠的石头城下，为我们督阵，看我们能否为这套丛书作出光辉的一结。

此时此刻，我们与这次会议的东道主、丛书常务编委、南京大学的周勋初先生漫步在中山陵旁，想到今译丛书已基本完成，自然感到如释重负，但理智却使我们不敢轻松，我们期待着全书133部出齐之后专家、读者的评头品足。

1992年4月26日

（原载《中国典籍与文化》1992年第1期）

古代文史名著选译丛书(修订版)总目

丛书主编:章培恒　安平秋　马樟根

书　名	译注者		审阅者		定价/元
老子注译	张玉春	金国泰	安平秋		16.00
庄子选译	马美信		章培恒		18.00
荀子选译	雪　克	王云路	董治安	许嘉璐	19.00
申鉴中论选译	张　涛	傅根清	董治安		18.00
颜氏家训选译	黄永年		许嘉璐		15.00
论语注译	孙钦善		宗福邦		28.00
孟子选译	刘聿鑫	刘晓东	黄　葵		20.00
墨子选译	刘继华		董治安		14.00
韩非子选译	刘乾先	张在义	黄　葵		19.00
新序说苑选译	曹亦冰		倪其心		25.00
论衡选译	黄中业	陈恩林	许嘉璐		22.00
管子选译	缪文远	缪　伟	董治安		18.00
列子选译	王丽萍		周勋初	倪其心	19.00
韩诗外传选译	杜泽逊	庄大钧	董治安		24.00
盐铁论选译	孙香兰	刘光胜	黄永年		13.00
诗经选译	程俊英	蒋见元	刘仁清		19.00
楚辞选译	徐建华	金舒年	金开诚		15.00
贾谊文选译	徐　超	王洲明	安平秋		17.00
司马相如文选译	费振刚	仇仲谦	安平秋		11.00
文心雕龙选译	周振甫		黄永年		17.00
庾信诗文选译	许逸民		安平秋		18.00

书　名	译注者		审阅者		定价/元
嵇康诗文选译	武秀成		倪其心		18.00
谢灵运鲍照诗选译	刘心明		周勋初		18.00
陈子昂诗文选译	王　岚		周勋初	倪其心	14.00
李白诗选译	詹　锳	等	章培恒		22.00
高适岑参诗选译	谢楚发		黄永年		23.00
元稹白居易诗选译	吴大逵	马秀娟	宗福邦		21.00
柳宗元诗文选译	王松龄	杨立扬	周勋初		18.00
李贺诗选译	冯浩菲	徐传武	刘仁清		20.00
杜牧诗文选译	吴　鸥		黄永年		14.00
李商隐诗选译	陈永正		倪其心		19.00
唐五代词选译	亦　冬		董治安		16.00
唐文粹选译	张宏生		周勋初		18.00
晚唐小品文选译	顾歆艺		平慧善		15.00
黄庭坚诗文选译	朱安群	等	倪其心		18.00
辛弃疾词选译	杨　忠		刘烈茂		24.00
元好问诗选译	郑力民		宗福邦		20.00
宋四家词选译	王晓波		倪其心		16.00
黄宗羲诗文选译	平慧善	卢敦基	马樟根		15.00
吴伟业诗选译	黄永年	马雪芹	安平秋		20.00
方苞姚鼐文选译	杨荣祥		安平秋		20.00
明代散文选译	田南池		马樟根		22.00
顾炎武诗文选译	李永祜	郭成韬	刘烈茂		23.00
张衡诗文选译	张在义 韩格平	张玉春	刘仁清		16.00
汉诗选译	张永鑫	刘桂秋	金开诚		19.00

书　名	译注者	审阅者	定价/元
阮籍诗文选译	倪其心	刘仁清	15.00
三曹诗选译	殷义祥	刘仁清	22.00
诸葛亮文选译	袁钟仁	董治安	16.00
陶渊明诗文选译	谢先俊　王勋敏	平慧善	16.00
杜甫诗选译	倪其心　吴　鸥	黄永年	17.00
王维诗选译	邓安生　等	倪其心	20.00
刘禹锡诗文选译	梁守中	倪其心	20.00
孟浩然诗选译	邓安生　孙佩君	马樟根	18.00
韩愈诗文选译	黄永年	李国祥	20.00
欧阳修诗文选译	林冠群　周济夫	曾枣庄	20.00
曾巩诗文选译	祝尚书	曾枣庄	19.00
苏轼诗文选译	曾枣庄　曾　弢	章培恒	23.00
李清照诗文词选译	平慧善	马樟根	15.00
陆游诗词选译	张永鑫　刘桂秋	黄　葵	24.00
朱熹诗文选译	黄　珅	曾枣庄	20.00
文天祥诗文选译	邓碧清	曾枣庄	20.00
袁枚诗文选译	李灵年　李泽平	倪其心	20.00
王安石诗文选译	马秀娟	刘烈茂　宗福邦	18.00
二程文选译	郭　齐	曾枣庄	25.00
范成大杨万里诗词选译	朱德才　杨　燕	董治安	26.00
萨都剌诗词选译	龙德寿	曾枣庄	28.00
王阳明诗文选译	吴　格	章培恒	18.00
徐渭诗文选译	傅　杰	许嘉璐　刘仁清	17.00
李贽文选译	陈蔚松　顾志华	李国祥　曾枣庄	17.00

书　名	译注者		审阅者	定价/元
三袁诗文选译	任巧珍		董治安	17.00
王士禛诗选译	王小舒	陈广澧	黄永年	13.00
龚自珍诗文选译	朱邦蔚	关道雄	周勋初	13.00
尚书选译	李国祥 谢贵安	刘韶军 庞子朝	宗福邦	14.00
礼记选译	朱正义	林开甲	宗福邦	22.00
左传选译	陈世铙		董治安	22.00
国语选译	高振铎	刘乾先	黄　葵	22.00
战国策选译	任　重	霍旭东	李国祥	21.00
吕氏春秋选译	刘文忠		董治安	17.00
吴越春秋选译	郁　默		倪其心	19.00
史记选译	李国祥 张三夕	李长弓	安平秋	29.00
汉书选译	张世俊	任巧珍	李国祥	22.00
后汉书选译	李国祥 彭益林	杨　昶	许嘉璐	24.00
三国志选译	刘　琳		黄　葵	18.00
晋书选译	杜宝元		许嘉璐	15.00
宋书选译	漆泽邦	孔　毅	李国祥	19.00
南齐书选译	徐克谦		周勋初	18.00
北齐书选译	黄永年		安平秋	16.00
梁书选译	于　白		周勋初	17.00
陈书选译	赵　益		周勋初	17.00
南史选译	漆泽邦		安平秋	22.00
北史选译	刁忠民		段文桂	20.00

书　名	译注者	审阅者	定价/元
周书选译	黄永年	安平秋	15.00
魏书选译	杨世文　郑　晔	周勋初	22.00
隋书选译	武秀成　赵　益	周勋初	20.00
新唐书选译	雷巧玲　李成甲	黄永年	16.00
旧唐书选译	黄永年	章培恒	16.00
新五代史选译	李国祥　王玉德 姚伟钧	周勋初	18.00
旧五代史选译	贾二强	黄永年	17.00
宋史选译	淮　沛　汤　墨	曾枣庄	20.00
辽史选译	郭　齐　吴洪泽	曾枣庄	21.00
金史选译	杨世文　祝尚书 李文泽　王晓波	曾枣庄	21.00
元史选译	樊善国　徐　梓	马樟根	25.00
明史选译	杨　昶	李国祥	20.00
清史稿选译	黄　毅	章培恒	22.00
贞观政要选译	裴汝诚　王义耀	黄永年	18.00
史通选译	侯昌吉　钱安琪	周勋初	16.00
资治通鉴选译	李　庆	黄永年	16.00
续资治通鉴选译	徐光烈	安平秋	24.00
通鉴纪事本末选译	谈蓓芳	章培恒	21.00
洛阳伽蓝记选译	韩结根	章培恒	22.00
梦溪笔谈选译	李文泽	曾枣庄	20.00
徐霞客游记选译	周晓薇　等	黄永年　马樟根	17.00
宋代笔记小说选译	朱瑞熙　程君健	金开诚等	19.00
关汉卿杂剧选译	黄仕忠	刘烈茂	24.00

书　名	译注者	审阅者	定价/元
明代文言短篇小说选译	黄　敏	章培恒	23.00
六朝志怪小说选译	肖海波　罗少卿	刘仁清	21.00
世说新语选译	柳士镇　钱南秀	周勋初	23.00
水经注选译	赵望秦　段塔丽　张艳云	许嘉璐	19.00
唐人传奇选译	周　晨	曾枣庄	24.00
唐五代笔记小说选译	严　杰	周勋初	21.00
大慈恩寺三藏法师传选译	贾二强	黄永年	18.00
宋代传奇选译	姚　松	周勋初	22.00
聊斋志异选译	刘烈茂　欧阳世昌	章培恒	22.00
阅微草堂笔记选译	黄国声	安平秋	16.00
清代文言小说选译	王火青	周勋初	23.00
历代名画记图画见闻志选译	周晓薇　赵望秦	黄永年	17.00
容斋随笔选译	罗积勇	宗福邦	20.00
唐才子传选译	张　萍　陆三强	黄永年	24.00
西厢记选译	王立言	董治安	20.00
元代散曲选译	彭久安	刘烈茂　金开诚	21.00
日知录选译	张艳云　段塔丽	黄永年	22.00
桃花扇选译	张文澍	章培恒　段文桂	15.00
牡丹亭选译	卓连营	章培恒	14.00
长生殿选译	戚海燕	董治安	20.00